Harald Hartl

Die Mordermittler

Tödlicher Hass

karina verlag

Respekt für Dich

Impressum:
1.Auflage, für den Verein „Respekt für Dich" – Autoren gegen Gewalt

Covergestaltung by Karina-Verlag, Karin Pfolz
Coverfoto © Erich Röthlisberger
www.fotoerich.ch

Text: © Harald Hartl

Überarbeitung, Layout, Design: Karin Pfolz, Karina-Verlag
Lektorat: Angela Hochwimmer

November 2014, Vienna, Austria, Karina-Verlag, Vienna.

ISBN 978-3-9503916-8-8

(E-Book ISBN: 978-3-9503916-9-5)

karina.bookoffice@gmail.com
www.karinaverlag.at

Bibliografische Information der Nationalbibliotheken:
Die Österreichische Nationalbibliothek verzeichnet diese Publikation in der Österreichischen Nationalbibliothek, ebenso ist diese Publikation in der Deutschen Nationalbibliothek verzeichnet.

1

„Wo ist Frau Chefinspektor Meister?“, fragte der Leiter des Landeskriminalamtes Niederösterreich, Oberst Albert Schauer, barsch und offenbar schlecht gelaunt, die Ermittlerin Renate Pall am Telefon. Ich hätte einfach nicht abheben sollen, dachte sie verärgert. Dann könnte er seine miese Laune nicht an mir auslassen.

Draußen schüttete es wie aus Kübeln. Die Finsternis am wolkenverhangenen Morgenhimmel hatte sich kaum gelichtet, obwohl es bereits kurz vor neun Uhr war.

Sie war schon auf dem Sprung zur Tür hinaus gewesen. Die Information über einen bedenklichen Todesfall in Ebreichsdorf hatte sie vor einer halben Stunde vom Journaldienst des LKA erhalten. Eine 28-jährige Polin war tot in der Badewanne aufgefunden worden, nachdem ausgelaufenes Badewasser in die darunterliegende Wohnung eingedrungen war. Der Wasserhahn war nicht zur Gänze abgedreht gewesen und hatte so ein Überlaufen der Wanne verursacht. Die Kollegen der örtlich zuständigen Polizeiinspektion mutmaßten, dass es sich um keinen Unfall oder Suizid handelte. Bei sofort durchgeführten Befragungen gaben Wohnungsnachbarn an, sie hätten kurz vor Mitternacht einen lautstarken Streit zwischen Svetlana und ihrem angeblich gewalttätigen Ehemann Bogdan Pajak gehört.

Eigentlich wollten Pall und Abteilungsinspektor Hammerl gemeinsam mit ihrer Chefin Maria Meister dem letzten Prozesstag eines wegen Kindesmordes Beschuldigten beiwohnen.

„Ihr macht das schon", merkte Maria lächelnd und ein abgebissenes Stück ihrer Buttersemmel kauend an und verschwand eilig aus dem Büro. Maria zelebrierte beinahe täglich den genüsslichen Verzehr einer dick mit Butter beschmierten Semmel, die sie mit großen Schlucken Filterkaffee in ihrem Mund zu einem Brei verschmelzen ließ, bevor sie zur Morgenbesprechung lud.

Sie wollte sich den Ausgang des spannenden Schwurgerichtsprozesses um nichts in der Welt entgehen lassen und versprach, sich sogleich nach dem Urteilsspruch zu melden.

„Die Chefin ist beim Schwurgerichtsprozess", antwortete Pall mit beinahe piepsiger Stimme und ertappte sich erneut dabei, dass sich ihr Pulsschlag erhöhte und ihre Hände feucht wurden, wenn sie mit dem Oberst telefonierte.

„Ach ja, der Prozess", kam es brummig und fast vorwurfsvoll vom LKA-Chef, der am Morgen offenbar mit dem falschen Fuß aus dem Bett gestiegen war.

„Kann ich ihr etwas ausrichten?"

„Sie können nicht, Sie müssen! Sobald sie erscheint ..., ach was, die kommt ja, wenn überhaupt, erst am späten Nachmittag zurück", schien Schauer noch mehr genervt als am Beginn des Gesprächs. „Es hat sich erledigt. Ich rufe Meister auf ihrem Diensthandy an", beendete er das Gespräch, das eher einem morgendlichen Donnerwetter glich und knallte den Hörer auf das Festnetztelefon.

„Du bist ja so blass! Geht's dir nicht gut?", fragte Peter Hammerl mit hochgezogenen Augenbrauen. Er hatte Renate während des seltsamen Telefongesprächs genau beobachtet.

„Ist schon gut. Ich fühle mich im Moment nur wie ein Blitzableiter. Wahrscheinlich hat Frau Schauer ihre ehelichen Pflichten verweigert", kicherte sie schelmisch und war sogleich ein wenig besser gelaunt.

„Ehelichen Pflichten? Frau Schauer? Nimmst du Drogen, Renate?", konnte sich Peter keinen Reim darauf machen.

„Lass es gut sein, wir müssen los. Wir haben eine Fahrt nach Ebreichsdorf gewonnen. Nichts wie raus aus der Tintenburg. Ab ins ländliche Gebiet", trieb Renate ihren Vorgesetzten an. Hammerl war stellvertretender Leiter der Mordgruppe.

Schon befanden sie sich auf der A1. Renate pilotierte den silbergrauen Dienstwagen des Ermittlungsbereiches Leib und Leben sicher über die teilweise holprige, sanierungsbedürftige und nur mäßig befahrene Autobahn in Richtung Osten.

Nach einer knappen Stunde parkte sie rückwärts parallel zum Gehsteig ein. Sie stieß das Heck des Fahrzeuges gekonnt zurück, gerade so, als habe sie in ihrem Leben nie etwas anderes gemacht, als rückwärts einzuparken.

„Na, dann wollen wir mal", waren die ersten Worte von Hammerl seit einer halben Stunde. Er hatte sich durch Renates souveräne Fahrweise offenbar in Sicherheit gewiegt, sodass er auf Höhe Alland in einen dämmerartigen Zustand verfallen war. Dass er bis nach Mitternacht mit einigen Kumpels bei einer zünftigen Kegelpartie das eine oder andere Bierchen zu viel getrunken hatte, trug das Seine dazu bei. Jetzt aber war er fit und von Renates Einparkkünsten angetan.

Der Tatort befand sich im zweiten Stock des vierstöckigen Mehrparteienhauses. Vor dem Eingang zur Wohnung stand ein uniformierter Beamter und führte die Ermittler ins Badezimmer.

Die Kollegen der Spurensicherung in ihren weißen Schutzanzügen hatten ihre Tätigkeiten bereits abgeschlossen. Nichts deutete auf einen Wohnungseinbruch hin. Der Ehemann der Toten, Bogdan Pajak, war wie vom Erdboden verschluckt. Laut Auskunft eines Nachbarn war er arbeitslos und lungerte zumeist den ganzen Tag in der Wohnung herum. Er verbrachte seine Tage angeblich mit Fernsehen und Alkohol trinken. Ab und zu bekam er Besuch von dubiosen zwielichtigen Gestalten, bestätigte auch ein zweiter Nachbar. An diesem Tag jedoch war er unauffindbar.

„Endlich rufen Sie zurück, Frau Chefinspektor“, fauchte Schauer die Ermittlungsleiterin der Mordgruppe an.

„Ihnen auch einen schönen Tag, Herr Oberst“, gab Meister ihm zu verstehen, dass er seine schlechte Laune nicht an ihr abputzen sollte.

„Ja, ja, einen schönen Tag auch Ihnen, Maria. Entschuldigen Sie bitte, aber heute ist wohl nicht ganz mein Tag“, mäßigte er sich sogleich im Tonfall. Albert Schauer war im Grunde ein umgänglicher Vorgesetzter geworden. Er hatte sich vom bissigen, karrieregeilen kleinen Polizeioffizier mit Wendehals zu einem Vorgesetzten mit Handschlagqualität und Geradlinigkeit gemausert. Ein wenig steif vielleicht, aber wenn man mit ihm konnte, waren ab und zu versteckte Pointen in seinen Aussagen zu orten.

Maria Meister konnte mit ihm. Sie verstand es, ihn in Momenten, in denen sich der Herr Oberst am liebsten selbst in sein Hinterteil gebissen hätte, links liegen zu lassen. War er guter Laune, verbrachte Meister auch die eine oder andere Stunde in seinem Büro. Auf der bequemen Besuchercouch bei Kaffee und Kuchen. Oder Keksen.

Heute musste Schauer jedoch eine Laus über die Leber gelaufen sein. Und es war vermutlich eine überdimensional große Laus, die dem LKA-Leiter das Leben schwer machte.

„Ich habe leider erst jetzt gesehen, dass Sie versucht haben, mich telefonisch zu erreichen. Ich hatte das Handy während der Verhandlung auf lautlos gestellt."

„Ja, natürlich. Das ist okay. Gibt es schon ein Urteil?", fragte Schauer neugierig.

„Ja, das gibt es. Es lautet auf schuldig, aber alles war höchst kurios. Ich erzähle Ihnen die Einzelheiten persönlich, wenn es recht ist?"

„Sicher. Sicher ist mir das recht. Im Moment habe ich andere Sorgen. Deshalb wollte ich ja schon am Morgen mit Ihnen sprechen. Ich hatte total vergessen, dass Sie außer Haus gehen und die Morgenbesprechung ausfallen lassen. Kommen Sie noch ins LKA oder fahren Sie gleich nach Hause?"

„Ich muss noch nach Ebreichsdorf fahren. Was heißt muss! Ich müsste nicht wirklich. Hammerl und Pall sind vor Ort. Die Kollegen der Polizeiinspektion haben uns angefordert. Eine junge Frau wurde ertrunken in ihrer Badewanne aufgefunden. Von ihrem Mann fehlt jede Spur. Renate hat es mir soeben telefonisch mitgeteilt. Ich würde gerne einige Wohnungsnachbarn befragen. Danach fahren wir aber noch ins Büro. Ich denke, wir werden eine Fahndung nach dem Ehemann einleiten, wenn alles erhoben und abgeklärt ist."

„Ich bin bestimmt bis spätabends im LKA. Vielleicht kommen wir heute noch zusammen, ansonsten ersuche ich Sie, gleich morgen früh zu mir zu kommen. Ich sage Ihnen dann, was mir so auf den Magen geschlagen ist, und Sie können mich über den Stand der Ermittlungen des aktuellen Falles und über den Ausgang des Prozesses genau informieren." Der Boss hatte im Zuge des Telefongesprächs wieder zu einer höflichen Umgangsform gefunden.

„Jawohl, Herr Oberst, ich melde mich dann bei Ihnen." Auch einen Oberst kann man erziehen, dachte Maria lächelnd, während sie die rote Taste ihres Handys drückte.

„Fassen wir zusammen", sagte Meister um 21:30 Uhr müde und erschöpft in einem kleinen, gemütlichen italienischen Lokal in Ebreichsdorf zu Hammerl und Pall. Die Ermittlungen hatten doch deutlich mehr Zeit in Anspruch genommen als vorhergesehen.

„Ich habe einen Mordshunger", sagte Renate und kreiste mit ihrer flachen Hand mehrmals um ihren Bauch, der sich bereits zum dritten Mal durch ein unüberhörbares Knurren meldete. Sehr zur Belustigung einiger junger Lokalgäste am Nebentisch.

„Okay, ich habe verstanden. Keine Faktenerörterung, bevor unsere menschlichen Bedürfnisse nicht gestillt sind. Das hast du mit der Anspielung auf deinen Mordshunger wohl gemeint, meine Liebe. Stimmt´s?", zeigte Maria einmal mehr Feingefühl als Chefin der Mordgruppe. „Obwohl,

Renate, du weißt schon, dass der Verzehr üppiger Mahlzeiten spätabends nicht wirklich gesund ist. Oder?"

„Jawohl, Mama. Ich weiß", scherzte Renate augenrollend.

„Mir bringen Sie bitte einmal Spaghetti Bolognese und diesen Salat." Renate zeigte dem Kellner mit dem Finger an, welchen für sie unaussprechlichen Salat sie bestellen wollte.

Maria und Peter konnten ein unübersehbares Schmunzeln, das von einem leisen Grunzen von Peter begleitet wurde, nicht verhalten.

„Ich nehme die Carbonara und auch diesen Salat", kam es von Peter, der plötzlich lauthals loslachte.

„So alt und noch so kindisch", hörten sie den Kommentar eines ungefähr 20-jährigen Mädchens am Nachbartisch.

„Ich freue mich, so humorvolle Mitarbeiter und Kollegen an meiner Seite zu haben", warf Maria ein und bestellte eine kleine Al Tonno mit Tomaten, Käse, Thunfisch und Zwiebeln. Während sich Maria und Renate darauf einigten, dass ein Glas Rotwein mit Bestimmtheit nicht schaden könnte, gab es für Peter keinen Zweifel, dass ein großes Bier über jedes andere Getränk zu stellen wäre. Überdies musste er an diesem Tag kein Fahrzeug mehr lenken und spielte mit dem Gedanken, dass er auch auf ein zweites Bier nicht verzichten müsste.

Die Zeit, bis die Speisen serviert wurden, nutzte das Ermittlungsteam doch noch, ein Resümee über vorliegende Fakten zu ziehen.

Obwohl die genaue Todesursache wie üblich erst nach einer Obduktion der Leiche feststünde, ging die Gerichtsmedizinerin davon aus, dass die Frau ertrunken war. Deutliche Druckspuren am Hals und am linken Oberarm deuteten darauf hin, dass sie gewaltsam unter Wasser gedrückt wurde. Ein Hämatom im Gesicht dürfte von einem kräftigen Schlag, vermutlich mit der Faust, stammen. Hautpartikel unter den Fingernägeln des Opfers mussten einem DNA-Abgleich unterzogen werden. Das unerklärliche Verschwinden des Ehemannes konnte man dahingehend deuten, dass er etwas mit dem Tod seiner Frau zu tun haben könnte. Außerdem gab es noch die übereinstimmenden Aussagen von Nachbarn, die des Öfteren lautstarken Streit aus der Wohnung des Ehepaares Pajak gehört haben wollten. So auch spät in der Nacht, in der Svetlana Pajak vermutlich zu Tode gekommen war.

„Wie es aussieht, dürften wir den Fall bald geknackt haben", sagte Hammerl voller Zuversicht und gönnte sich einen weiteren kräftigen Schluck des köstlichen Gerstensaftes.

„Sei nicht zu optimistisch. Die Vergangenheit hat uns nicht selten gelehrt, nicht voreilig Schlüsse zu ziehen", warnte Maria vor zu großer Euphorie. „Aber du hast recht. Es deutet sehr viel auf ein Gewaltverbrechen hin. Abzuwarten bleibt, ob es tatsächlich der brutale Ehemann war. Es könnte durchaus ein Nebenbuhler gewesen sein, der die Wohnung betrat, als der Ehemann sie nach einem Streit wutentbrannt verlassen hatte. Svetlana könnte ihm die Tür geöffnet haben. Das würde erklären, warum nicht gewaltsam in die Wohnung eingedrungen wurde. Wir müssen abwarten, aber ich bin auch sehr zuversichtlich."

„Entschuldigung, bitte", kam es ein wenig verhalten von eben diesem jungen Mädchen am Nachbartisch, das sich zuvor noch über das kindische Benehmen der drei echauffiert hatte.

„Sind Sie Bullen?"

„Siehst du eine Weide in der Nähe?", fragte Maria.

Geistlose Blicke aller.

„Die Frau Chefinspektor meint, Bullen gehören auf die Weide, und Kriminalbeamte sollten als solche bezeichnet werden", mischte sich Hammerl ein und erteilte den aufgeschlossenen, ein wenig vorlauten, aber an sich nicht unsympathischen jungen Menschen eine Lektion in puncto Benehmen.

„Entschuldigung. Das war von Klara bestimmt nicht böse gemeint", versuchte ein junger, adretter Bursche um die Zwanzig, die Kurve zu kriegen. „Wir wollten nur wissen, ob Sie Kriminalpolizisten sind, denn wir finden es sehr spannend, wie Sie soeben ihren Fall, oder was auch immer, besprochen haben."

„Also ja, wir sind Kriminalisten, und bitte entschuldigen Sie, wenn wir unsere dienstlichen Belange zu laut erörtert haben. Wir wollten niemanden damit belästigen", erklärte Maria.

Spaghetti und Pizza waren eingetroffen. Ab sofort war der lange und anstrengende Arbeitstag beendet.

Das Ermittlungsteam brach kurz vor Mitternacht in Richtung St. Pölten auf. Renate übernahm den Volant. Maria, die mit dem Zug zur Verhandlung angereist war, saß neben ihr und verschwand bereits nach wenigen Kilometern ins Land der Träume. Peter hatte es sich im Fond gemütlich gemacht. Sein tierisches Schnarchen blendete Renate mit einer CD von Schlagerstar Francine Jordi aus der Schweiz, die sie mit dementsprechender Lautstärke genoss, aus.

Kurz nach ein Uhr nachts hielt Pall das Dienstfahrzeug des LKA Niederösterreich an, um Meister aussteigen zu lassen.

„Gute Nacht, Maria. Oder zumindest, was von ihr noch übrig ist“, sagte Pall, und es schien, als wäre sie kein bisschen müde.

„Dir auch eine gute Nacht“, erwiderte Meister und schlug die Beifahrertür zu.

„Schlaf gut!“, rief Renate ihr, kurz bevor Maria die schwere Haustür des Altbaus öffnete, zu, nachdem sie den Schaltknopf für das Seitenfenster betätigt hatte.

Hammerl bekam von alldem nichts mit. Er holzte nach wie vor einige Kubikmeter Wald mit der Motorsäge ab. Zumindest aber erzeugte er durch sein extrem lautes Schnarchen in ähnlicher Weise störenden Lärm.

„Danke fürs Bringen und gute Nacht. Wir sehen uns im Büro. Ich würde sagen, halb neun ist früh genug!“, rief Maria flüsternd durch die Stille der Nacht und ließ die Haustür ins Schloss fallen.

Vorsichtig sperrte sie die Wohnungstür im zweiten Stock auf und entledigte sich ihrer Schuhe. Erst jetzt bemerkte sie, wie sehr ihre Füße vom langen Tag schmerzten. Die gespenstische Stille wurde nur durch ein leises Tacken einer

Wanduhr sowie vereinzeltes Knacken im Gebälk der alten Wohnung durchbrochen.

Ich bin einfach zu müde für eine Dusche, dachte Maria und beschloss, diese Tätigkeit für einige Stunden zu verschieben. Sie hatte Heinrich bereits am frühen Abend angerufen und ihm mitgeteilt, dass er ihretwegen nicht wach bleiben müsse. Sie wusste, dass es wieder einmal sehr spät werden würde. Maria überlegte für einen kurzen Moment, ob sie sich auf der Couch im Wohnzimmer einige Stunden Schlaf genehmigen oder doch zu Heinrich ins Schlafzimmer bequemen sollte. Die Sehnsucht nach ihrem Lebensmenschen, der für einige Jahre ihr Chef bei der Mordgruppe gewesen war, ließ sie diesen Gedanken jedoch sogleich wieder verwerfen. Schon hob sie die Bettdecke und schlüpfte schnell darunter. Jetzt erst spürte sie, wie unendlich müde sie war.

„Heinrich. Schatz, schläfst du?", flüsterte sie in seine Richtung. So ruhig schläft er sonst nie, dachte Maria. Augenblicklich übermannte eine angenehme Schwere ihren ganzen Körper, und schon im nächsten Moment fiel sie in einen tiefen Schlaf.

Maria Meister war eine immer noch attraktive Frau um die Fünfzig. Mit jedem Jahr machte ihr der anstrengende Ermittlungsdienst mehr und mehr zu schaffen. Eingestehen wollte sie es sich aber nicht. Obwohl sie ihre Berufswahl nicht bereute, sehnte sie sich die Zeit, in der sie mit Heinrich gemeinsam den Ruhestand genießen konnte, sehnlichst herbei.

Maria schlief sehr schlecht in dieser Nacht. Ein Traum jagte den anderen und ließ sie im Dämmerschlaf unruhig im

Bett hin und her wälzen. Alles erschien ihr hektisch. Ärger überkam sie, so spät am Abend noch eine Pizza verdrückt zu haben. Die Rechnung bekam sie nun präsentiert, dachte sie. Im Magen rumorte es, und ihre Blase verlangte nach einer unverzüglichen Entleerung.

4:32 Uhr zeigte das beleuchtete Display ihres Handys, als Maria beschloss, dem unaufschiebbaren Drang nachzugeben und die Toilette aufzusuchen. In dem Moment, als sie aus dem warmen Bett steigen wollte, überkam sie ein eigenartiges Gefühl. Es war ein Gefühl von Angst und Sorge. Maria konnte es sich nicht erklären und tastete sich im Dunkeln zur Toilette vor.

„Heinrich!", sagte sie noch auf der Klobrille sitzend. „Heinrich!", hörte sie sich ein weiteres Mal fast panisch rufen. Maria schoss es wie ein Blitz durch den Kopf, dass sie bereits vor dem Einschlafen und auch eben vorhin kein Atmen ihres geliebten Heinrich vernommen hatte. Er schnarchte ganz gegen seine Gewohnheit nicht. Er atmete nicht. Er … Maria hastete aus der Toilette und stieß einen herzzerreißenden Schrei aus, der die Stille der Nacht durchdrang: „Heiiinrich!"

Sanft wehte die schwarze Fahne auf dem Fahnenmast vor dem Landeskriminalamt Niederösterreich im Frühlingswind. Ein langjähriger, sehr erfolgreicher und charismatischer Ermittler des LKA war von dieser Welt gegangen. Mitgefühl drückten jene aus, die Chefinspektor Heinrich Müller persönlich gekannt oder mit ihm vor vielen Jahren Dienst verrichtet hatten. Gleichgültigkeit wiederum herrschte zum großen Teil bei anderen vor, die Müller nie kennengelernt hatten, weil sie erst zum LKA versetzt wurden, als dieser sich bereits im Ruhestand befand. Gehört hatten aber ausnahmslos alle vom ehemaligen raubeinigen Topermittler. Niemand vor ihm konnte so viele Gewaltdelikte einer Aufklärung zuführen wie der findige Chefinspektor.

Oberst Albert Schauer bekundete Maria Meister sein aufrichtiges Beileid. Maria war einem Zusammenbruch nahe. Heinrich war, vermutlich bereits am Abend, an dem sie sich in Ebreichsdorf befand, einem schnellen Herztod erlegen. Dass sie eingeschlafen war, ohne zu ahnen, dass ihr geliebter Heinrich bereits tot neben ihr im Bett lag, quälte sie mit Selbstvorwürfen.

Niemals hatte Heinrich geklagt. Es gab keine Anzeichen für eine Herzschwäche, und dennoch war seine Zeit gekommen. Ohne Vorwarnung schlug das Schicksal erbarmungslos zu und zeigte einmal mehr ganz deutlich auf, dass nichts auf dieser Welt als selbstverständlich angenommen werden durfte. Auch nicht das Erwachen am nächsten Morgen!

Für die Leiterin des Ermittlungsbereiches 1 beim LKA Niederösterreich begann nach formalen Behördenwegen, der Organisation des Begräbnisses und des emotionalen Abschieds von ihrem Heinrich, an dem viele Organisationseinheiten der Polizei teilgenommen und ihm die letzte Ehre erwiesen hatten, die Zeit der Trauer. Oberst Schauer, der vor einer großen Trauergemeinde eine ergreifende Grabrede gehalten hatte, die man ihm im Grunde nicht zugetraut hätte, gewährte ihr einige Tage Sonderurlaub und im Anschluss daran vier Wochen Erholungsurlaub. Er bot seine Hilfe an, wo immer Maria Meister diese benötigte.

Sie wollte jedoch nur in Ruhe mit der Trauerarbeit beginnen und verbrachte viele Stunden und Tage in Einsamkeit. Sie schwelgte in schönen Erinnerungen an Heinrich, der für so manchen Kollegen nur der griesgrämige Mordermittler Müller war. In Wahrheit aber hatte er ein Herz aus Gold gehabt.

Sogar sein Fischerfreund Cézár war aus Ungarn angereist und begleitete seinen Freund auf seinem letzten Weg. Wenn Maria daran dachte, dass sie zusammen ihren nächsten Urlaub in Balatonakali bei Cézár verbringen wollten, zerriss es ihr beinahe das Herz.

Peter Hammerl, Renate Pall, aber auch alle anderen Mitarbeiter der Mordgruppe boten Maria ebenso ihre Hilfe an. Sie gab ihnen zu verstehen, dass sie jetzt nur Ruhe benötigte und versprach, auf sie zuzugehen, sobald sie zu einem Abschluss gefunden habe.

Sie alle respektierten Marias Entscheidung. Die Leitung der Mordgruppe übernahm ihr Stellvertreter, Abteilungsinspektor Peter Hammerl.

Bogdan Pajak meldete sich einige Tage, nachdem seine Frau ertrunken in der Badewanne aufgefunden worden war, bei der Polizeiinspektion Ebreichsdorf. Die Beamten verständigten unverzüglich das Landeskriminalamt und befolgten die Order von Hammerl, ihn zum LKA zu überstellen. Pajak war dringend verdächtig, seine Frau Svetlana in der Badewanne ertränkt zu haben.

Er bestritt vehement, mit ihrem Tod etwas zu tun zu haben und gab an, er sei in besagter Nacht in Polen gewesen. Wer mit Svetlana eine lautstarke Auseinandersetzung gehabt haben könnte, entzog sich seinen Angaben zufolge seiner Kenntnis. Selbst auf die Frage von Renate Pall, woher seine tiefen Kratzspuren im Gesicht und auf der Stirn stammen würden, antwortete er sehr selbstsicher, dass seine Verwandten in Polen viele Tiere hätten.

„Hunde, Katzen und auch Schweine“, fügte er hinzu. „Tiere sind unberechenbar, müssen Sie wissen“, gab er mit einem süffisanten Lächeln und einer kaum zu überbietenden Arroganz von sich.

„Jetzt machen Sie aber halblang! Sie glauben doch nicht im Ernst, dass wir Ihnen dieses Märchen abkaufen“, stoppte ihn Hammerl energisch. „Wir haben ihre Hautpartikel gefunden. Und wissen Sie, wo?“, wurde er im Tonfall noch lauter.

„Nein, woher soll ich das wissen?“

„Unter den Fingernägeln Ihrer Frau. Der DNA-Abgleich hat es eindeutig ergeben. Ihre Frau hat beim verzweifelten Versuch, nicht von Ihnen unter Wasser gedrückt zu werden, nachdem Sie ihr einen kräftigen Schlag mit der Faust ins Gesicht versetzt haben, Ihr Gesicht zerkratzt.“ Hammerl hoffte, Pajak damit zu einem Geständnis zu bewegen.

„Ich will einen Anwalt! Von mir hören Sie kein Wort mehr“, kam es trotzig von Pajak.

„Du kleiner Arsch!“, herrschte Pall den lässig auf dem Sessel im Vernehmungsraum lümmelnden Verdächtigen an. „Eine wehrlose Frau zu schlagen und dann in der eigenen Badewanne wie eine Katze zu ersäufen, das kannst du, aber dann zu seiner Tat zu stehen, dafür ist der Herr zu feige. Ich werde dir mal was zeigen, bevor du in U-Haft wanderst und von einem Gericht für sehr viele Jahre, hoffentlich für immer, weggesperrt wirst."

Renate öffnete ein Kuvert und entnahm daraus drei Schwarzweißbilder. Diese knallte sie schwungvoll und selbstsicher vor Pajak auf den Tisch.

„Sagen Sie uns, ob Sie das Fahrzeug erkennen. Los, sagen Sie es!", fauchte sie ihn an.

Pajak wurde erstmals, seit er vorläufig festgenommen wurde, blass und stammelte: „Mmh … äh …, woher haben Sie das?"

„Woher wohl! Schauen Sie auf das Datum und die Uhrzeit hier unten." Sie tippte einige Male energisch mit dem steifen Zeigefinger auf das Datum, das identisch mit dem Tag des Mordes an Svetlana Pajak war. Die Uhrzeit stimmte mit den Aussagen der Nachbarn überein. Fünfzehn Minuten, nachdem sie einen lautstarken Streit in der Wohnung der Pajaks gehört hatten, wurde der PKW von Bogdan von einem stationären Radargerät stadtauswärts mit weit überhöhter Geschwindigkeit gemessen. Die Fotos waren der Beweis dafür.

Renate Pall hatte eine kriminalistische Meisterleistung vollbracht, indem sie die Kollegen der Landesverkehrsabteilung ersuchte, die Fotos jenes Radargerätes auszuwerten, das an der Durchzugsstraße stadtauswärts aufgestellt war. Renate dachte, dass es auf einen Versuch ankäme und traf damit genau ins Schwarze.

„Bullenschwein!", schrie Pajak und sprang vor Wut fast zerspringend vom Sessel auf. Mit den Worten: „Das wirst du noch bereuen, du Schnüfflerin!", wollte er sich auf Renate stürzen.

Noch bevor Peter, der keinen Meter von den beiden entfernt stand, eingreifen konnte, schnellte Renate mit einem gekonnten kräftigen Kick ihr rechtes Bein zielgenau zwischen die Beine des Renitenten. Begleitet von einem Kampfschrei, der selbst Hammerl durch Mark und Bein ging, rammte sie Pajak auch noch ihren Ellenbogen in den Magen, sodass dieser mit schmerzverzerrtem Gesicht auf die Knie sank. Das Anlegen der Handfesseln überließ Renate Peter.

„Du bist ja eine wahrliche Meisterin der Kampfkunst", war Peter voller Begeisterung für seine wehrhafte Kollegin. „Wie lange übst du jetzt schon dieses Kung Fu?"

„Nicht Kung Fu, Peter. Karate heißt das Zauberwort. Ich trainiere seit unserem Fall, bei dem sich das junge Mädchen gegen den Mehrfachmörder so erfolgreich zur Wehr setzen konnte, mindestens zwei Mal die Woche. Die Karateschule in Mödling bietet auch laufend Selbstverteidigungskurse für Mädchen und Frauen an. Zwei solcher Kurse habe ich bereits absolviert, und wie du gesehen hast, hat es sich gelohnt."

„Dass du an das Radargerät am Ortsausgang gedacht hast, war echt super von dir. Dass dieser Idiot bei seiner Flucht auch noch zu schnell dran war, war natürlich Glück für uns und Pech für ihn. Somit kann er sich sein Alibi, in Polen gewesen zu sein, in die Haare schmieren oder sonst wohin stecken. Er hätte in Polen mit Bestimmtheit jemanden gefunden, der seine Angaben bestätigt hätte. Hautpartikel hätten auch beim Sex unter die Fingernägel von Svetlana gelangen können. Mit den Radarfotos können wir aber den Beweis erbringen, dass Bogdan Pajak zur Tatzeit am Tatort war. Zumindest war er in unmittelbarer Nähe. Der Angriff auf dich ist gleich viel wert wie ein Geständnis. Außerdem bin ich sicher, dass er früher oder später auch noch gestehen wird. Ich denke, er kommt uns nicht mehr aus", merkte Peter Hammerl sichtlich zufrieden an.

Oberst Schauer bat Hammerl und Pall zu sich in sein Büro. Er wollte alles über die Ermittlungen zum Mord an Svetlana Pajak wissen.

„Bitte nehmen Sie Platz", bot er den beiden freundlich an, sich auf die bequeme Couch seiner Besucherecke zu setzen. Es war das erste Mal, dass *sie* anstatt ihrer Chefin Maria Meister beim Oberst im Büro eine dienstliche Unterredung hatten.

„Ich hab schon etwas läuten hören, dass Sie den mutmaßlichen Mörder überführt haben. Stimmt es, dass er in die Untersuchungshaft überstellt wird?", wollte er wissen.

„Ja, Herr Oberst, das ist korrekt. Nach Fertigstellung des Abschlussberichtes wird er in U-Haft wandern", antwortete Hammerl nicht ohne Stolz.

„Ich gratuliere Ihnen beiden sehr herzlich. Das war ein schneller Erfolg", zeigte sich Schauer zufrieden. „Wie geht es Ihnen ohne Chefinspektor Meister?"

„Es ist ..., wie soll ich es ausdrücken? Es ist ... ungewöhnlich", erwiderte Hammerl.

„Ja, als ungewöhnlich könnte man es bezeichnen", hakte Pall ein. Sie wollte auch am Gespräch der beiden teilhaben. „Sie fehlt mir aber nicht nur dienstlich. Sie tut mir ... sie tut *uns* sehr leid", fuhr sie fort.

„Das Leben ist voller Überraschungen. Es ist nur gut, dass niemand von uns weiß, was uns noch alles widerfahren wird“, zeigte sich Schauer von einer sehr weichen, menschlichen Seite. So hatte ihn bislang nur Maria kennengelernt. „Haben Sie etwas von Maria gehört?“ wollte er wissen.

„Sie hat uns zu verstehen gegeben, dass sie erst einmal viel Ruhe benötige. Sie wird sich mit uns in Verbindung setzen, wenn sie so weit ist“, sagte Hammerl mit bedrücktem Gesichtsausdruck. „Spätestens nach Beendigung ihres Urlaubs wird sie ohnehin wieder den Dienst antreten. Ich denke, das ist zu respektieren. Maria schafft das schon. Dessen bin ich mir ganz sicher“, zeigte sich Peter Hammerl zuversichtlich.

Pall nickte zustimmend.

„Nun gut“, meinte Schauer. Seine Miene wurde ernster, und dass das nichts Gutes zu bedeuten hatte, war wohl beiden Kriminalisten klar.

„Eigentlich wollte ich mit der Gruppenleiterin die leidige Angelegenheit besprechen. Dazu ist es aber aufgrund des tragischen Todes von Heinrich nicht mehr gekommen. Somit muss ich es ihrem Stellvertreter mitteilen, und das sind nun mal Sie“, wandte er sich Peter Hammerl zu. „Ich dachte mir aber, Sie sollten bei diesem Gespräch auch dabei sein, Frau Bezirksinspektor. Den anderen Kollegen ihres Ermittlungsteams sagen Sie aber bitte vorerst nichts von unserer Unterredung. Es würde nur Unruhe in die Mannschaft bringen.“

Spätestens in diesem Augenblick wussten Pall und Hammerl, dass das, was der Oberst ihnen sogleich erzählen wollte, keine Freudensprünge hervorrufen würde.

„Ich will es kurz machen", begann Schauer ein wenig verlegen. „Das Ministerium hat avisiert, dass gravierende Sparmaßnahmen ins Haus stehen. Wieder einmal! Leider wird es dieses Mal auch das Landeskriminalamt treffen. Das heißt, auch Ihr Ermittlungsbereich bleibt davon nicht verschont."

„Gibt es Lohnkürzungen?", fragte Renate naiv besorgt.

„Aber wo", sagte Schauer und konnte sich ein Lächeln nicht verkneifen. Auch Peter Hammerl schmunzelte ob dieser dämlichen Frage.

„So weit sind wir Gott sei Dank noch lange nicht, dass in ein bestehendes Gehaltsschema eingegriffen wird", fuhr der Oberst fort. „Aber das, was sie mit uns vorhaben, ist schlimm genug. Kurzum, es ist vorgesehen, dass in einigen Ermittlungsbereichen, in denen der Arbeitsaufwand im letzten Jahr nicht enorm hoch war, Planstellen eingespart, also gestrichen, wegrationalisiert werden sollen. Im Klartext heißt das, dass der Ermittlungsbereich Leib und Leben, *Ihr* Bereich, um ein oder gar zwei Beamte reduziert werden soll."

„Das kann doch nur ein verspäteter Aprilscherz sein!", zeigte sich Hammerl erbost.

„Wenn es nur so wäre", antwortete Schauer stirnrunzelnd. Er nickte mit dem Kopf, als wollte er seine unangenehme Nachricht damit unumstößlich machen.

„Herr Oberst, Sie wissen doch, dass wir ohnehin unterhalb des vorgesehenen Personalstands arbeiten. Petra, also Bezirksinspektor Lahm, ist in Mutterschaftskarenz und wird im Anschluss daran womöglich erst in zwei Jahren, möglicherweise sogar nur mehr halbtags, uns mit ihrer Anwesenheit beehren. Dann ist da noch …"

„Mir ist bewusst, dass die Entscheidung des Ministeriums nicht auf Ihre ungeteilte Zustimmung stößt", unterbrach Schauer Hammerl, der gerade im Begriff war, so richtig in Fahrt zu geraten. „Dass in Ihrem Bereich nicht zwei Planstellen gestrichen werden können, habe ich bereits schriftlich kundgetan. Ich warte noch auf eine Antwort. Wir müssen uns gedulden. Dennoch sind wir, und das wissen Sie, weisungsgebunden. Ich verspreche Ihnen aber, alles mir Mögliche zu unternehmen. Sie können sich meines Rückhalts sicher sein. Ich ersuche Sie nochmals, nichts nach außen dringen zu lassen. Mit Chefinspektor Meister spreche ich persönlich nach Ihrer Rückkehr darüber. Ich danke Ihnen für Ihre Loyalität und beglückwünsche Sie nochmals zu Ihrer hervorragenden Arbeitsleistung. Ich werde Sie beide, und natürlich auch Maria, mit einer Belobigung auszeichnen und einer Geldzuwendung bedenken."

„Na bravo!", schmollte Renate, unmittelbar nachdem sie die Tür zum Zimmer des LKA-Leiters hinter sich zugezogen hatte. „Wie sollen wir mit noch weniger Personal den großen Arbeitsaufwand schaffen? Dann komme ich noch weniger zum Trainieren", das war offenbar ihre größte Sorge.

„Deine Probleme möchte ich haben", meinte Peter kopfschüttelnd. „So wie du diesen Pajak auf die Bretter geschickt hast, könntest du glatt bei der Weltmeisterschaft aufs Parkett gehen."

„Auf die Matte, Peter! Auf die Matte, meinst du wohl. Auf dem Parkett kannst du tanzen. Kampfsport betreibst du auf Matten. Dir würde ein wenig Sport auch bestimmt nicht schaden. Glaub es mir." Bei diesen Worten ließ sie einen abschätzigen Blick über Hammerls unübersehbaren Bauchansatz gleiten.

Maria Meister durchlebte eine sehr schwere und traurige Zeit. Nichts war mehr so, wie es einmal war. Heinrich fehlte ihr zu jeder Zeit und mit jeder Faser ihres Körpers und mit all ihren Sinnen. Sie vermisste seine selbstsichere und liebevolle Art. Seine Ruhe, die er ausstrahlte. Sie wünschte sich, seine leisen Selbstgespräche, die er meist führte, wenn ihm etwas nicht in den Kram passte, noch einmal zu hören. Maria konnte Heinrich sogar noch riechen. Alles in dieser Wohnung erinnerte sie an ihn. Schnell wurde ihr bewusst, dass sie viel zu wenig Zeit mit ihrem so geliebten Lebenspartner verbracht hatte. Alles drehte sich stets um den Kriminaldienst. Diesem hatte sie alles untergeordnet. Sie wusste aber auch, dass eben genau dieser Kriminaldienst, das Ermitteln und Lösen kniffliger Fälle, ein Streitgespräch mit einem Vorgesetzten und ein Herumalbern mit ihren Kollegen, genauso zu ihrem Leben gehörte wie das ganz private Zusammenleben mit Heinrich Müller. Maria war bewusst, dass sie nicht der einzige Mensch auf dieser großen weiten Welt war, der einen schmerzvollen Schicksalsschlag ertragen musste. Doch war alles noch zu präsent und unreal. Sie konnte den Schmerz in ihrem Herzen und die Enge in der Brust ganz deutlich spüren, wenn sie an Heinrich dachte. Dennoch war es ihr ein großer Trost, dass er nicht leiden musste. Ein Mediziner hatte ihr versichert, dass sein Herz in Sekundenschnelle stillstand. Der klassische schnelle Herztod sozusagen. Sie wusste, dass das Leben weitergehen musste. Dennoch wollte sie sich Zeit lassen und in Ruhe trauern. Sie war unendlich dankbar, diesen wundervollen Menschen gekannt und geliebt zu haben. Maria wusste ebenso, dass sie niemals mehr in ihrem restlichen Leben einen Mann so würde lieben können wie Heinrich Müller.

2

Drei Wochen und drei Tage waren vergangen, seit Chefinspektor Maria Meister sich so schmerzvoll von ihrem über alles geliebten Lebenspartner Heinrich Müller trennen musste.
Gevatter Tod hatte ihn ohne Vorwarnung von dieser Welt abberufen. Er hatte dem ehemaligen Top-Ermittler des LKA Niederösterreich jegliche Chance genommen, sich zur Wehr zu setzen. Wie ein gemeiner Partisanenkämpfer schlug er leise und blitzschnell, dafür umso unbarmherziger aus dem Hinterhalt zu und legte Heinrichs Herz in Sekundenschnelle still ...

Es gab Tage, an denen Maria für kurze Momente in Gefahr geriet, ihren Lebensmut zu verlieren. Sie öffnete dann meist eine Flasche Rotwein, die sie mit zwei Gläsern ritualisiert in der Mitte des Wohnzimmertisches platzierte. Wehmütig dachte sie an die schönen Stunden, in denen sie mit Heinrich das eine oder andere Gläschen genossen hatte. Viel zu selten hatten sie sich derartig schöne Situationen geschaffen, sinnierte Maria. Sie prostete ihm zu. Wo immer er sich auch befinden möge. Mit Tränen in den Augen betrachtete sie die wenigen Bilder, auf denen sie gemeinsam abgelichtet waren. Gefühle von Trauer und Wut, aber auch von Hoffnung und Zuversicht wechselten einander ab. Maria war klug genug zu wissen, dass Alkohol ihren Seelenschmerz nicht heilen konnte. Zu oft hatte sie Ermittlungen im Alkoholiker-Milieu geführt und gesehen, wohin Suchtverhalten führen konnte.

Sie beschloss, am kommenden Montag wieder ihren Dienst bei der Mordgruppe anzutreten. Vier Wochen der intensiven Trauer waren dann vorüber. Heinrich hätte nicht gewollt, dass sie sich gehen ließe, war Maria felsenfest überzeugt. Obwohl er ihr die Wohnung vererbt hatte, fasste sie den Entschluss, sich eine neue, kleine gemütliche Bleibe zu suchen. Zu viel würde sie hier stets an ihn erinnern. Sie wollte Heinrich Müller in ihrem Herzen behalten, solange es schlug.

Noch einmal prostete sie ihrem geliebten Verblichenen zu und vereinbarte mit ihm, dass sie sich in dem Moment wiedersehen würden, in dem sie ihre Augen für immer schließen würde. Maria spürte, wie eine von Gott gegebene Kraft ihren Körper durchflutete und war überzeugt, dass Heinrich dabei seine Finger im Spiel hatte. Es war, als hörte sie ihn sagen:

„Du schaffst das schon, meine Kleine. Sei stark und mutig. Lebe dein Leben. Deine Kollegen freuen sich, wenn du sie wieder führst und unterstützt. Es war eine wundervolle Zeit mit dir. Dafür danke ich dir unendlich. Es geht mir gut, mein Mädchen. Ich bin immer in deiner Nähe. Werde wieder glücklich, mein Engel!"

So oder so ähnlich hätte es Heinrich wohl formuliert, dachte Maria und erhielt durch diese Gedanken einen Energieschub und Lebensfreude. Sie genoss das letzte Glas dieses süffigen Roten und beschloss, dass es das letzte für eine sehr lange Zeit sein sollte.

Maria Meister war zurück im Leben. Sie war nicht nur als Top-Kriminalistin eine starke Persönlichkeit. Ihr ganz persönliches Trauer-Ritual hatte sie an diesem Abend mit neuer

Schaffenskraft und Zuversicht für die Herausforderungen des Lebens und des Kriminaldienstes gestärkt. Maria freute sich darauf, weitere spannende Kriminalfälle zu lösen.

„Ich melde mich zum Dienstantritt zurück, Herr Oberst", drückte sie ihm kräftig seine Hand, nachdem er sie telefonisch in sein Büro gebeten hatte.

„Wie geht es Ihnen, Maria?", war Schauer die Freude ob des Wiedersehens mit seiner erfolgreichen Ermittlerin anzusehen.

„Danke der Nachfrage, Herr Oberst. Es geht mir wieder besser. Die Auszeit hat mir gut getan. Ich habe mir in den letzten Wochen mehrmals die Frage gestellt, warum Sie bei unserem letzten dienstlichen Telefonat – sie wissen schon, als ich bei der Gerichtsverhandlung war – so, verzeihen Sie, mies gelaunt waren. Wir haben nach Heinrichs Ableben nicht wieder darüber gesprochen. Habe ich einen Fehler gemacht?"

„Aber nein, absolut nicht. Sind Sie sicher, dass Sie in den ersten Minuten ihres Neustarts bereits schlechte dienstliche Nachrichten hören wollen?"

„Werden sie besser, wenn ich sie nicht höre?"

Oberst Schauers Mundwinkel zogen sich ein wenig nach oben und seine Augen verwandelten sich zu kleinen Sehschlitzen. Stehen ihm gut, die Lachfältchen, dachte Maria.

„Nein, bad news remain bad news", erwiderte er. „Nun gut, Sie wollen es nicht anders. Ich habe es bereits Ihrem Stellvertreter Hammerl und Frau Pall mitgeteilt. Haben sie wirklich nichts gesagt?", wollte der Oberst herausfinden, ob auf die beiden tatsächlich Verlass war.

„Kein Wort haben sie mir gesagt. Aber das wäre auch gar nicht möglich gewesen. Ich habe sie ersucht, mich in Ruhe zu lassen, und mein erster Weg heute Morgen war zu Ihnen. Bislang habe ich sie noch nicht gesehen. Also, ich platze fast vor Neugier", forderte Maria den Oberst auf, ihr endlich eine mögliche Hiobsbotschaft zu verkünden.

„Das Ministerium schlägt wieder mit Einsparungsmaßnahmen um sich. Kurzum, sie wollten uns ursprünglich zwei Planstellen im Bereich Leib und Leben streichen. Ich habe mich gemeinsam mit der Gewerkschaft heftig zur Wehr gesetzt und ihnen unmissverständlich klargemacht, dass es uns, also Ihrem Team, auch nicht an Arbeit mangelt, auch wenn kein aktueller Fall ansteht. Es gibt noch einige Fälle, an die von Neuem herangegangen werden muss. Jene Fälle, die keiner Klärung zugeführt werden konnten. Die gibt es doch, oder?"

„Ja, leider. Die gibt es auch. Aber ich kann Sie beruhigen, es sind nicht viele. Ein Fall, bei dem wir nicht weitergekommen sind, ist besonders tragisch. Das Opfer wird sein Leben lang an schweren Dauerfolgen leiden", rief sich Maria diesen gemeinen und brutalen Überfall auf einen jungen Burschen nach einem Diskothekenbesuch ins Gedächtnis.

„Es konnte eine Kompromisslösung erzielt werden. Dennoch wurde der Personalstand beim Ermittlungsbereich 1, Leib und Leben, um eine Planstelle reduziert. Es tut mir leid", versicherte Schauer. Es hatte den Anschein, dass er sich nicht nur einer Floskel bediente, sondern tatsächlich damit haderte, Maria diese Neuigkeit unterbreiten zu müssen.

„Wissen Sie, Herr Oberst, in den letzten Tagen und Wochen hatte ich sehr viel Zeit, über die Dinge des Lebens nachzudenken. Noch nie in meinem Leben war mir bewusster, dass nichts, aber auch schon rein gar nichts, so wichtig ist, dass man sich darüber so aufregt, dass es einem auf den Magen schlägt. Was ich damit ausdrücken möchte …"

„Ich weiß genau, was Sie damit sagen wollen", unterbrach Schauer. „Sie haben erkannt, was wirklich zählt im Leben. Und da gehören dienstliche Belange nicht unbedingt dazu. War es das, was Sie mir eben sagen wollten?"

„Ja, Herr Oberst, genau das war es, was ich ansprechen wollte. Wenngleich es dennoch eine ausgemachte Sauerei ist, dass die da oben uns Personal vorenthalten. Wegnehmen können sie uns ohnehin niemanden, denn wir arbeiten schon sehr lange in Unterbesetzung", musste Maria nun doch noch aufpassen, nicht in alte Verhaltensmuster zu verfallen.

Schauer und Meister lächelten einander zu. Es war offensichtlich, dass der Tod von Heinrich Müller in Maria eine Veränderung herbeigeführt hatte. Aber auch Albert Schauer schien um einiges umgänglicher geworden zu sein. Zumindest in diesem Moment.

Maria Meister konnte nur schwer Tränen der Rührung zurückhalten, als sie ihr Büro betrat. Ein wundervoller Blumenstrauß zierte ihren verwaisten Schreibtisch. An der Wand war ein selbstgefertigtes Plakat angebracht, auf dem in blauer Schrift und riesigen Lettern zu lesen stand: EIN HERZLICHES WILLKOMMEN ZURÜCK DER BESTEN CHEFIN DER WELT! Einige rote Herzchen zierten das gelbe Plakat.

„Ihr seid ja verrückt. Danke! Vielen Dank, ihr Lieben." Maria begrüßte all ihre Kollegen mit einem Handschlag und einer Umarmung. Renate und Peter küsste sie sogar auf die Wangen. Auch an Kaffee und Buttersemmeln hatten sie gedacht. Maria wusste, es war die richtige Entscheidung, wieder in den Alltag einzutauchen.

Peter berichtete über die vergangenen vier Arbeitswochen und verschwieg der Chefin auch nicht, wie Renate durch ihren genialen Versuch, durch eine Auswertung von Radarfotos Bogdan Pajak sein erfundenes Alibi zu zerstören, voll ins Schwarze getroffen hatte.

„So wie ich das sehe, hätte ich noch ohne weiteres meinen Urlaub verlängern können. Ihr braucht mich ja gar nicht", scherzte Maria.

„Was möchtest du jetzt von uns hören?", fragte Hammerl.

„Vergesst es. Ab sofort herrscht wieder Zucht und Ordnung bei der Mordgruppe", sagte Maria und versuchte, einen besonders strengen Blick aufzusetzen.

Das ganze Team alberte ein wenig herum. Sie alle waren froh, dass sich Maria in einer guten seelischen Verfassung befand. Dass in ihrem Innersten wohl große Trauer und Wehmut vorherrschen mussten, war jedem im Büro der Mordermittler bewusst.

Um Viertel nach elf, Hammerl überlegte gerade, ob er zu Mittag in die Kantine gehen oder sich im nahen Lokal eine Pizza einverleiben sollte, begann das Telefon aufdringlich zu läuten. Peter befiel das ungute Gefühl, dass seine eben noch vorrangigen Überlegungen, das Mittagsmahl betreffend, dadurch hinfällig wären.

„Meister“, meldete sich Maria und hoffte, dass es sich um einen neuen Fall handelte. Es wäre die beste Gelegenheit, durch intensive Arbeit schnellstmöglich in ein geregeltes Arbeitsleben zurückzukehren. Die vielen Stunden der Einsamkeit, die sie in ihrer dienstfreien Zeit zu meistern hatte, blieben ihr ohnehin nicht erspart.

Ihr stummer Wunsch wurde offensichtlich erhört, wenngleich das damit gleichbedeutend war, dass erneut ein Mensch auf tragische Weise diese Welt verlassen musste. Ein offensichtlich heikler Mordfall kündigte sich an.

„Der Ernst des Lebens hat uns wieder. Wer von euch ist gebunden?“, fragte Maria und wollte wissen, wer im Büro unabkömmlich war und vordringliche Akten erledigen musste.

„Ich hätte noch einige schriftliche Erledigungen zum Fall Pajak zu tätigen“, kam es von Renate wie aus der Pistole geschossen. Clemens Weber plagten Zahnschmerzen. Er hatte bereits einen Zahnarzttermin für vierzehn Uhr vereinbart.

„Ich würde gerne mitfahren“, sagte Siegfried aufgeregt. Er war erst seit kurzem der Mordgruppe auf eigenen Wunsch dienstzugeteilt und brannte darauf, an einem spannenden Fall mitzuarbeiten.

„Es handelt sich aber höchstwahrscheinlich um einen Mord“, erwiderte Maria. Kaum hatte sie es ausgesprochen, machte sich schallendes Gelächter aller Anwesenden breit. Aller außer Siegfried. Ihm konnte diese Äußerung nur ein verhaltenes und ein wenig gequältes Lächeln entlocken. Er hieß mit Nachnamen „Mord“.

„Entschuldigung, Sigi, es war nicht böse gemeint", kam es spontan von Maria. Sie hatte Bedenken, er könnte annehmen, sie und die Kollegen machten sich über seinen makabren Nachnamen lustig.

„Kein Problem, Frau Chefinspektor. Was meinen Sie, wie oft ich mir schon dumme Sprüche wegen meines Namens anhören musste? Ich bin beinahe schon resistent dagegen. Darf ich jetzt oder nicht?"

„Was?"

„Na, mit ausrücken. Zum Mord-Fall", lachte Siegfried jetzt aus voller, schmächtiger Brust.

„Ja, natürlich, aber nur, wenn du mir versprichst, mich nie wieder zu siezen. Ich bin auch selbstverständlich für dich die Maria." Schon schüttelten sich die beiden herzlich die Hände, und Sigi wusste, dass seine Entscheidung, um eine Zuteilung zur Mordgruppe anzusuchen, die beste war, die er hatte treffen können.

Der 20-jährige Thomas Müller bewohnte zusammen mit seinen Eltern und seiner jüngeren Schwester Laura ein komfortables Einfamilienhaus in einer noblen Wohngegend in Mödling. Ein schmuckes Haus reihte sich neben das andere, von denen man einige durchaus als Luxusvillen bezeichnen konnte.

Ein knapp zweitausend Quadratmeter großes Grundstück mit einigen Obstbäumen, ein gepflegter Rasen, der aussah, als hätte man jeden Grashalm einzeln mit der Nagelschere zurechtgeschnitten, ein Spielplatz, der eher einem Hindernisparcours glich, sowie ein beheizbarer Swimmingpool zeugten vom Wohlstand der Müllers. Das ganze Areal wurde von einem knapp zwei Meter hohen, blickdichten Zaun umfriedet. Das große elektrische Einfahrtstor mit Gegensprechanlage wurde durch eine Videokamera überwacht. Aufkleber beim Grundstückseingang wiesen auf ein durch eine Alarmanlage gesichertes Wohnobjekt hin. Potenzielle Einbrecher sollten dadurch abgeschreckt werden. Eine Tafel mit der Aufschrift: HIER WACHE ICH und einem stattlichen Kopf eines Schäferhundes hatte Brigadier Albert Müller nach dem Tod seines geliebten treuen Vierbeiners vor einem Jahr nicht entfernt. Er war überzeugt, sein „Brutus" könnte so auch nach seinem Ableben zur Sicherung des Grundstücks beitragen.

Der hochrangige Militäroffizier, ein ehemaliger erfolgreicher Handballspieler, wie auch Thomas´ Mutter, Natascha, die ein gutgehendes Schmuckgeschäft in Mödling besaß, waren stolz auf ihren erfolgreichen und ehrgeizigen Sohn.

Thomas absolvierte die Matura mit ausgezeichnetem Erfolg und trainierte hart in der Heeressport- und Nahkampfschule. Seine große Leidenschaft galt dem Schwimmsport. Unzählige Pokale und Medaillen zierten Regale und Wände in einem eigens dafür eingerichteten Raum im Keller des geräumigen Hauses, der auch gleichzeitig der Fitnessraum für die sportliche Familie war. Nur die 15-jährige Laura hatte noch nicht die große Leidenschaft, sich körperlich allzu viel abzuverlangen, für sich entdeckt. Sie begnügte sich mit gemütlichem Radfahren und verbrachte ihre freie Zeit lieber bei Freundinnen, in deren Kreis es nur ein Thema gab, über das es sich lohnte zu diskutieren: über Jungs.

Thomas Müller trainierte nahezu täglich. Entweder stemmte er Gewichte im Kraftraum oder absolvierte Waldläufe nach einem eigens für ihn maßgeschneiderten Trainingsplan der HSNS. Das tägliche Abspulen unzähliger Schwimm-Kilometer war ohnehin Pflicht. Seine Trainer prophezeiten ihm eine großartige Schwimmkarriere. Er war bereits auf dem Sprung in den nationalen Kader. Namhafte lokale Zeitungen hatten erst kürzlich ausführlich über das große Schwimmtalent Thomas Müller berichtet.

Thomas war ein unkomplizierter und lebensfroher junger Mann. Die Mädchen himmelten den intelligenten, feschen Burschen förmlich an, und nicht wenige gaben ihm zu verstehen, dass sie gerne die Freundin an seiner Seite wären. Er jedoch hatte dafür keine Ambitionen. Bei ihm drehte sich alles nur darum, wie er seine ohnehin schon erstklassigen Zeiten auf fünfzig und hundert Meter unterbieten konnte. Dafür arbeitete er hart und konsequent. Thomas´ Spezialdisziplin war die fünfzig Meter Kraudistanz. Die Trainer, aber auch die Konkurrenz waren sich einig, dass es nur mehr eine Frage der Zeit war, bis das ehrgeizige Schwimmtalent die nationalen Rekorde purzeln lassen würde. Doch es kam alles ganz anders.

Zwei Monate vor der österreichischen Juniorenmeisterschaft wollte sich das erfolgreiche Schwimmtalent bei Waldläufen auf einer idealen, unweit des elterlichen Anwesens gelegenen Laufstrecke den letzten konditionellen Schliff holen. Kurze Sprints bergauf standen auf dem Programm. Dieses Jahr würde ihm keiner den Meistertitel wegschnappen, zumal sein schärfster Konkurrent in die allgemeine Klasse aufgestiegen war, hoffte Thomas.

Eine kurze Unachtsamkeit, und schon wurde ihm eine mit Moos bewachsene Baumwurzel zum Verhängnis.

„Bänderzerrung im rechten Außenknöchel", lautete die Diagnose des Spezialisten. Nach knapp zwei Wochen absoluter Schonung begann der von einem eisernen Siegeswillen besessene Spitzensportler bereits wieder mit dem Training. Therapeutische Bewegungsgymnastik, moderates Krafttraining und Schwimmen im hauseigenen Pool standen auf dem Programm der nächsten zwei Wochen. Thomas wusste, dass die Zeit bis zur Meisterschaft, die auch gleichzeitig eine Qualifikation für die Junioren-Europameisterschaft bedeuten konnte, knapp war. Dennoch ließ er nichts unversucht und trainierte verbissen.

Eliska Nemec erwartete die Beamten der Mordgruppe kreidebleich am Eingangstor. Sie hatte den Dienst als Haushälterin bei Familie Müller wie üblich um elf Uhr angetreten. Ihre Angewohnheit war es, zumindest eine Viertelstunde vor Dienstbeginn das Anwesen, für das sie einen Schlüssel besaß, zu betreten. Üblicherweise war unter der Woche niemand zu Hause. Nemec war vor zwölf Jahren nach Österreich gekommen. Sie stammte ursprünglich aus der Tschechischen Republik. Seit zwei Jahren besaß sie die österreichische Staatsbürgerschaft. Eliska war eine sehr attraktive Einundvierzigjährige und bei den Müllers sehr beliebt. Sie genoss vollstes Vertrauen von Albert und Natascha Müller. Thomas und Laura mochten sie ebenfalls. Sie konnten in ihrer Kindheit so einige „große" Probleme bei ihr abladen. Eliska hatte immer ein offenes Ohr für die Kinder und spendete das eine oder andere Mal Trost. Für die Müllers gehörte sie längst schon zur Familie.

Obwohl Nemec sehr gut Deutsch sprach, verwendete sie aufgrund ihrer großen Aufregung mehrmals Redewendungen ihrer Landessprache. Ihr Körper zitterte wie Espenlaub. Chefinspektor Meister konnte sie nur mit Mühe ein wenig beruhigen.

Zwei uniformierte Polizeibeamte der Polizeiinspektion Mödling hatten den Tatort im Bereich des Swimmingpools mit einem Band abgesperrt. Besonders geschulte Beamte der Spurensicherung des Bezirkes suchten auf dem ganzen Areal nach möglichen Spuren.

Ein durchtrainierter männlicher Körper in Badehose lag leblos am Beckenrand. Es handelte sich um den Leistungssportler Thomas Müller.

„Es war kein Unfall“, informierte eine junge Bezirksinspektorin der Polizeiinspektion die Ermittlungsleiterin Meister. Sie hatte gemeinsam mit ihrem Kollegen den nahe am Beckenrand, teils unter, teils über dem Wasser treibenden, leblosen Körper mit vereinten Kräften aus dem Becken gezogen.

„Wieso sind Sie sich da so sicher?“, fragte Meister.

„Weil die Leiche eine stark blutende Wunde auf dem Hinterkopf aufweist“, erwiderte sie selbstsicher.

„Und was, wenn er ausgerutscht und mit dem Hinterkopf auf den Beckenrand geknallt ist? Könnte doch sein, oder? Danach fiel er ins Wasser und ertrank“, sagte Maria, obwohl sie wusste, dass es in diesem Fall Blutspuren an dem mit rutschfesten Steinplatten verlegten Bereich rund um den Pool geben müsste.

„Es gibt keine Blutspuren am Beckenrand“, erwiderte die junge Beamtin messerscharf.

„Wenn Sie den Streifendienst einmal über haben, melden Sie sich in mein Team. Ich kann immer engagierte und kluge Kolleginnen brauchen", zauberte Maria der Uniformierten mit diesen Worten ein Strahlen ins Gesicht.

„Ich hoffe, du kannst auch engagierte und kluge Kollegen brauchen", warf Peter ein, der das Gespräch mitverfolgt hatte.

Maria ließ diesen Einwand unkommentiert und fragte einen Beamten der Spurensicherung, ob eine mögliche Tatwaffe gefunden wurde. Zerknirscht gestand dieser ein, keine verwertbaren Spuren, geschweige denn eine Tatwaffe, sichergestellt zu haben.

Die Eltern des offenbar gewaltsam zu Tode gekommenen jungen Sportlers, Albert und Natascha Müller, waren unmittelbar, nachdem sie die Schreckensnachricht erhalten hatten, nach Hause geeilt und versuchten, sich in den schwersten Stunden ihres Lebens gegenseitig Halt zu geben und Trost zu spenden. Sie befanden sich im geräumigen und mit Stilmöbeln eingerichteten Wohnzimmer. Einfühlsam fragte Meister, ob sie ihnen einige wenige Fragen zu ihrem Sohn Thomas stellen dürfe.

Die beiden hielten sich gegenseitig an den Händen und versuchten, das Unfassbare gemeinsam zu begreifen und zu ertragen. So gut es eben ging.

„Was wollen Sie wissen?", fragte Albert Müller erstaunlich gefasst.

„Ich werde Sie nicht lange mit meinen Fragen behelligen", begann Meister, der es im Grunde keinen Deut besser erging als diesen leidgeprüften Eltern. Dass diese Menschen vor ihr und deren so tragisch aus dem Leben ge-

schiedener Sohn den gleichen Nachnamen hatten wie ihr geliebter verstorbener Heinrich, betrachtete sie als Ironie des Schicksals. Tatsächlich hatte ihr Heinrich einmal erzählt, dass sein längst verstorbener Bruder Alois einen Sohn hatte, der als Militäroffizier irgendwo in Niederösterreich seinen Dienst versah. Der Vorname von Heinrichs Neffen war Maria nicht in Erinnerung geblieben. Zwischen den beiden bestand keinerlei Kontakt. Sie glaubte aber sich zu erinnern, dass Heinrich ihr erzählt hatte, dass dieser einen Sohn und eine Tochter habe. Natürlich hießen sie alle Müller. Jetzt saß sie im Wohnzimmer eines offenbar wohlhabenden Ehepaares, das die schlimmsten Stunden seines Lebens zu meistern hatte. Familie Müller hatte ihren Sohn auf so tragische Art und Weise verloren. Wenn Maria mit ihrer Vermutung richtig lag, handelte es sich beim zu Tode gekommenen jungen Mann um Heinrichs Großneffen. Heinrich Müller, der viel zu früh diese Welt verlassen musste, war offenkundig der Großonkel von Thomas, dessen Ermordung sie nun aufzuklären hatte. Maria zweifelte nicht daran, dass es sich um ein Tötungsdelikt handelte. Wie klein
sichtlich besonders schwer zu schaffen. doch die Welt ist, dachte sie und kämpfte gegen eine zunehmende Enge in ihrer Brust an. Sie fühlte sich Heinrich so unendlich nahe.

„Hatte Thomas Feinde?“, fragte sie Albert und Natascha Müller.

„Nicht dass ich wüsste“, kam es spontan von Natascha, die sich fest an ihren Ehemann drückte und ihren Arm mit dem seinen verhakte.

„Natürlich ist Thomas, war Thomas“ – Albert Müller schluckte und musste nun doch um Fassung ringen – „im

Grunde erwachsen und hat uns bestimmt nicht mehr alles erzählt. Hätte er aber Feinde gehabt, oder wäre er bedroht worden, er hätte es mit Bestimmtheit mir oder meiner Frau erzählt. Das Verhältnis zu unseren Kindern war stets ein freundschaftliches. Es ist alles so schrecklich. Wer macht denn so etwas?", fragte er, und der anfänglich augenscheinlich hartgesottene Militäroffizier konnte nun doch seinen großen Schmerz nicht mehr unterdrücken. Tränen in seinen graublauen großen Augen zeugten davon. Dem großgewachsenen, durchtrainierten Mann mit einer außergewöhnlich kantigen Kopfform und harten Gesichtszügen machte der Tod seines Stammhalters in diesem Moment offen

„Ist Ihnen etwas aufgefallen? Vielleicht ein Fremder vor dem Tor, oder gab es Telefonanrufe, bei denen sich der Anrufer womöglich nicht gemeldet hat?", hakte Meister nach.

Die Müllers blickten sich resignierend an, um dann beinahe synchron und stumm verneinend ihre Köpfe zu schütteln.

„Ich möchte Sie nicht weiter mit meinen Fragen quälen. Nicht heute. Dennoch bitte ich Sie, mich umgehend zu verständigen, wenn Ihnen noch irgendetwas einfällt, das uns weiterbringen könnte. Oder wenn Ihnen etwas Außergewöhnliches auffällt, sei es auch dem ersten Anschein nach noch so unbedeutend." Maria beendete die hochsensible Befragung der verzweifelten Eltern und übergab Brigadier Müller ihre Visitenkarte.

Hammerl war inzwischen dazu gestoßen und konnte sich einmal mehr von Marias Einfühlungsvermögen, aber auch von ihrer unendlichen Stärke überzeugen. Hätte er vor so kurzer Zeit einen lieben Menschen verloren, er hätte wohl kaum die Kraft für derartige Befragungen aufbringen können, war er überzeugt.

„Ach ja“, sagte Maria und drehte sich unmittelbar vor dem Verlassen des Raumes noch einmal in Richtung Albert und Natascha Müller um. „Ich hätte da noch eine letzte Frage an Sie, Herr Müller, wenn Sie gestatten. Es hat nichts mit dem Tod Ihres Sohnes zu tun.“ Sie machte einige Schritte auf die beiden zu.

„Bitte, fragen Sie“, kam es leise von Albert Müller, der sich nicht vorstellen konnte, was die Beamtin von ihm wissen wollte, das nicht mit Thomas´ Tod in Zusammenhang stand. Seine Frau nickte zustimmend.

„Haben Sie einen Onkel, der Heinrich heißt? Heinrich Müller?“

„Das ist korrekt. Ist der nicht auch bei der Polizei?“, war er nun doch ein wenig neugierig. „Ich habe aber keinen Kontakt zu ihm. Ich denke, ich habe ihn das letzte Mal gesehen, als ich noch ein Kind war. Ich muss zwölf oder dreizehn Jahre alt gewesen sein. Nach dem Tod meines Vaters haben wir uns aus den Augen verloren. Irgendwann habe ich dann in der Zeitung gelesen, dass ein gewisser Heinrich Müller einen brutalen Mörder überführt hatte. Also denke ich, er macht den gleichen Job wie Sie. Darf ich fragen, warum Sie das wissen wollen?“

Maria schluckte und versuchte, ihre Emotionen zu kontrollieren. Zu sehr schmerzte es, einem Verwandten, dem Neffen von Heinrich, gegenüberzustehen und zu wissen, dass sie ihm nicht am Abend von der Begegnung und dem Kriminalfall erzählen konnte. Dass sie Heinrich nie wieder um

Rat fragen und vor allem, dass sie ihn für den Rest ihres Lebens nicht mehr spüren konnte. Für einen Moment war ihr, als versagten ihre Beine. Hastig griff sie nach Peters Arm.

Dieser hatte die Situation blitzschnell erfasst und führte Maria zu einem wuchtigen Biedermeier-Stuhl, der unmittelbar neben den Müllers stand.

„Was ist mit Ihnen? Sie sind ja kreidebleich. Möchten Sie ein Glas Wasser?", fragte Natascha. Schon ging sie im Laufschritt in die Küche und kam umgehend mit einem Glas kaltem Leitungswasser zurück.

„Vielen Dank", lächelte Maria ein wenig gequält und trank das Glas in einem Zug leer. Sie atmete einige Male kräftig durch.

„War wohl alles ein bisschen viel in letzter Zeit. Bitte entschuldigen Sie, aber ich denke, ich muss mein Verhalten erklären."

„Sie müssen gar nichts. Sie sind uns doch keine Rechenschaft schuldig", sagte Albert Müller und dachte, dass die Kriminalistin womöglich schwanger sei. Diesen Gedanken verwarf er jedoch in Anbetracht ihres fortgeschrittenen Alters sogleich. Aber möglich wäre es, heutzutage, hing er diesem Gedanken nach.

„Ich kannte Ihren Onkel. Ich kannte ihn gut. Sehr gut sogar", begann sie wieder völlig gefasst.

„Wieso kannte?", fragte Albert.

„Heinrich, also Ihr Onkel Heinrich, ist vor einigen Wochen einem Herzinfarkt erlegen. Mochten Sie oder Ihr Vater ihn nicht?" Maria wollte unbedingt in Erfahrung bringen, ob Heinrich und sein Bruder womöglich verfeindet oder zumindest zerstritten waren. „Bitte, verzeihen Sie. Sie müssen ja denken, dass mich das überhaupt nichts angeht, und im Grunde haben Sie damit recht. Heinrich war einige Jahre mein Chef bei der Mordgruppe. Er war aber nicht nur mein Vorgesetzter. Als er in den Ruhestand trat, haben wir uns ineinander verliebt. Wir lebten zusammen, und jetzt ist er tot. Deshalb habe ich Ihnen diese privaten Fragen gestellt. Es tut mir leid. Es ist alles noch so frisch. Ich werde Sie jetzt verlassen." Maria erhob sich und war im Begriff, zu gehen.

„Ach, so ist das", sagte Albert Müller. „Das ist doch selbstverständlich, dass Sie alles interessiert, was mit Onkel Heinrich in Zusammenhang steht. Soweit mir bekannt ist, gab es keinen Streit zwischen den Brüdern. Also ich meine, zwischen meinem Vater und Heinrich. Zumindest habe ich davon nichts mitbekommen. Aber wie ich schon erwähnt habe, ist mein Vater sehr früh verstorben. Er hatte einen bösartigen Tumor. Beim Begräbnis habe ich meinen Onkel, Ihren Heinrich, zum letzten Mal gesehen. Für mich als Junge hat er damals ein wenig streng gewirkt. Um nicht zu sagen, dass ich beinahe ein bisschen Angst vor ihm hatte. Es gab keinen wirklichen Grund dafür, aber seine, wie soll ich es ausdrücken, seine, ja, seine ganze Art, so streng, und seine ganze Ausdrucksweise. Ich würde es heute so bezeichnen: Auf mich wirkte er unnahbar und schroff. Ich denke, mit Kindern hatte er es nicht so. Deshalb war es mir auch egal, dass der Kontakt zur Gänze abgebrochen war. Es tut mir leid."

„Das ist schon okay", sagte Maria und lächelte milde. „Genau so war er. Auch in der Kollegenschaft wurde ihm nicht ungeteilte Sympathie zuteil. Er war ein echtes Raubein. Wenn Sie wissen, was ich meine. Er gab sich oft mürrisch, und jeder, der ihn nicht näher kannte, musste annehmen, Heinrich wäre ein unverbesserlicher Grantler. Ich möchte nur noch eines loswerden, bevor ich sie dann endgültig verlasse. In jedem Fall danke ich Ihnen, dass Sie mit mir über Heinrich gesprochen haben. Er war gütig, zuverlässig, und er hatte ein Herz aus Gold. Für ihn passte wirklich der Ausspruch: Harte Schale, weicher Kern. Ja, ich denke, das trifft es genau. Das mit Ihrem Thomas tut mir unendlich leid, und ich verspreche Ihnen beiden, wir werden alles Menschenmögliche versuchen, den Tod Ihres Sohnes zu klären und den dafür Verantwortlichen zu schnappen."

Als Maria aus dem Haus trat, kam Siegfried Mord freudestrahlend und ein wenig außer Atem auf sie zugelaufen. In seiner rechten Hand hielt er ein langes, gerundetes Holzstück. Als er unmittelbar vor Meister stand, erkannte sie, dass es sich um einen Baseballschläger handelte.

„Frau Chefinspektor, schauen Sie ..., schau mal, Maria, was ich unweit des Anwesens gefunden habe. In einem Müllcontainer. Ich dachte mir, ich suche ein wenig die Gegend ab, während du die Eltern befragst. Schau mal, hier vorne, das ist bestimmt Blut."

„Du bist der totale Wahnsinn, Sigi! Gratuliere. Wie gut, dass du mitgefahren bist. Für die Kollegen der Spurensicherung endet die Suche offenbar im Umkreis von zehn Metern. Denen werde ich was erzählen", sagte Maria und machte ein wenig auf streng. Für sie war natürlich klar, dass die Spurensicherer nicht die Straße entlanglaufen würden, um in Müllcontainern zu stöbern. Siegfried Mord hatte es aber getan und so die vermutliche Tatwaffe zutage gefördert.

„Sogar an das Überstreifen von Handschuhen hast du gedacht, um keine Fremdspuren auf den Schläger zu übertragen. Sigi, weißt du was, schreib deine Bitte um Versetzung zum LKA. Zur Mordgruppe. Zu uns!“

Mord strahlte übers ganze Gesicht, und es schien, als wäre er soeben um einige Zentimeter gewachsen.

Albert und Natascha Müller stand der wohl bislang schrecklichste Moment ihres Lebens bevor. Ein großer schwarzer Kombi war bei ihrem Anwesen eingetroffen. Der Fahrer hatte die Anweisung, den Leichnam des Thomas Müller ins gerichtsmedizinische Institut zu überführen. Die Staatsanwaltschaft hatte eine Obduktion der Leiche angeordnet, um die genaue Todesursache abzuklären.

Der Hausarzt der Müllers verabreichte Natascha eine Beruhigungsspritze. Sie hatte einen totalen Zusammenbruch erlitten. Albert Müller gab sich beherrscht, und es hatte beinahe den Anschein, er würde den Tod seines einzigen Sohnes ohne weitere Gefühlsregung hinnehmen.

Die nächsten Tage waren von Befragungen bei Thomas Müllers Kollegen in der Heeressport- und Nahkampfschule wie auch bei seinen wenigen engeren Freunden geprägt. Sein ganzes noch so junges Leben wurde beleuchtet. Alles konnte von Bedeutung sein.

Ausnahmslos alle Befragten gaben an, dass Thomas ein sehr umgänglicher, intelligenter, aber auch über Gebühr ehrgeiziger junger Mann war. In seinem Leben drehte sich alles um den Schwimmsport und was damit im Zusammenhang stand. Sein Tagesablauf bestand aus trainieren, essen, schlafen, lernen und wieder trainieren. Der eine oder andere seiner Kameraden beim Bundesheer gab den Ermittlern zu verstehen, dass das für sie kein Leben wäre. Nur selten ging Thomas mal mit auf die Piste. Und dann hieß es zumeist schon vor Mitternacht, dass er seinen geregelten Schlaf benötige, weil der nächste Tag ein sehr trainingsintensiver sei.

Seine vielen Chancen beim weiblichen Geschlecht ließ er ungenutzt. Thomas hatte ein einziges Mal eine Freundin. Maria, ein bildhübsches blondes Mädchen mit einer Modelfigur, war selbst sehr sportlich und konnte bis zu einem gewissen Grad Verständnis für Thomas´ Verbissenheit beim Training aufbringen. Jedoch bemerkte auch sie schon nach einigen Monaten, dass sie nur die Nummer zwei war. Thomas Müller ordnete alles und jedes dem Schwimmsport unter. Auch Maria!

Die beiden trennten sich nach vier Monaten in Freundschaft. Maria tröstete sich bereits nach wenigen Wochen mit einem Jungen, den auch Thomas sehr gut kannte. Er hatte einige Male mit ihm Trainingsläufe absolviert. Marias neuer Freund, Philip Haller, war der beste Läufer über zehntausend Meter der gesamten HSNS. Von ihm konnte Thomas auch für das Schwimmen profitieren, war er überzeugt. Niemals hörte man ihn schlecht über Maria oder Philip reden. Einige waren sogar der Meinung, Thomas war froh, dass Maria wieder einen Freund hatte und er sich ganz und gar seinem einzigen großen Ziel widmen konnte. Dem österreichischen Meistertitel der Junioren und der Qualifikation für internationale Turniere.

Chefinspektor Meister und Peter Hammerl, der mit ihr gemeinsam diesen Fall lösen wollte, fanden keine Anhaltspunkte, die sie weiterbringen konnten. Sie sahen nicht ein einziges mögliches Mordmotiv. Wer sollte in das gut geschützte Grundstück der Familie Müller am helllichten Tag eindringen, um dem jungen Thomas mit einem Baseballschläger derart wuchtig auf den Kopf zu schlagen, dass die Schädeldecke einen tiefen Riss sowie Absplitterungen erlitt? Die Obduktion hatte das ergeben.

Thomas wurde vermutlich mit einem gewaltigen Hieb mit dem von Siegfried Mord aufgefundenen Baseballschläger von einem am Beckenrand stehenden Täter kurz vor der Wende bewusstlos geschlagen. Mit der schrecklichen Folge, dass er hilflos im hauseigenen Swimmingpool ertrank.

Bezirksinspektor Mord wich den Ermittlern Meister und Hammerl nicht von der Seite. Er war von den vielen Befragungen und Recherchen ungemein beeindruckt und liebäugelte tatsächlich damit, nach Beendigung der Dienstzuteilung um eine dauerhafte Versetzung zum Ermittlungsbereich 1, Leib und Leben, beim LKA anzusuchen.

„Wir haben nichts. Rein gar nichts, sieht man vom aufgefundenen Baseballschläger als Tatwaffe und den bei der westlichen Grundstückseinfriedung sichergestellten Schuhabdrücken ab", war Maria Meister nach drei Wochen permanenten Ermittelns im Mordfall „Thomas Müller" entmutigt, als sie sich zu einem Informationsgespräch bei Oberst Schauer einzufinden hatte.

„Der Junge war schwer in Ordnung", berichtete sie dem LKA-Leiter. „Er lebte in einer integren Familie und bewegte sich in einem guten sozialen Umfeld. Er ordnete ausnahmslos alles dem Schwimmsport unter und hatte keinerlei Feinde. Wir haben alle Eventualitäten beleuchtet. Sogar ehemalige Mitschüler aus dem Gymnasium haben wir unter die Lupe genommen. Kein Einziger von ihnen hat eine Vorstrafe. Wir sind nach einer Schülerliste, die uns der Rektor der Schule freundlicherweise zur Verfügung gestellt hat, vorgegangen. Jeden einzelnen haben wir überprüft, einige, die sich in der Region angesiedelt haben, sogar befragt. Niemand hat schlecht über Thomas gesprochen. Er war schon immer ein wenig introvertiert und hatte genaue Ziele für sein Leben im Kopf, die er bislang alle erreicht hatte. Von einem möglichen Feind sind wir meilenweit entfernt.

Es war aber kein Zufallsmord. Der oder die Täter mussten alles genau geplant haben. Sie wussten offensichtlich, dass Thomas alleine zu Hause war. Auch, dass kein Hund das große Anwesen bewachte, obwohl eine Tafel am Eingangstor dies glauben machen sollte.

Ebenso musste der Täter gewusst haben, dass der Junge, der nach einem Sturz beim Laufen noch an einer Knöchelverletzung laborierte, ein leichtes Schwimmtraining im hauseigenen Pool absolvierte. Ansonsten trainierte er stets im Leistungszentrum."

„Gibt es keine Überwachungskameras?", wollte Schauer wissen.

„Doch, die gibt es. Wir haben uns natürlich schlau gemacht und wollten das aufgezeichnete Bildmaterial einsehen. Das Problem ist aber, dass es keine Aufzeichnungen gibt. Der korrekte Herr Brigadier wollte uns eine Lektion in puncto Datenschutz erteilen. Er meinte, die Kameras wären auf den vor dem Grundstück vorbeiführenden Gehsteig gerichtet, weshalb die Bilder nicht gespeichert werden dürften. Dabei zitierte er sogar den Gesetzestext auf Punkt und Komma und benannte Absätze und Ziffern."

„Ist das so?", fragte der Oberst, und Maria wusste nicht, ob sie das als Prüfungsfrage werten sollte oder der Herr Oberst bei diesem Gesetz nicht ganz firm war.

„Ja, Herr Oberst, genauso ist es. Aber ich bin sicher, Sie wissen das ohnehin." Ein verlegenes Räuspern ihres Gegenübers veranlasste Maria, das Thema zu wechseln. Sie wusste, dass es nie gut rüberkam, einem Vorgesetzten seine Grenzen aufzuzeigen.

„Also, wie gesagt, wir haben nicht viel in der Hand. Der Täter, ich gehe mal davon aus, dass es sich nur um einen Täter handelt, dürfte höchstwahrscheinlich an der westlichen Ecke, an der sich der fast zwei Meter hohe Zaun aus Drahtgeflecht mit einem ein wenig niedrigeren Holzzaun verbindet, auf das Grundstück gelangt sein. Diese Stelle ist von möglichen Passanten aufgrund dichter Sträucher beinahe nicht einzusehen. Außerdem konnte der Täter nicht davon ausgehen, dass die Kamera keine Aufzeichnungen liefert und lediglich dazu dient, vom Innenbereich des Hauses das Tor einzusehen."

3

Maria Meister sehnte sich täglich von Neuem den Dienstbeginn herbei. Sie wusste, dass die unverminderte Trauer um Heinrich sie noch viele Monate und vermutlich sogar Jahre begleiten würde. Vergessen wollte sie ihn ohnehin ihr restliches Leben lang nicht.

Bei den Ermittlungen, Zeugeneinvernahmen und sonstigen vielen interessanten Tätigkeiten als Chefin der Mordgruppe gelang es ihr kurzzeitig, ihren Seelenschmerz zu verdrängen.

Die geräumige Wohnung, die sie für Jahre mit Heinrich geteilt und er ihr vermacht hatte, verkaufte sie und zog in ein kleines, aber feines Appartement am Stadtrand von St. Pölten. Von ihrem Wohnzimmerfenster aus konnte sie einen nahen, dicht bewachsenen Mischwald sehen. Sie liebte die ruhige Lage weitab von Gestank und Verkehrslärm. Sogar der Wunsch nach einer Terrasse, von der aus sie direkt in einen kleinen Garten gelangen konnte, hatte sich bei der Wahl ihres neuen Zuhauses erfüllt. Hier wollte Maria einen Neustart für ihren letzten Lebensabschnitt wagen.

Außer einem Bild, auf dem Heinrich und sie auf der kleinen Veranda vor Cézárs Fischerhütte in Ungarn zu sehen waren, wies nichts in der neuen Bleibe auf Heinrich Müllers einstige Existenz hin. Maria hatte all seine Habseligkeiten entweder verschenkt, gespendet oder vernichtet. Sie hatte beschlossen, den Menschen, für den sie im Nachhinein betrachtet die größte Liebe ihres Lebens empfand, stets in ihrem Herzen zu tragen. Maria war überzeugt, dass die Einzigartigkeit ihrer Beziehung zu Heinrich nicht an materiellen

Dingen, die sie aufbewahrte oder in irgendeinem Kasten verstaute, festzumachen war, sondern dass einzig und allein das Gefühl in ihrem Herzen und die wundervollen Erinnerungen und Gedanken an ihn zählten. Sie spürte, dass sie mit jedem Tag ein bisschen mehr an Kraft und Zuversicht für ihr weiteres Leben gewinnen konnte.

Hatte sich Maria das eine oder andere Mal, als Heinrich noch am Leben war, gewünscht, dass die Jahre bis zu ihrem Ruhestand möglichst schnell vorübergehen sollten, so war sich die Kriminalistin jetzt sicher, dass sie ein Leben ohne ihre Ermittlungstätigkeit in die Knie zwingen würde. Obwohl der Dienst als Chefin der Mordgruppe ihr alles abverlangte und es Tage gab, an denen sie am Guten im Menschen zweifelte, wusste sie auch, dass das Sitzen auf einer Parkbank und das Füttern von Vögeln oder sonstige Aktivitäten, mit denen so mancher Ruheständler die Stunden totschlägt, nicht das Ihre waren. Aber bis dahin mussten ohnehin noch einige Jahre vergehen. Vorerst galt es, den aktuellen Mordfall an Thomas Müller rasch zu klären.

Womöglich hat das hasserfüllte kranke Gehirn einer Person, die Heinrich wegen irgendeines Gewaltdeliktes für viele Jahre hinter Gitter gebracht hatte und jetzt wieder in Freiheit ist, von Thomas´ und Heinrichs Verwandtschaft erfahren, dachte sie. Aber warum sollte er deshalb einen unschuldigen jungen Burschen töten, um sich an Heinrich zu rächen, der gar nicht mehr am Leben war? Maria schob diese absurden Gedanken sogleich wieder beiseite.

Dann aber spann sie gedanklich Begonnenes weiter. Was, wenn dieser Wahnsinnige nicht wusste, dass Heinrich nicht mehr unter den Lebenden weilte? Womöglich nahm er an, er würde um seinen Neffen trauern und wollte ihm auf diese Art seelischen Schmerz zufügen. Er konnte ja nicht wissen, dass es keinen Kontakt zwischen den beiden gab. Vielleicht wollte er auch Thomas´ Eltern dafür bestrafen, was Heinrich ihm angetan hatte? Oder sollte der Mord an Thomas Müller nur der Beginn einer Mordserie an allen noch lebenden und miteinander verwandten Müllers sein? War Laura die nächste? Oder ihre Eltern?

Welch abgründige Gedanken, redete sich Maria ein und versuchte krampfhaft, von diesen irrealen Gedankengängen wegzukommen. Doch immer wieder geisterten alle möglichen und unmöglichen Hypothesen durch ihren kriminalistischen Wirrkopf.

Waren es tatsächlich wirre Überlegungen, die sie anstellte? Wie hatte Heinrich ihr einmal bei einem aussichtlos scheinenden Kriminalfall geraten?

„Als guter Kriminalist musst du alle Eventualitäten ins Auge fassen! Klammere dich an jeden Strohhalm, den du zu fassen bekommst! Schließe nichts aus und überlasse nichts dem Zufall! Alles, was zur Klärung eines Falles beitragen könnte, ist zumindest einen Versuch wert!"

Derartige unbezahlbare Tipps hatte sie vom besten Mordermittler, den das LKA jemals in seinen Reihen hatte, bekommen.

Dem bereits im Ruhestand befindlichen Heinrich hatte es eine über vier Tage in einem Kellerverlies von ihrem eigenen, verrückt gewordenen Ehemann gefesselte und eingesperrte Frau zu verdanken, dass sie im letzten Moment aus den Klauen des Irren befreit werden konnte. Dass es sich beim Mörder, der durch eine Reihe abscheulicher Morde an Mädchen und Frauen in Erscheinung getreten war, um einen Verkehrspolizisten, der der Mordgruppe dienstzugeteilt war, gehandelt hatte, war über viele Tage das Thema aller Medien gewesen. Es war aber auch das Gesprächsthema Nummer eins in der Bevölkerung für eine sehr lange Zeit. Ein Gehirntumor hatte eine derart schreckliche Wesensveränderung beim Täter hervorgerufen. Die Ermittlungen waren für eine lange Zeit erfolglos geblieben. Was Maria und ihr Team auch anstellten, der Mörder konnte durch ein perfekt getarntes Doppelleben sein wahres Gesicht geschickt verbergen.

Es war nur eine im Grunde zu vernachlässigende Kleinigkeit, die Heinrich damals stutzig gemacht hatte. Er hatte sich in die Akten der ungeklärten Morde vertieft und Maria den entscheidenden Hinweis geliefert. Dass er sich bereits im Ruhestand befunden und Maria ihm den abgelichteten Akt mit nach Hause genommen und so gegen Vorschriften verstoßen hatte, wurde nicht weiter an die große Glocke gehängt. Ohne Heinrich hätte es mit Bestimmtheit ein weiteres Opfer gegeben.

„Ach Heinrich, wo bist du jetzt? Wo schwirrt deine Seele umher? Du fehlst mir so sehr, mein Liebling“, seufzte Maria mit gefalteten Händen und himmelwärts gerichtetem Blick, um sich im nächsten Moment dafür zu rügen. Ich muss stark sein! Stark für mich selbst und stark, damit wir den Mörder von Heinrichs Neffen seiner Missetat überführen und ihn schnellstmöglich aus dem Verkehr ziehen können, dachte sie.

Schnell wischte sie sich die Tränen aus den Augen, schnäuzte sich und griff zum Handy. Es war der letzte ihrer insgesamt drei dienstfreien Tage, in denen sie ihrem neuen Zuhause den letzten Feinschliff gegeben hatte.

„Maria hier, aber das hast du ja bestimmt schon selbst gesehen. Gibt es etwas Neues?“, fragte sie Renate Pall, die ihren Anruf entgegengenommen hatte.

„Nein Chefin, wir haben das Alte noch nicht aufgebraucht“, hörte sie ihre Kollegin kichern.

„Hast wohl die Nacht in der Witzkiste verbracht, wie?“

„Also sprich, sonst bist du entlassen!“

„Dann könnte ich endlich mehr Freizeit genießen. Mir kommt es vor, als wäre ich die Einzige, die permanent Dienst versieht. Es gibt nicht wirklich etwas, das von Bedeutung ist“, antwortete Renate endlich auf Marias Frage. Doch genau das war es, was Maria so vermisste. Die kleinen Blödeleien, das Sich-gegenseitig-Aufziehen, aber auch die konstruktive Arbeit. Sie wusste, sie konnte sich bedingungslos auf ihr Team verlassen. Im Gegenzug konnten alle Kollegen beinahe zu jeder Tages- und Nachtzeit Maria um Rat fragen oder auch mal ihr Herz bei ihr ausschütten. Seit dem Tod von Heinrich hatte sie aber niemand mit seinen oder ihren Befindlichkeiten behelligt. Sie wussten alle, dass die Chefin selbst genug Probleme zu bewältigen hatte.

„Doch!“, schrie Renate förmlich ins Telefon, sodass Maria befürchtete, ihr Trommelfell könnte einen Riss abbekommen.

„Bist du wahnsinnig!“, fauchte sie zurück. „Was wollt ihr mit einer tauben Gruppenleiterin anstellen? Mir wäre beinahe mein Trommelfell geplatzt.“

„Tschuldige“, kam es kleinlaut von Renate. „Magst hören?“

„Sicher mag ich hören. Oder warum sonst rufe ich an und frag dich, ob es etwas Neues gibt. Also rede schon oder schweig für immer!“

„Der Herr Oberst ist ausgerutscht.“

„Wie, ausgerutscht?“

„Ich war nicht dabei, aber wie rutscht man schon aus?“, stellte sich Renate dämlicher als sie in Wahrheit war. Renate war ganz im Gegenteil intelligent. Obwohl man das bei ihrer Art der Konversation nicht immer sogleich bemerkte.

„Ich war wirklich nicht dabei. Das wäre auch sehr pikant, wenn ich dabei gewesen wäre, denn angeblich hat es ihn in seiner Dusche flachgelegt.“ Maria konnte ganz deutlich Renates nerviges Kichern vernehmen.

„Und wenn ich dabei gewesen wäre, hätte ich ja mit ihm gedu…“

„Stopp! Bitte sprich nicht weiter, sonst bekomme ich einen Anfall. Einen Lachanfall. Du und der ehrenwerte Herr Oberst gemeinsam unter der Dusche?“ Maria machte ihre Ankündigung war und schüttelte sich vor Lachen. Plötzlich war es mucksmäuschenstill.

„Hallo! Hallo, Maria! Bist du noch da?“, fragte Renate und befürchtete, Maria hätte sich totgelacht.

„Natürlich bin ich noch da.“ Maria war schlagartig bewusst geworden, wie kindisch sie sich soeben benommen hatte. In ihrem Alter! Mit ihrer jungen Kollegin! Ich bin doch kein Teenager mehr, redete sie sich ein und wusste dennoch, dass es gerade das war, das sie ab und zu so dringend brauchte. Einfach loslassen. Über etwas zu lachen, ohne sich darüber Gedanken machen zu müssen, ob es angebracht oder womöglich dumm wäre. Seinen Gefühlen freien Lauf zu lassen und das Leben unbeschwert zu genießen. Mit all seinen Höhen und Tiefen. Niemand wusste es besser als Maria Meister, wie schnell alles vorbei sein konnte.

„Er hat sich doch nichts getan? Oder?", fragte Maria und hatte das unbeirrbare Gefühl, dass der Sturz nicht glimpflich verlaufen war. Warum hätte Pall es sonst erwähnen sollen?

„Er lebt noch, wenn du das meinst. Aber …"

„Was aber? Jetzt lass dir doch nicht jedes Wort aus der Nase ziehen!"

„Sein Bein."

„Ja, und? Was ist mit seinem Bein? Verstaucht?"

„Gebrochen. Doppelt!"

„Ist nicht wahr! Sag, dass das schon wieder ein geschmackloser Scherz von dir ist!"

„Geschmacklos? Willst du mich beleidigen?" Renate zog einen Schmollmund, dass ihre kleine Stupsnase zur Hälfte von der Oberlippe verdeckt wurde.

„Entschuldige bitte, war nicht so gemeint. Also, was hat er sich getan bei diesem Dusche-Sturz, der Herr Oberst?"

„Wie ich schon gesagt habe. Er hat sich den rechten Knöchel gebrochen. Außen und innen. Also doppelt. Doppelt gemoppelt", konnte sich Renate einen weiteren unangebrachten Scherz nicht verkneifen. Wieder war ihr einzigartiges und unverwechselbares Kichern, das eher dem Gackern einer liebestollen Henne ähnelte, zu vernehmen.

„Wir sehen uns dann am Montag“, sagte Maria. „Beim Therapeuten“, fügte sie hinzu.

„Wo bitte? Bei welchem Therapeuten?“, fragte Renate konsterniert.

„Denk drüber nach. Falls du nicht dahinterkommst, erkläre ich es dir persönlich.“

„Willst du damit sagen, ich brauche einen Therapeu…?“ war das Letzte, was Maria von Renate hören konnte. Schon hatte sie Handy-Aus-Taste gedrückt.

„Na warte“, sagte Renate zu sich selbst, als sie sicher war, dass die Leitung unterbrochen war. „Die will mich therapieren lassen! Mich! Wo gerade ich einer der normalsten Menschen auf diesem Planeten bin. Zumindest in diesem Büro“, beendete sie ihr Selbstgespräch.

Erneut musste sie schmunzeln, als ihr bewusst wurde, dass sie zum einen ein Selbstgespräch geführt hatte und zum anderen absolut alleine im Büro war.

Der Ausrutscher in der Dusche zwang Oberst Schauer für mindestens sechs Wochen in den Krankenstand. Er war noch am Tag des Sturzes operiert worden und musste für vier oder fünf Tage im Krankenhaus bleiben. Ab sofort übernahm Major Günther Fandler die Leitung des LKA Niederösterreich.

„Wann gibt es eine Einstandsparty?“, fragte Renate Pall ihre Chefin, als diese Montagmorgen ihr Büro betrat. Renate hatte sie bereits auf dem Gang mit dem interimistischen

LKA-Leiter Fandler einige Worte wechseln sehen. Sogleich brühte sie einen Filterkaffee und bestrich für Maria eine Semmel dick mit Butter. Genauso, wie sie es bevorzugte.

„Einen wunderschönen guten Morgen", strahlte Maria das erste Mal, seit Heinrich Müller das Zeitliche gesegnet hatte. Im Büro befanden sich außer Pall noch Peter Hammerl, Clemens Weber und Siegfried Mord. Sie alle hatten auf die Gruppenleiterin gewartet und gaben ihr zu verstehen, dass sie sie als Vorgesetzte sehr schätzten.

„Selbstverständlich lade ich euch zu einem Umtrunk in meine kleine feine Wohnung ein. Ich schlage vor, wir lassen eine Party bei mir zu Hause steigen, wenn wir den Mörder von Thomas Müller hinter Schloss und Riegel gebracht haben. Ist das ein Deal?"

„Super, Maria, das finde ich toll. Wir werden uns noch mehr anstrengen, als wir es ohnehin schon tun", kam es von Peter, der mit seinem Dreitagebart und dem zerzausten Haar aussah, als habe er vergangene Nacht zu wenig Schlaf abbekommen. Als Maria dann noch ein Hauch von Bierdunst aus Hammerls Richtung um ihre Nase wehte, nahm sie sich vor, ihn bei Gelegenheit zu ersuchen, seine nächtlichen Schwärmereien ein wenig einzudämmen. Vor allem, wenn er am nächsten Tag einen anstrengenden Kriminaldienst zu verrichten hatte.

„Und was, wenn wir ihn nie zu fassen bekommen?", fragte Renate und war offensichtlich von Marias Vorschlag nicht restlos begeistert.

„Ganz einfach", erwiderte Maria. „Dann wirst du niemals sehen, wie und wo ich jetzt wohne."

Während Maria, Peter und Sigi lächelten, zog Renate die Mundwinkel nach unten. Sie verstand es genial, mit ihrer Mimik und Gestik zu spielen und ihre Gefühle damit so auszudrücken, dass sie ihr Gegenüber faszinierten. Renate schmollte nicht wirklich. An ihr war mit Bestimmtheit eine gute Schauspielerin verloren gegangen. Brillant lenkte sie stets die Aufmerksamkeit der anderen auf sich.

„Ich habe soeben mit Schauers Stellvertreter, Major Fandler, gesprochen", stieg Meister ins dienstliche Geschehen ein. „Er ersucht, dass wir um neun Uhr in sein Büro kommen."

„Ersucht oder befiehlt?", war Pall mit einem Mal ernst. Ihre Stirn warf drei waagerecht geschwungene Falten, die verrieten, dass auch Renate keine Zwanzig mehr war. Sie konnte dem befohlenen Antrittsbesuch bei Schauers Stellvertreter offensichtlich nichts abgewinnen.

„Wie ich schon sagte, er ersucht uns", wiederholte Maria. „Schau mal, Renate, hätten wir dir keine Chance gegeben, dich so zu präsentieren, wie du wirklich bist, dann hätten wir dich niemals als liebenswerten, zuverlässigen Menschen kennengelernt. Also, warum wartest du nicht zuerst einmal ab und hörst dir an, was unser aller Boss uns mitzuteilen hat? Er ist jetzt unser Boss. Solange Oberst Schauer dienstunfähig ist, hat er das Sagen. Sollte er sich über die Maßen aufspielen, werden wir wissen, wie wir uns zu verhalten haben. Wir kennen ihn nicht, also urteilen wir auch nicht über ihn. Ich erwarte vom gesamten Team der Mordgruppe Professionalität. Wir brauchen unsere ganze Energie für den aktuellen Fall. Also, an die Arbeit! Wir treffen uns um

Viertel vor neun zu einem kurzen Teamgespräch und gehen dann geschlossen zum Major."

„Ich auch?", fragte Mord.

„Gehörst du zu unserem Team?", kam es postwendend von Maria.

„Ja, äh, ich denke ..., zur Zeit schon", stotterte Siegfried beinahe.

„Du bist ein vollwertiges Mitglied, und ich bin froh, dass du bei uns bist. Denk nur an den Baseballschläger", brachte Maria es zustande, dem jungen engagierten Beamten den trüben Montagmorgen erstrahlen zu lassen, als wäre soeben die Sonne in gleißendem Licht am Horizont erschienen. Draußen war es windig und am Himmel hingen dichte Wolkenfetzen.

„Du verstehst es, deine Leute zu motivieren", flüsterte Peter ihr ins Ohr und verließ das Büro.

Pünktlich um fünfzehn Minuten vor neun Uhr waren alle Beamten des Ermittlungsbereiches Leib und Leben, die an diesem Tag Dienst hatten, im kleinen, kahlen Schulungsraum des LKA versammelt. Sie wussten, dass bei Chefinspektor Meister kaum etwas anderes so schlechte Laune hervorrufen konnte wie Unpünktlichkeit. Mit ihrem Stellvertreter Hammerl hatte sie vor einiger Zeit zwei Tage lang kaum ein Wort gesprochen, weil dieser nach einem Defekt bei seinem Auto um zwanzig Minuten zu spät zu einer Besprechung gekommen war und Maria seine Verspätung nicht vorab mitgeteilt hatte. Anstatt ihr zu sagen, dass der Akku seines Handys einem unvorhersehbaren Akku-Tod erlegen war und er deshalb seine Verspätung nicht melden konnte, wollte er mit der Bemerkung, dass in der Ruhe die Kraft liege, besonders witzig sein. Und das lächelnd vor versammelter Mannschaft! Maria hatte ihn im Anschluss an die Besprechung unter vier Augen derart zur Sau gemacht und ihm im Wiederholungsfall disziplinäre Repressalien angekündigt. Seit diesem Tag wusste er, aber auch alle anderen, womit man Maria auf die Palme bringen konnte.

„Ich will es kurz machen. Das heißt, ich muss es kurz machen, denn Fandler erwartet von uns ebenso Pünktlichkeit, wie ich sie von euch einfordere. Danke, dass ihr das respektiert.

Leider hat sich im Fall Thomas Müller niemand gemeldet, dem etwas vor dem Anwesen der Müllers am Tag des Mordes wie auch die Tage zuvor aufgefallen wäre. Der Täter ist offensichtlich unbemerkt an der kaum einsehbaren Stelle, an der sich die beiden Zäune in einem Winkel von neunzig Grad verbinden, auf das Grundstück gelangt und hat es vermutlich auf gleichem Wege wieder verlassen. Abdruckspuren eines Lauf- oder Freizeitschuhs der Größe 44 weisen darauf hin. Aufgrund der Schuhgröße und der Tiefe des Schuhabdruckes gehen wir davon aus, dass es sich um einen Mann handelt. Ansonsten hat er leider keine Spuren hinterlassen. Zumindest hat die Spurensicherung keine sicherstellen können, was aber nicht heißt, dass ich damit behaupten oder andeuten möchte, sie hätten nicht akribisch genug danach gesucht.

Dank unseres umtriebigen Kollegen Mord, dank dir, Sigi“, Maria warf ihrem jüngsten, zeitlich befristeten Mitarbeiter einen freundlichen Blick zu, „haben wir die Tatwaffe auffinden können. Darauf wurde Blut des Opfers gefunden. Der junge Mann, Thomas, hatte keinerlei Feinde. Ebenso hatte er kaum Freunde. Er war dermaßen von der Vorstellung besessen, der allerbeste Schwimmer zu werden. Ziemlich unüblich für einen jungen Mann in seinem Alter. Offenbar vergaß er, was das Leben noch so alles zu bieten hat. Zumindest sagen das einige seiner Kollegen. Manche bezeichnen ihn sogar als Eigenbrötler. Er war eben anders als die meisten seiner Altersgenossen. Für Partys konnte er sich nicht begeistern. Und schon gar nicht für Alkohol und schnelle Eroberungen von Mädchen. Ein Motiv lässt sich dadurch aber keineswegs ableiten. Es gab weder Eifersucht, noch Streit oder Hass. Nichts. Kein einziger der Befragten, und es waren sehr viele, die wir ersucht haben, uns ein Bild von Thomas zu zeichnen, konnte sich erklären, warum ihn jemand hätte erschlagen oder ertränken sollen.

Hat jemand von euch eine Idee, wo wir ansetzen könnten? Ich bin ehrlich gesagt mit meinem Latein am Ende“, replizierte Maria ein wenig resignierend die spärliche Faktenlage.

Schweigen im Walde. Peter hob seinen linken Arm und deutete mit dem Zeigefinger seiner Rechten hektisch und mehrmals auf seine Armbanduhr. Es war zwei Minuten vor Neun.

„Danke, Peter. Da predige ich immer von Pünktlichkeit, und jetzt verplappere ich mich und wir kommen fast zu spät. Los, Aufbruch!“

Schon begaben sich die Mordermittler im Laufschritt in Richtung Fandlers Büro.

„Bitte treten Sie ein, meine Damen und Herren. Danke, dass Sie gekommen sind", begrüßte der Major das Ermittler-Team freundlich, nachdem Maria forsch an seine Tür geklopft hatte.

Bitte treten Sie ein, hallten seine freundlichen Begrüßungsworte in Gedanken noch einmal in ihren Ohren nach. Will er uns Honig ums Maul schmieren, fragte sich Renate, während Clemens Weber am liebsten vor der Tür umgekehrt wäre. Er konnte derartigen Besprechungen nichts abgewinnen. Clemens, ein sportlich durchtrainierter, ein wenig introvertierter Mann knapp über Dreißig, fühlte sich am wohlsten, wenn er Zeugen oder Verdächtige befragen oder vernehmen konnte. Im gegenständlichen Fall hatte er unzählige Menschen in der näheren, aber auch weiteren Umgebung des Anwesens der Müllers nach möglichen Wahrnehmungen befragt. Jedoch leider, ohne dabei zielführende Erkenntnisse zu erlangen.

Meister und Hammerl waren schon zu „alte Hasen", als dass sie eine Unterredung bei einem Offizier aus der Ruhe bringen konnte. Sie waren nur neugierig, ob er die gleichen Allüren hatte wie Schauer seinerzeit, als er den seligen Friedrich Harrer während seiner schweren Krankheit vertreten musste.

Für Siegfried Mord war alles einfach nur superspannend, und sein erklärtes Ziel war es, zu einem fixen Bestandteil der Mordermittler beim LKA zu werden.

„Bitte nehmen Sie doch Platz", wies er sie mit einer einladenden Handbewegung an, sich um den gedeckten Tisch zu versammeln. Es duftete herrlich nach frischem Kaffee. In der Mitte des Tisches stand ein Gugelhupf, der in gleich große Stücke geteilt war. Daneben befanden sich ein großer Krug mit Wasser und sechs Gläser. Fandler hatte offensichtlich an alles gedacht.

„Jetzt sagen Sie aber nicht, den haben Sie selbst gebacken“, versuchte Maria den Einstieg in ein angenehmes „Betriebsklima“.

„Nein, ganz bestimmt nicht“, lachte Fandler. „Für derartige Spezialitäten ist meine liebe Frau zuständig.“

Wenn er so über seine Frau spricht, wenn er sie als „liebe Frau“ bezeichnet, kann er nicht total verkehrt sein, dachte Renate, bei der der Major soeben die ersten Pluspunkte gesammelt hatte.

„Ich möchte Ihre Zeit nicht lange in Anspruch nehmen“, begann der Major und reichte einem nach dem anderen einen Teller, auf den er ein Stück Schokoladen-Gugelhupf gelegt hatte.

„Ich hoffe, Sie lieben Napfkuchen genauso wie ich!“, sagte er mit einem gewinnenden Lächeln. Als er in einige betretene Gesichter blickte, erklärte er, dass er als Junge öfter bei seiner Tante in Deutschland zu Besuch war. Sie bezeichnete diese Köstlichkeit, den Schokoladen-Gugelhupf, wie in Deutschland üblich, als Napfkuchen.

Durch diese Erklärung verblasste der letzte Rest anfänglicher Angespanntheit wie von selbst.

„Mir bitte nicht“, piepste Renate und unterstrich den Verzicht auf die Süßspeise mit einer ablehnenden Handbewegung.

„Die Linie kann es aber nicht sein“, erwiderte Fandler charmant und zog den Teller sogleich zurück.

„Nein, aber ich habe vor einer Stunde eine Buttersemmel gegessen. Aber wenn Sie nichts dagegen haben, nehme ich mir ein Stück mit und werde es zu Mittag verzehren."

„Sehr gerne, Frau Pall. – Ich habe vor einer halben Stunde mit Albert, ich meine, mit Oberst Schauer, telefoniert", stieg der Major ins dienstliche Geschehen ein. „Es geht ihm den Umständen entsprechend gut, und er lässt sie alle herzlich grüßen. Ich vertrete ihn zum ersten Mal und habe so die Gelegenheit bekommen, Sie alle, und damit meine ich auch die Beamten anderer Ermittlungsbereiche, mit denen ich in den nächsten Tagen auch so quasi ein Antrittsgespräch führen möchte, näher kennenzulernen. Wann immer Sie etwas auf dem Herzen haben, rufen Sie bitte gleich an oder kommen Sie in mein Büro. Jederzeit. Sie brauchen mir nicht jede Einzelheit zur Kenntnis zu bringen, jedoch ersuche ich Sie", er wandte sich Maria Meister zu, „relevante Neuigkeiten mitzuteilen, damit ich bei möglichen Anfragen vorgesetzter Stellen oder von Medien nicht dastehe wie die Kuh vorm neuen Tor."

„Hahaha", kicherte Renate, um sich sogleich dafür zu entschuldigen.

„Die Kuh vor was?", fragte sie und gab zu verstehen, dass sie diesen Ausspruch niemals zuvor gehört hatte und auch nicht genau wusste, was er zu bedeuten hatte.

„Renate, bitte, reiß dich zusammen!", wollte Maria sie zurückpfeifen.

„Nein, das macht doch nichts, Frau Chefinspektor. Sie müssen wissen, ich liebe derartige Aussprüche und Redewendungen. Ich hätte auch sagen können: Wie die Kuh vorm Scheunentor oder wie der Ochs vorm Berg. All das bedeutet ja nur, dass ich, sollte ich von Ihnen nicht über einen Ermittlungsstand informiert, jedoch danach gefragt werden, dumm aus der Wäsche gucken würde. Ich hätte keine erschöpfende Antwort parat, wäre wohl eine korrekte Bezeichnung dafür", klärte er Pall auf.

„Ach so, das meinten Sie damit." Fandler war wieder ein großes Stück höher auf Palls Beliebtheitsskala geklettert.

Das Ermittlungsteam und Schauers Stellvertreter plauderten noch gut eine halbe Stunde über dies und jenes, über Dienstliches wie auch Privates, ehe Meister und ihre Kollegen mit je zwei Stück Gugelhupf und zwei Tassen Kaffee in ihren Bäuchen zufrieden das Büro des Majors verließen. Außer Pall. Sie wickelte tatsächlich zwei Stück des Kuchens in Servietten und freute sich darauf, ihn im Laufe des Tages zu verdrücken.

„Ist der klasse!", sprudelte es aus Renate nur so heraus, kurz nachdem sie die Tür hinter sich zugezogen hatte.

Sie erwartete sich keine Antwort von ihren Kollegen. Sie bekam auch keine.

„Ich würde gerne nochmals die Eltern von Thomas aufsuchen. Vielleicht ist ihnen ja noch etwas eingefallen. Willst du mitfahren?", fragte Maria ihren Stellvertreter. Hammerl hatte jedoch am Nachmittag einen Termin bei Gericht. Er wurde als Zeuge zu einer Berufungsverhandlung eines nicht rechtskräftig zu achtzehn Monaten Haft verurteilten Schlägers vorgeladen.

Pall und Weber mussten sich eines neuen Falles, bei dem es sich um einen Mordversuch handeln könnte, annehmen. Ein brutaler Ehemann hatte seine Frau, die er mit einem

Nebenbuhler in flagranti erwischt hatte, auf brutalste Weise krankenhausreif geschlagen.

„Sigi, fahren wir beide nach Mödling? Was hältst du davon?"

„Sehr viel, Chefin", war seine Freude darüber unüberhörbar.

„Dann mach bitte den Wagen startklar. Wir fahren in zwanzig Minuten."

Schon sprintete er förmlich aus dem Büro, um das Dienstfahrzeug aufzutanken. Maria ließ sich in der Zwischenzeit noch einmal die Fakten durch den Kopf gehen.

Es gab kein ersichtliches Mordmotiv. Eine Zufallstat schloss sie dennoch aus. Wer sollte mit einem Baseballschläger bewaffnet über einen hohen Zaun klettern, um einen jungen Mann im hauseigenen Swimmingpool zu erschlagen? Einfach so, ohne Grund! Von einem Einbruch konnten die Ermittler nicht ausgehen. Dennoch wollte Maria die Eltern von Thomas Müller noch einmal befragen, ob sie ausschließen konnten, dass etwas gestohlen wurde.

Dem Opfer wurde beinahe der Schädel eingeschlagen. Die Tatwaffe war zweifelsfrei der Baseballschläger. Das am Schläger anhaftende Blut stammte von Thomas Müller. Er war durch den mächtigen Hieb augenblicklich bewusstlos geworden und hilflos im Pool ertrunken.

Wer wollte den jungen, sportlichen Mann töten? Und weshalb? Vor Marias Gedankenwelt hatte sich eine undurchdringliche dunkle Wand aufgetan. Sie sah im Moment keine Chance, sie zu durchblicken oder gar zu durchbrechen. Es war einer der seltenen Momente, in denen Maria Meister ratlos war.

„Wir sind startklar“, kam es freudig und voller Tatendrang von Siegfried Mord, der die Tür des Büros leise einen kleinen Spalt geöffnet hatte. Maria war derart in Gedanken versunken, dass sie ihn nicht hatte kommen hören und musste lachen, als sie Sigis durch den Spalt gezwängten Kopf erblickte. Zum ersten Mal fiel ihr auf, dass der Haaransatz ihres jungen Mitarbeiters bereits deutliche Merkmale sogenannter Geheimratsecken aufwies.

„Na gut, dann fahren wir. Aber ich warne dich, ich bin eine alte Frau und keine Co-Pilotin bei einer Rallye!“

„Keine Sorge, ich fahre defensiv“, erwiderte der junge, sympathische Kollege Siegfried Mord.

„Wäre es für dich okay“, fragte sie Mord, als sie gegen 16 Uhr bereits wieder die Heimfahrt antraten, „wenn wir auf gut Glück einen Abstecher ins Unfallkrankenhaus machen?“

Die Erhebungen in Mödling hatten sie nicht wirklich weitergebracht. Lediglich die übereinstimmenden Aussagen vom Ehepaar Müller ließen keine Zweifel mehr offen, dass es sich um keinen Einbruch handelte. Es fehlten keinerlei Wertgegenstände. Kein Raum und keine Lade waren durchsucht worden.

Dass die Spurensicherung auch keine Spuren eines Eindringlings im Haus gefunden hatte, gab Maria die letzte Gewissheit, dass es sich um einen vorsätzlichen Mord handeln musste. Der Täter hatte das Grundstück aus einem einzigen Grund widerrechtlich betreten: Er wollte Thomas Müller töten. Nur über das Warum gab es nicht einmal Spekulationen. Es blieb vorerst das große Rätsel.

„Was wollen wir im UKH?“, fragte Mord.

„Im Denken musst du noch flexibler werden!“, antwortete Maria schroff.

„Willst du dich untersuchen lassen?“

„Sigi! Ich bitte dich. Denk doch mal nach!“

„Du willst jemand besuchen. Stimmt´s?“

„Bingo! Und wen wollen wir besuchen?“, fragte Maria. „Na? Na? Funkt es schon?“ Dabei schnippte sie bei jedem „Na?“ mit ihrem Daumen und Mittelfinger, dass es in Mords Ohren schmerzhaft schnalzte.

„Weiß nicht“, kam es resignierend vom Jungspund.

„Na, den Herrn Oberst wollen wir besuchen. Oberst Schauer!“

„Ich bin aber auch blöd.“ Siegfried war enttäuscht, nicht selbst darauf gekommen zu sein.

„Mach dir nichts draus. Was denkst du, wie oft ich auf der Leitung stehe. Oder sitze, so wie du jetzt“, lachte sie ihm aufmunternd zu. „Also, überraschen wir ihn?“

„Aber sicher doch. Vielleicht freut er sich sogar?“

„Der hat sich ganz einfach zu freuen, wenn seine Mitarbeiter ihn am Krankenbett besuchen“, sagte Maria und dachte: hoffentlich.

4

Drei Jahre zuvor…

Bei den Kickern der Landesliga herrschte euphorische Zuversicht. Die Mannschaft lag punktgleich mit ihrem schärfsten Konkurrenten an erster Stelle der Tabelle. Das nächste und letzte Spiel vor Ende der Meisterschaft sollte über den Aufstieg in die nächsthöhere Liga entscheiden. Dementsprechend angespannt war die Stimmung sowohl bei den Spielern als auch beim Trainerstab.

Die Marschrichtung, die den jungen Fußballern vorgegeben wurde, war unmissverständlich klar: Hartes Training, viel Schlaf, kein Alkohol und ein untadeliger Lebenswandel. Wer sich nicht daran hielt, würde ohne Wenn und Aber aus dem Kader eliminiert werden.

Für die Verantwortlichen war es alles andere als einfach, die jungen Männer mit den unterschiedlichsten Charakteren unter einen Hut zu bekommen. Sie mussten echte Talente von Mitläufern unterscheiden und Hitzköpfe von Lahmärschen auseinanderdividieren. Ebenso wollten sie ihnen Werte fürs Leben außerhalb des Fußballfeldes vermitteln. Die Schwierigkeit lag darin, sie mit Härte und Konsequenz zu führen, ohne ihnen die Freude am Leistungssport zu nehmen, aber auch mit Einfühlungsvermögen und manchmal mit Nachsicht aufzufangen und anzuleiten, Verantwortung für ihre Taten zu übernehmen.

Unabhängig davon musste ihnen spielerisches Know-how antrainiert werden, um nach einem möglichen Aufstieg den Klassenerhalt zu schaffen.

Der erfolgreiche ungarische Trainer Dávid Nagy, der die Mannschaft seit zwei Jahren betreute und bis an die Spitze der Liga herangeführt hatte, kannte seine Pappenheimer ganz genau. Musste er dem einen sprichwörtlich in den Arsch treten und ihn mit beinahe brutaler Härte zu Höchstleistungen treiben, so wusste er, dass ein anderer daran zerbrechen würde. Bei den Sensibleren im Kader versuchte er, mit längeren, verständnisvollen Einzelgesprächen den gewünschten wie gleichsam geforderten Erfolg zu erzielen. Anderen wiederum konnte er nur mit der Drohung, sie bei der nächsten Verfehlung aus dem Kader zu entfernen, beikommen.

Im Grunde waren es nur zwei Spieler, denen er bereits die Rute ins Fenster gestellt hatte. Schwänzte der eine mal gerne eine komplette Trainingseinheit aus purer Faulheit und war ein eher mittelmäßiger Spieler, so neigte der zweite dazu, auch nach einer durchzechten Nacht, müde und mit Restalkohol im Blut, dennoch auf den Trainingsplatz zu laufen und sein Bestes zu geben. Und das war bei diesem Hallodri zumeist noch um einiges besser als bei so manch anderem, der keinen Alkohol trank und regelmäßig zehn Stunden Schlaf bekam. Ein derartiges Potenzial wie bei diesem großen Fußballtalent hatte Nagy bei Kickern, die er trainiert hatte, bislang noch nicht gesehen. Er war ohne Zweifel ein ungeschliffener Fußball-Diamant. Das wussten auch seine Mannschaftskollegen.

Dass sein Vater, ein angesehener und wohlhabender Promi-Anwalt aus Wien, dem Verein bereits zwei Mal mit einer großzügigen Spende unter die Arme gegriffen hatte, sah der Vereinsvorstand vielmehr als noble Geste denn eine Bestechung. Weitere disziplinäre Verfehlungen des talentierten Juniors blieben sanktionslos.

Dennoch wusste Nagy, dass er die Eskapaden seines besten Spielers auf Dauer nicht durchgehen lassen konnte. Zuviel Unruhe hatten die Auswüchse des Möchtegern-Stars bereits in die Mannschaft gebracht.

5

„Wie geht es Ihnen, Herr Oberst?“, fragte Maria, als sie Schauer die Hand drückte. „Ich hoffe, es ist Ihnen recht, dass wir Sie hier am Krankenbett überfallen. Ich hatte kurz überlegt, mich telefonisch anzukündigen, aber dann wäre es ja keine Überraschung mehr gewesen.“

„Die Überraschung ist wirklich gelungen“, antwortete Schauer fast ein wenig verlegen. „Ich schlage vor, wir treffen uns auf dem Gang und spazieren in Richtung Krankenhaus-Cafeteria. Ich bin schon ganz gut zu Fuß. Der Arzt hat ohnehin angeordnet, dass ich mich viel bewegen müsse. Ich mache mich nur noch ein wenig frisch und komme gleich nach“, komplimentierte er Meister und Mord freundlich aus dem Krankenzimmer. Schauer war es unangenehm gewesen, ungekämmt und unrasiert vor seinen Mitarbeitern im Krankenbett zu liegen. Da wollte er schon lieber auf Augenhöhe mit Krücken neben ihnen her humpeln.

„Ja, ja, so ist das“, sagte Maria zu ihrem jungen Kollegen, als sie am Gang auf den Herrn Oberst in Krankenanstaltskleidung und einen darüber gezogenen Morgenmantel warteten.

„Hier drinnen ist jeder gleich und alle haben nur ein Ziel. Da zählt kein Titel und in Wahrheit auch kein Geld. Alle wollen nur so schnell wie möglich gesund entlassen werden und nach Hause gehen.“

Schon stand Schauer neben ihnen. Nur mühsam konnte er sich mit seinem eingegipsten Bein, gestützt auf zwei Krücken, vorwärtsbewegen.

„Wir wollen Sie wirklich nicht belästigen, Herr Oberst", sagte Maria und überlegte, ob es tatsächlich eine gute Idee gewesen war, ihn mit einem unangekündigten Besuch zu überfallen.

„Ich bitte Sie! Ich freue mich sehr. Mir war ohnehin schon fad. Ehrlich gesagt habe ich heute mit keinem Besuch mehr gerechnet. Die Überraschung ist Ihnen wahrhaft gelungen. Wo kommen Sie denn her?", fragte er beim Eintreten in das nur mäßig frequentierte kleine Selbstbedienungsrestaurant.

„Wir waren in Mödling. Bei Herrn und Frau Müller", sagte Maria und senkte ein wenig ihr Haupt.

„Ist wohl nicht zu Ihrer Zufriedenheit gelaufen, wie?"

„Um ehrlich zu sein, habe ich mir auch nicht allzu viel erwartet. Ich wollte sicher gehen, dass es sich mit Bestimmtheit um keinen Einbruch oder zumindest versuchten Einbruch gehandelt hat. Denn dann wäre es möglich gewesen, dass der Einbrecher dem jungen Thomas Müller aus Panik eins übern Schädel gezogen hat. Somit wäre die These vom geplanten Mord vom Tisch", klärte Meister ihren Chef über den Ermittlungsstand auf.

„Also kein Einbruch? Sie gehen von einem kaltblütigen Mord aus, richtig?", fragte Schauer neugierig. Es war aber ein anderes Fragen. Anders als im Chef-Büro beim LKA. Dort war die Fragestellung fordernd und man hatte stets das Gefühl, als befinde man sich selbst bei einem Verhör, dachte Maria. Diese Fragen erschienen ihr um vieles persönlicher.

Der Oberst war Maria tatsächlich dankbar, dass sie ihm bereitwillig Auskünfte erteilte. Auch wenn er sich nicht im

Dienst befand, hatte sie gar keine andere Wahl, als ihm Rede und Antwort zu stehen.

Wenn es das ist, was ihm Freude bereitet, bin ich gerne bereit, ihm von den Ermittlungen zu berichten. Fehlt nur noch, dass er mir das „Du" anbietet, dachte sie, als Schauer sich räusperte und offensichtlich etwas auf dem Herzen hatte.

„Wären Sie so nett, Herr Mord, mir eine Melange und ein Glas Wasser mitzunehmen, wenn Sie Ihr Getränk holen. Hier ist Selbstbedienung. Ein Tablett finden Sie gleich dort vorne links. Ich lade Sie natürlich ein. Sie beide", sagte er bestimmt und blickte freundlich zu Maria.

„Selbstverständlich Herr Oberst, sehr gerne. Also eine Melange und ein Wasser. Mineral oder Leitungswasser?"

„Ein Leitungswasser, bitte."

„Das ist nett von dir, Sigi. Sei doch so gut und bring mir eine Cola mit. Es ist zwar selten, dass ich mir das schwarze Koffein-Zuckerwasser hineinschütte, aber jetzt habe ich doch tatsächlich ein Verlangen danach. Das wird mich wieder aufpeppen", schickte Maria Siegfried hinterher, der sich bereits leichtfüßig auf den Weg gemacht hatte.

„Wie macht er sich in eurem Team?", wollte Schauer wissen. „Eine Totalpleite ist hoffentlich genug", spielte er auf den seinerzeit von der Verkehrsabteilung dienstzugeteilten Kollegen an, der aufgrund eines Gehirntumors verrückt wurde und reihenweise Frauen ermordete, um ihnen Ohren, Augen und alles Mögliche abzuschneiden.

„Bitte erinnern Sie mich nicht daran. Mir läuft heute noch der kalte Schauer über den Rücken, wenn ich dran denke", antwortete Maria. Mit einem Mal wurden ihre Gesichtszüge hart und ihr Körper steif. Es war offensichtlich, dass sich dieser unglaubliche und abscheuliche Kriminalfall für immer in ihr Gehirn gebrannt hatte.

„Das war schon eine Meisterleistung von Ihnen. Aber auch vom Einsatzkommando. Nur aufgrund Ihrer hervorragenden Ermittlungen – und denen Ihres gesamten Teams natürlich –, aber auch dem beherzten Einschreiten der Sondereinheit konnte die Frau nach viertägiger Gefangenschaft in dem zu einem Gefängnis umfunktionierten Raum im Keller des gemeinsamen Hauses im absolut letzten Moment vor dem sicheren Tod gerettet werden“, sagte Schauer und nickte anerkennend mit dem Kopf.

„Siegfried Mord ist nicht nur ein sehr netter, sondern auch ein vifer junger Kollege. Er spielt mit dem Gedanken, sich auf Dauer zum LKA versetzen zu lassen. Ich habe ihm geraten, er soll noch etwas warten, bis die Angelegenheit mit der Planstellenreduktion geklärt ist.“

„Wenn er wirklich so gut ins Team passt und Sie damit einverstanden sind, werde ich mich für den jungen Mann verwenden. Ihr seid ohnehin unterbesetzt. Er soll am besten gleich sein Versetzungsgesuch bei seiner Dienststelle vorlegen. Ich werde ein bisschen herumtelefonieren.“ Schauers schelmisches Lächeln war nicht zu übersehen. Maria war überzeugt, der Oberst würde es richten.

„Was ich noch schnell loswerden möchte, bevor Mord, an diesen Namen muss ich mich erst gewöhnen, also bevor er mit den Getränken zurückkommt. Wir arbeiten nun doch schon sehr lange zusammen, Maria. Können Sie sich noch erinnern, wie wir beide damals Heinrich Müller, Ihren Heinrich, nach dem Anschlag auf ihn im Spital besucht haben?“

„Und ob ich das noch weiß“, antwortete Maria ein wenig wehmütig und hatte eine Vorahnung, worauf Schauer hinauswollte.

„Also, Heinrich und ich“, fuhr er fort, „wir beide sind damals im Spital per du geworden. Wahrscheinlich löst so ein Krankenzimmer besondere Emotionen bei mir aus. Kurzum, ich wollte Sie fragen, ob auch wir beide, Sie und ich, du zueinander sagen könnten?“

„Aber sehr gerne“, antwortete Maria spontan und hielt ihm die Hand entgegen.

„Albert“, kam es ein wenig verhalten von Schauer, als er Marias Hand erfasste und sie gleichzeitig schüttelte und an sich zog. Maria wusste nicht, wie ihr geschah, als ihr Albert Schauer, der ehemalige steife und karrieregeile Offizier, herzlich, beinahe wie ein guter Freund, einen Schmatz auf die linke und einen auf die rechte Wange drückte.

„Ma… Maria“, kam es ein wenig verlegen und mit geröteten Wangen von Meister. „Aber das weißt du sowieso“, fügte sie an. Beide lachten herzlich.

„Habe ich etwas verpasst?“ fragte Sigi, der soeben mit einem vollen Tablett zurückgekommen war und sich setzte.

„Nein!“, kam es von Maria.

„Ja!“ gleichzeitig von Schauer. Der Oberst in Krankenanstaltskleidung und die Chefinspektorin sahen einander an und schmunzelten stumm.

Man muss nicht alles im Leben wissen, dachte Mord und nahm vorsichtig einen Schluck von seinem Schokoheißgetränk.

„Wie macht sich mein Stellvertreter?“, fragte Schauer.

„Suuper!“, kam es von Mord wie aus der Pistole geschossen. „Ich meine, der Herr Major ist sehr nett, wenn ich mir die Bemerkung erlauben darf“, korrigierte er sich.

„Siehst du das auch so, Maria?“, fragte Schauer.

Jetzt wusste Sigi, dass er doch etwas verpasst hatte, während er sich um die Getränke bemüht hatte.

„Ja, wir hatten ein sehr angenehmes Gespräch in seinem Büro. Das ganze Team. Beziehungsweise diejenigen, die heute Dienst verrichten. Es hat tatsächlich den Anschein, als wäre er sehr nett. Ich finde, ein gutes Klima ist die Basis für eine konstruktive Arbeit. Somit würde ich sagen, wir haben großes Glück mit unseren Offizieren. Ich weiß, dass das nicht überall so ist“, fügte Maria an.

„Ich muss aber auch zugeben, dass es nicht schwer ist, die Bereiche des LKA zu leiten. Die Kollegen sind durchwegs voll in Ordnung“, versicherte Albert.

Wer hätte das noch vor gar nicht allzu langer Zeit gedacht, ging es Maria durch den Kopf. So schnell können sich Menschen ändern. Schauer war zwar schon seit längerem recht umgänglich geworden, aber so, wie er sich heute präsentiert, müsste er bleiben, dachte und hoffte sie. Sie wusste, die Zeit würde es weisen. Die drei plauderten noch ein Weilchen, ehe sich die beiden Mordermittler wieder auf den Weg ins LKA machten.

„Gehe ich recht in der Annahme, dass ihr beide soeben per du geworden seid? In der Cafeteria?“, fragte Siegfried. Sicher lenkte er den Dienstwagen durch das frühabendliche Verkehrsgewühl.

„Du hast die besten Anlagen für einen Top-Kiberer", sagte Maria und schnippte einmal mit den Fingern. Siegfried wusste ihr süffisantes Grinsen nicht wirklich zu deuten, doch war er ziemlich sicher, dass sie ihn aufziehen wollte.

„Nein, im Ernst. Nicht jedem fallen kleine Veränderungen sogleich auf. Ja, es ist richtig. Der Oberst dachte, dass die Zeit reif wäre, zueinander „du" zu sagen. Du musst wissen, Sigi, uns verbinden schon einige Jährchen, in denen wir zusammengearbeitet haben. Er kannte meinen verstorbenen Heinrich. Ich denke sogar, er schätzte ihn über die Maßen. Wie alle anderen auch, die wussten, wie er wirklich war. Als Mensch, meine ich. Seine außerordentlichen Qualitäten als Kriminalist mussten auch seine Kritiker zur Kenntnis nehmen. Du kannst mir aber glauben, nicht alle gönnten ihm seine großen Erfolge."

Sigi Mord tat so, als sähe er nicht, wie sich Maria verstohlen eine Träne von der Wange wischte und versuchte, durch ein gezwungenes Lächeln Fröhlichkeit zu verbreiten. Gerne hätte er ihr tröstende Worte gespendet oder ihr mit den Worten: „Es wird schon wieder" mit der Hand auf die Schulter geklopft, während sie sich lautstark schnäuzte. Siegfried jedoch war intelligent genug zu wissen, dass ein derartig vertraulicher Umgang mit seiner um vieles älteren Chefin fehl am Platz gewesen wäre. Immerhin war er erst seit kurzem der Mordgruppe zugeteilt. Er schwieg und wechselte dann das Thema.

„Wer könnte Thomas Müller getötet haben?", war das Einzige, was ihm auf die Schnelle eingefallen war.

„Ja, Sigi, wenn wir das wüssten, wären wir nicht bei der Polizei."

„Wie? Das verstehe ich jetzt aber nicht.“

„War ein Scherz. Du wirst mich schon noch kennenlernen. Obwohl … so dumm war meine Ansage gar nicht“, sagte Maria und runzelte die Stirn. Ihren kurzen Anflug von Wehmut hatte sie sogleich wieder in die Schranken gewiesen.

„Wenn du ohne Informationen, ohne Hinweise, ohne nennenswerte Spuren und ohne Vermutungen auf Anhieb, so aus heiterem Himmel, sagen kannst, wer Thomas das Recht auf sein Leben abgesprochen hat, kannst du als Hellseher Geld verdienen. Viel Geld sogar! So war meine Aussage vorhin zu verstehen. Ich bin müde. Ich denke, für heute lasse ich es gut sein und werde gleich in meine neue Wohnung fahren“, sagte Maria und gähnte bereits zum zweiten Mal herzhaft.

„Soll ich dich gleich bei dir zu Hause aussteigen lassen? Ich könnte morgen früh wieder vorbeikommen, um dich abzuholen. Dein Auto ist im LKA doch sicher“, schlug Siegfried vor. Er wollte Maria damit eine Freude bereiten.

„Ich weiß nicht. Du bist doch nicht mein Chauffeur. Mein Leibeigener, wie ihn Herrscher vor Hunderten von Jahren hatten“, erwiderte Maria.

„Das nicht, aber ich bin ein Kollege, der weiß, wann er jemandem etwas Gutes tun kann. Und wenn dieser Jemand auch noch der Chef, oder wie du, die Chefin ist, macht das auch nichts. Also, sag mir bitte die Strecke an und wann ich morgen früh gestellt sein soll. Ich verwahre das Dienstauto, trage den Kilometerstand ins Fahrtenbuch ein und mache mich auch auf den Heimweg.“

Das nenne ich einen selbstbewussten jungen Mann, dachte Maria und nahm sein Angebot dankend an. Eine unglaubliche Müdigkeit hatte sie übermannt. Es war doch alles ein bisschen viel in letzter Zeit, gestand sie sich ein. Dass sie nicht mehr die Jüngste war, wusste sie sowieso. Gerade am Morgen, wenn sie noch schlaftrunken das erste Mal in den Spiegel sah und ihre über ein halbes Jahrhundert alten Knochen erst nach und nach in die Gänge kamen, wurde ihr das immer öfter bewusst.

6

Fröhlich und ausgelassen feierte eine kleine Gruppe junger Burschen und Mädchen in einem urigen Heurigenlokal in der Nähe des Casinos in Baden bei Wien.

Die drei jungen Männer hatten allen Grund zur Freude. Ihre Mannschaft hatte die laufende Fußballmeisterschaft in der zweithöchsten österreichischen Spielklasse mit Platz eins beendet. Zwei Kicker wurden von ihren Freundinnen begleitet. Nur Marcel war alleine gekommen. Seine Freundin, mit der er beinahe ein Jahr glücklich gewesen war, hatte ihm vor einer Woche lächelnd verkündet, dass sie sich noch nicht reif für eine dauerhafte Beziehung fühle. Dementsprechend gedämpft war Marcels Stimmung. Er wollte ursprünglich seinen Freunden absagen und zu Hause bleiben. Sein bester Freund Peter hatte ihn nach langem Hin und Her doch noch überzeugen können, dass es das Dümmste wäre, alleine zu bleiben und Trübsal zu blasen. Dadurch würde er Lili auch nicht wieder zurückbekommen.

Marcel Fritsch war eines der größten Nachwuchstalente der heimischen Liga. Ein namhafter Klub aus der Bundesliga hatte bereits sein Interesse beim Vorstand von Marcels Klub kundgetan. Mit dem Erreichen des Meistertitels war sein Marktwert noch um einiges gestiegen.

Marcel war achtzehn Jahre alt und hatte die Matura soeben mit gutem Erfolg bestanden. Sein Vater verlor vor drei Jahren den kurzen und aussichtslosen Kampf gegen den Kehlkopfkrebs. Zu weit war die Krankheit bereits fortgeschritten, als sie entdeckt wurde. Die leidgeprüfte Mutter schaffte es nicht, Marcel loszulassen. Er war ein Einzelkind und stets im Zwiespalt, ob er mit seiner Freundin ins Kino gehen oder sonst etwas unternehmen oder mit ihr seine knappe Freizeit zu Hause in seinem Zimmer verbringen sollte. Er wusste, dass dann seine Mutter zufrieden war. Verließ er das Haus, verfiel sie nicht selten in eine Depression.

Theresa Fritsch wohnte mit ihrem beinahe erwachsenen Sohn in einer Gemeindewohnung an der Stadtgrenze von Baden.

Der Trennung von Lili versuchte Marcel auch etwas Positives abzugewinnen. Er konnte sich jetzt wieder mehr um seine Mutter kümmern. Zumindest hatte er sich das fest vorgenommen.

Die jungen Fußballer genehmigten sich aufgrund der Tatsache, dass für einige Wochen kein Fußballtraining angesagt war, einige Weinspritzer zu ihrer köstlichen Heurigenjause. Nach anfänglichem Zögern willigte auch Marcel ein, Alkohol anstatt seines üblichen Apfelsaftes, den er stets zur Hälfte mit Leitungswasser streckte, zu trinken. Bereits nach dem ersten Weißweinspritzer hellte sich seine trübe Liebeskummerstimmung ein wenig auf. Er war nicht schwer davon zu überzeugen, dass ein weiteres Gläschen Wein, bei dem er bereits auf das Wasser verzichtete, seiner guten Laune zuträglich sei. Der ansonsten so vorbildliche Vorzeigesportler verlor nach einem weiteren Viertel Wein all seine Hemmungen. Seine Stimmung schwankte zwischen himmelhoch jauchzend und zutiefst deprimiert. Mal ließ er einen Witz vom Stapel und dann wieder befiel ein unerträglicher Herzschmerz sein Gemüt.

Worte wie „Lili, warum hast du mich verlassen?", oder „Ich scheiß auf dich und alle Weiber! Soll dich doch ein anderer ficken!“, posaunte er in einer derartigen Lautstärke, dass einige Lokalgäste seine Gemütsschwankungen ungewollt miterleben mussten. Der Wirt hatte Marcel bereits zweimal ersucht, sein unflätiges Verhalten einzustellen. Ansonsten sehe er sich gezwungen, ihn des Lokals zu verweisen. Die Freundin von Peter, Sonja, die den Wirt persönlich kannte, war bemüht, die peinliche Situation zu bereinigen. Sie versprach, den von großem Liebeskummer geplagten Marcel zur Vernunft zu bringen.

Am Nebentisch saß ein etwa 40- bis 50-jähriger Mann und verfolgte stumm das Schauspiel der jungen Leute. Eine Gruppe älterer Menschen unterhielt sich angeregt miteinander. Niemand kümmerte sich um die jungen Leute, von denen einer, Marcel, offensichtlich nicht seinen besten Tag erwischt hatte.

„Sie müssen bitte entschuldigen“, sagte Sonja zu dem Mann, der offensichtlich das Heurigenlokal alleine besucht hatte. „Er ist ansonsten ein ganz umgänglicher Zeitgenosse. Wenn da nicht der große Liebeskummer wäre, der ihn zum Affen macht.“ Sie erzählte ihm unaufgefordert, dass Marcel ein großes Fußballtalent sei und es sicher einmal in die National-Elf schaffen werde.

Emotions- und wortlos nahm dieser ein wenig seltsam anmutende Mann die Ausführungen von Sonja zur Kenntnis, bezahlte und verließ grußlos das Heurigenlokal.

„Ein komischer Kauz“, sagte Peter. „Warum erzählst du ihm die ganze Lebensgeschichte von unserem Problemkind?“, fragte er seine Freundin.

„Da ist doch nichts dabei, wenn ich jemandem sage, dass er eine Sportskanone ist, oder? Ich wollte außerdem nur, dass er weiß, warum Marcel so auszuckt und sich nicht über sein Verhalten aufregt", war sie jetzt eingeschnappt.

Marcel lehnte das Angebot von Peter, ihn auf die Toilette zu begleiten, mit den Worten „Ich bin weder ein Kleinkind noch schwul", ab und torkelte in Richtung WC.

Schon hatten sich die jungen Leute eine weitere Runde Wein bestellt.

„Er wird schon kommen", beruhigte der dritte zukünftige Meisterkicker Kurt die Übrigen, die sich über das lange Ausbleiben von Marcel besorgt zeigten, und biss kräftig in eine saftige Schweinsstelze. Schon alberten sie wieder ausgelassen herum. Niemand stieß sich mehr daran, dass Marcel auch nach einer halben Stunde noch nicht zurückgekehrt war.

„Wahrscheinlich kotzt er das Klosett voll", kam es unsensibel von Kurt.

„Bitte, reiß dich zusammen!", rügte ihn Monika und versetzte ihm einen Stoß gegen den Oberarm.

„Aua! Was ist denn in dich gefahren?" fragte er mit schwerer Zunge.

„Nichts, und wenn dich so ansehe, wird es das heute auch nicht mehr", erwiderte sie zweideutig und grinste.

Was Monika damit gemeint hatte, konnte Kurt aufgrund seines nun doch schon beträchtlichen Alkoholspiegels nicht mehr deuten. Er erhob sich und schwankte in Richtung Toilette.

„Dieses Weichei!", lallte Kurt und war sichtlich verärgert, als er nach gut zehn Minuten zurückkam. „Der hat sich doch tatsächlich davongeschlichen, einfach verdrückt, ohne uns ein Wort zu sagen", machte er seinem Ärger darüber lautstark Luft.

„Wer ist ein Weichei und wer hat sich davongeschlichen?", lispelte Sonja, während sie wenig damenhaft mit ihrer Stelze kämpfte. Aus ihrem rechten Mundwinkel hing ein Stück fettige Schweinshaxe.

Schnell hatten sich alle damit abgefunden, dass Marcel, ohne sich zu verabschieden, offenbar den Heimweg angetreten hatte. Ausgelassen und bereits schwer betrunken feierte die illustre Runde bis kurz nach Mitternacht, ehe der Wirt drängte, das Heurigenlokal zu verlassen und die Sperrstunde ausrief. Die beiden Meisterkicker mit ihren Freundinnen waren die letzten Gäste dieses Abends und hatten ohnehin genug intus. Sie sangen lauthals und falsch, als sie untergehakt und schwankend ins Freie torkelten. Als sie das herbeigerufene Taxi bestiegen, beschlossen sie, noch auf einen Absacker in eine weit über die Stadtgrenze hinaus bekannte Disco zu fahren.

Theresa Fritsch konnte kein Auge mehr zu tun, als ihr Ein und Alles, ihr einziges Kind, Marcel, um drei Uhr nachts noch immer nicht zu Hause war. Die mehrmaligen Versuche, ihn am Handy zu erreichen, scheiterten an der von Marcel selbstbesprochenen Ansage der Mailbox. Die geradezu eindringlichen Bitten, sie sogleich zurückzurufen, wurden bis sechs Uhr früh ignoriert. Theresa flehte händeringend den lieben Gott unter Tränen an, ihren geliebten Marcel wohlbehalten nach Hause kommen zu lassen.

Sie wusste noch nicht, dass es keine Verbindung zwischen ihm und Lili mehr gab und hoffte, er habe nur verabsäumt, ihr mitzuteilen, dass er bei seiner Freundin nächtigte. Bislang war das aber noch nicht vorgekommen. Lilis Eltern, vielmehr ihr strenger Vater, hatte es nicht gestattet. Ein einziges Mal war sie bis zum Morgengrauen bei Marcel geblieben. Es war nach seiner Maturafeier, als die beiden in seinem Zimmer verschlafen hatten. Das Familienoberhaupt hielt ihr am nächsten Tag eine Standpauke, die sich gewaschen hatte und sprach einen einwöchigen Hausarrest für seine Tochter aus. Dass Lili nicht im Traum daran dachte, das Verbot einzuhalten und ihrem Vater mittelalterliche Erziehungsmethoden vorwarf, nahm dieser dann doch wortlos zur Kenntnis.

Theresa Fritsch saß weinend am Küchentisch. Mit zitternder Hand führte sie die Kaffeetasse von Mutters altem Kaffeeservice-Bestand zum Mund. Einige dieser insgesamt zehn mit einem Goldrand verzierten Tassen waren im Laufe der Jahre entweder unansehnlich oder aus Unachtsamkeit zerbrochen und entsorgt worden. Es war der bereits dritte Kaffee ohne Milch und Zucker, den sie mit hastigen Schlucken trank.

Alle paar Minuten versuchte sie erneut, ihren Sohn auf seinem Handy zu erreichen. Er hatte es offenbar ausgeschaltet oder der Akku hatte sich entleert, dachte sie. Sie beschloss, noch eine Stunde zuzuwarten, ehe sie die Polizei verständigen wollte und malte sich bereits in Gedanken aus, was die Beamten ihr sagen würden.

„Es soll schon mal vorkommen, dass achtzehnjährige junge Männer über Nacht wegbleiben und Mami nicht sagen, wo und vor allem wie sie die Nacht verbracht haben“, hörte sie förmlich in Gedanken die Polizisten sagen und wusste, dass sie als Glucke dastehen würde. Ihre starke Bindung zu ihrem Sohn suggerierte ihr jedoch ein derart ungutes Gefühl, dass sie vor Sorge um ihn beinahe verrückt wurde. Niemals wäre Marcel einfach fortgeblieben, ohne ihr Bescheid zu geben, wo er sich herumtrieb.

Sie wählte die Nummer von Lilis Vater, Friedrich Mack. Er betrieb eine Steuerberaterkanzlei in der Stadt und war deshalb im Telefonbuch eingetragen.

„Mack“, hörte sie eine tiefe und offensichtlich schlaftrunkene Stimme.

„Entschuldigen Sie bitte, Herr Doktor Mack. Hier spricht Theresa Fritsch. Ich bin die Mutter von Marcel.“

„Ich weiß, wer Sie sind. Was verschafft mir um Himmels willen Ihren Anruf am Samstagmorgen um zehn Minuten vor sieben?“, war er offensichtlich nicht hocherfreut über die frühe Störung am Morgen.

„Ja, ich weiß; ich hätte Sie bestimmt nicht zu dieser unchristlichen Zeit belästigt, aber ich mache mir große Sorgen um Marcel. Ich werde fast wahnsinnig. Er ist die ganze Nacht nicht nach Hause gekommen. Das ist sonst gar nicht seine Art. Er wollte mit Freunden den Meistertitel feiern, jedoch habe ich von keinem dieser jungen Leute die Telefonnummer. Nun dachte ich mir, vielleicht war Lili auch mit von der Partie und er ist mit ihr mit nach Hause gegangen. Ist er bei Ihnen?“

Während sie Mack diese Frage stellte, ballte sie vor Angespanntheit die linke Faust. Ihre Fingernägel bohrten sich in das Fleisch der Handinnenfläche und hinterließen tiefe rote Druckspuren. Theresa konnte keinen Schmerz verspüren und hoffte nur inständig, dass Lilis Vater ihre Frage mit einem „Ja“ beantworten würde.

„Ich dachte, Ihr Sohn sagt Ihnen immer alles. Zumindest hat Lili es einmal beiläufig erwähnt, als die beiden noch, na, sagen wir mal, zusammen waren. Lili hat jetzt einen anderen Freund. Sie wissen ja, wie das bei jungen Leuten von heute so ist. Trotzdem würde ich es niemals gestatten, dass ein Junge bei uns zu Hause nächtigt. Das erlaube ich frühestens meinem Schwiegersohn. Irgendwann einmal. Kann ich sonst noch etwas für Sie tun, Frau Fritsch? Ich würde mich nämlich sehr gerne noch ein wenig aufs Ohr legen. Es ist sehr spät geworden gestern Abend."

„Nein, nichts, danke. Sie können nichts für mich tun. Entschuldigen Sie bitte die Störung. Guten Tag, Herr Doktor Mack", beendete Theresa das Gespräch, ehe sie lauthals losheulte. Die überzeugte und bekennende Katholikin rief Gott und alle ihr wohlgesonnenen Geister an, sie mögen ihr nicht auch noch ihren Marcel nehmen. Sie habe doch sonst niemanden mehr auf der ganzen großen weiten Welt.

Theresa Fritsch war gerade im Begriff, nach der Nummer der Polizeistation in einem kleinen Büchlein, in dem sie diese vermerkt hatte, zu suchen. Sie wollte sich eine weitere Belehrung eines Polizisten, dass der Notruf nur in Notfällen verwendet werden sollte, ersparen. Vor einigen Jahren wollte sie bei der Polizei melden, dass ihr kleiner, heißgeliebter Mischlingshund verschwunden war, und drückte die 133. Der Beamte war sehr ungehalten und hielt ihr vor, sie würde die Leitung wegen eines derart unnötigen Problems, für das noch dazu das Tierheim zuständig sei, für wahre Notfälle blockieren. Bauxi, auf diesen Namen hörte ihr kleiner Liebling, war nie wieder aufgetaucht.

Sie drückte gerade mal die ersten drei Nummern der elendslangen Telefonnummer der hiesigen Polizeiinspektion auf ihrem Handy, als es an der Haustür läutete.

„Endlich!“, stieß sie freudig seufzend aus und eilte in der Hoffnung, ihr geliebter Sohn habe womöglich den Haustürschlüssel verloren oder sei nur zu faul, ihn aus der Tasche zu ziehen, zur Tür, um ihn in die Arme zu schließen.

„Sind Sie Frau Fritsch?“, hörte sie den älteren der beiden Polizisten fragen und verspürte augenblicklich eine völlige Leere in ihrem Kopf. Ihre Beine drohten zu versagen und ihr war, als zöge jemand den Boden unter ihren Füßen weg. Unfähig, auch nur ein Wort über ihre trockenen Lippen zu bringen, drängten sich Angst und Panik in ihre Gefühlswelt.

Die Worte: „Ich schlage vor, wir gehen ins Haus“, hörte sie wie aus weiter Ferne, konnte ihre Bedeutung jedoch nicht sinnvoll erfassen.

Die Beamten wussten, dass es im Grunde keiner weiteren Worte bedurfte. Der sechste Sinn einer besorgten Mutter hatte sie das unausgesprochene Unfassbare erahnen lassen. Blitzschnell fasste der jüngere der beiden Beamten Theresa Fritsch am Oberarm und verhinderte, dass sie vor den Augen der Polizisten zusammensackte. Behutsam stützte er die bedauernswerte Frau und begleitete sie ins Wohnzimmer. Vorsichtig ließ er sie in die abgesessene, mit einem dunkelbraunen Stoffbezug ausgestattete Couch gleiten.

„Bitte nicht! Nicht Marcel! Oh Gott, warum nur? Nicht mein Sohn!“, stammelte Theresa Fritsch mehrmals. Ihr anfänglich leichtes Zittern gipfelte in einem beängstigenden

Beben, das ihren ganzen Körper wie von kräftigen Stoßwellen gebeutelt schaudernd zucken ließ.

Schon bevor sie völlig die Fassung verloren hatte und in einen hysterischen Schreianfall verfallen war, hatte der jüngere Beamte über die Bezirksleitstelle einen Notarzt angefordert.

Bislang hatten die Überbringer der Entsetzlichsten aller Nachrichten, die man einer liebenden Mutter überbringen kann, mit keinem Wort erwähnt, dass Marcel Fritsch tot in einem dunklen, verdreckten Hinterhof, unweit des urigen Heurigenlokals, in dem die jungen Leute ausgelassen ihren sportlichen Erfolg gefeiert hatten, aufgefunden worden war. Mit zertrümmertem Schädel.

Noch bevor die Rettung mit einem Notarzt an Bord mit Blaulicht und Folgetonhorn vor dem Gemeindebau hielt, war Theresa Fritsch in einen völlig apathischen Zustand verfallen. Auf Fragen der Beamten reagierte sie zunächst nur mehr mit einem kaum erkennbaren Kopfnicken, das meist von einem emotionslosen Lächeln begleitet wurde.

„Haben Sie mich verstanden, Frau Fritsch? Wir haben Ihren Sohn gefunden. Marcel. Er ist doch Ihr Sohn, oder?"

„Marcel, wo ist er?" Die Frage stellte sie lautlos, sodass die Beamten von ihren Lippen lesen mussten.

„Frau Fritsch, bitte sehen Sie mich an!", fasste der ältere Beamte Theresa mit Daumen und Zeigefinger am Kinn und drehte ihren zum Fenster gerichteten Kopf behutsam zu sich. Er blickte in zwei glasige leere Augen, die ziellos vor sich hinstarrten, und es schien, als habe sie ihren Vorrat an Tränen bereits aufgebraucht.

„Frau Fritsch, Marcel ist tot. Ich muss Ihnen das leider mitteilen. Es tut uns sehr leid. Haben Sie mich verstanden?" Frau Fritsch! Frau Fritsch!"

Sie saß nur stumm da und es hatte den Anschein, als blicke sie durch den Beamten hindurch. Mehrmals versuchte sie vergeblich, Worte zu formen.

„Wo haben Sie die Gläser, Frau Fritsch?", rief der junge Beamte laut aus der Küche. „Ah, ich hab sie."

„Hier, trinken Sie!" Es wird Ihnen guttun", sagte er freundlich, und führte das Glas mit frischem Leitungswasser an Theresas Mund heran. Sie nippte einige Male und verteilte das kühle Nass mit ihrer Zunge auf den Lippen. Ein gequältes Lächeln huschte über ihr Gesicht.

„Er muss gleich hier sein. Er kommt nie zu spät", sagte sie plötzlich mit einem zufriedenen Gesichtsausdruck.

„Wer kommt nie zu spät? Wer, Frau Fritsch?"

„Sind Sie schwer von Begriff? Oh, Entschuldigung, ich wollte Sie nicht beleidigen. Marcel. Marcel natürlich. Er ist ein braver Sohn. Wussten Sie, dass er ein sehr guter Fußballspieler ist?"

„Marcel lebt leider nicht mehr. Er wurde heute gegen halb sechs in der Früh gefunden. Verstehen Sie mich?", war der jüngere der beiden Polizisten bereits genervt.

„Lass es gut sein, Willi", winkte der ältere ab. „Es ist sinnlos."

„Das wird er sein", strahlte Theresa Fritsch plötzlich übers ganze Gesicht und wollte sich schnell von der Couch erheben. Sie hatte Stimmen im Hausflur vernommen. Sanft drückte sie der Beamte an ihrer Schulter zurück in die Couch.

Der Rettungswagen war eingetroffen. Die Sanitäter und der Notarzt fanden eine völlig emotionslose Frau vor. Sie hatte alles rings um sich herum ausgeblendet. Die Nachricht vom Tod ihres einzigen Sohnes hatte in ihrer Gedankenwelt keinen Platz gefunden.

„Das kommt schon mal vor. Wenn auch nicht sehr häufig, aber es kommt vor", erklärte der Notarzt den Beamten, dass das Gehirn die schreckliche Nachricht, dass ihr über alles geliebter Sohn nicht mehr am Leben war, einfach nicht akzeptierte.

„Für den Moment ist es sogar besser so. So haben wir ein wenig Zeit, sie medikamentös zu behandeln und sukzessive auf das Unausweichliche vorzubereiten. Wir nehmen Sie mit ins Krankenhaus."

Ein wenig betreten versperrten die Beamten die Wohnungstür und übergaben Theresa Fritsch den Schlüssel. Sie starrte diesen an, als habe sie noch nie zuvor einen Wohnungsschlüssel gesehen und wusste offenbar nicht, was sie damit anfangen sollte.

„Wir geben ihn dem Krankenhauspersonal", sagte ein Sanitäter und enthob die Polizeibeamten somit ihres Schlüsselproblems.

„Ich habe schon einige Todesnachrichten in meiner mittlerweile 30-jährigen Dienstzeit überbringen müssen", erzählte der Beamte seinem jungen Kollegen auf der Rückfahrt vom Einsatzort. „Viele, glaub mir, sehr viele und vor allem unterschiedliche Reaktionen habe ich dabei erlebt. Hysterische Anfälle, ungefähr so wie zunächst bei Frau Fritsch, sind sehr häufig. Auch stumme Trauer war dabei. Einmal hat sogar eine junge Ehefrau, deren Mann in alkoholisiertem

Zustand mit seinem Auto gegen einen Baum gekracht und auf der Stelle tot war, gemeint, sie habe es schon immer gewusst, dass es einmal so enden würde. Er habe es nicht anders gewollt und auch nicht anders verdient.

Dass aber jemand den Tod eines geliebten Menschen derart verdrängt, dass er die schreckliche Nachricht nicht akzeptieren will oder kann, sie nicht an sich heranlässt, ist auch für mich neu. Du wirst sehen, mein Junge, du wirst noch sehr viel in deiner langen Dienstzeit erleben. Was bin ich froh, dass das Ende meines aktiven Polizisten-Daseins zumindest in Sichtweite ist. Dass ich mir nicht mehr die Nächte um die Ohren schlagen muss. Mich mit halbwüchsigen frechen Teenies auseinandersetzen muss, die offensichtlich mit dem D-Zug durch die Kinderstube gefahren sind."

„Wer ist womit durch die ... wie sagtest du ... Kinderstube gefahren? Was bedeutet das?", gab der junge Polizist zu, dass er diesen Ausspruch nicht kannte.

„Ach, vergiss es!"

„Nein, das will ich jetzt wissen", ließ er sich nicht abspeisen.

„Mit dem D-Zug durch die Kinderstube fahren, heißt, dass er oder von mir aus auch sie keine gute Erziehung genossen hat. Viele junge Leute können sich heutzutage nicht mehr benehmen. Sie kennen keine Grenzen. Und weißt du, warum sie keine kennen?"

„Nööö."

„Weil vermutlich ihre Eltern schon keine mehr kannten. Zwei Generationen wachsen jetzt schon nach dem Modell auf, bei dem beide Eltern berufstätig sind. Sein müssen! Weil sie sich sonst den Lebensunterhalt nicht leisten können. Denn heutzutage braucht jeder eine tolle Wohnung oder ein Haus, genauso wie allen technischen Schnickschnack und womöglich auch noch zwei Autos. Für jeden eines. Das funktioniert aber mit einem Gehalt nicht mehr. Die Kinder werden einem Wildwuchs überlassen. Wo und mit wem sie sich herumtreiben, wollen die Eltern gar nicht so genau wissen, weil sie zu sehr mit sich selbst beschäftigt sind. Jeder ist mit jedem per du, da ist es ganz egal, ob der junge Schnösel einen Opa vor sich hat oder einen Gleichaltrigen. Respekt und Werte sind weitgehend verlorengegangen. Und wir, die Polizisten, sollen alles kompensieren. Wir müssen dem Gesetz zum Durchbruch verhelfen, sollten kleine Psychologen sein und körperlich natürlich topfit. Und das alles für das Gehalt eines … ach komm, lassen wir das. Wie gesagt, ich zähle bereits die Monate“, hatte sich der Beamte seinen ganzen Frust, der sich über einen langen Zeitraum aufgestaut hatte, von der Seele geredet.

„Hast du gehört, dass die Damen und Herren der hohen Politik das Pensionsalter schon bald nach oben korrigieren wollen?“, fragte der junge Kollege mit einem süffisanten Lächeln.

„Arschgesicht!“, erntete er als Antwort. „Wir müssen das LKA verständigen, damit sie wissen, wofür sie bezahlt werden.“ Darin war ein gewisser Frust, Streifenpolizist geblieben zu sein, nicht zu überhören.

„Ich denke, das hat die Tatortstreife längst getan“, antwortete der junge, noch unverbrauchte Kollege. „Wo soll es hingehen“, fragte er und gähnte bereits zum zweiten Mal mit weit aufgerissenem Mund.

„Wie wäre es, wenn du dir die Hand vor den Mund halten würdest?“, rügte ihn der Patrouillenkommandant.

„Ja eh, hast recht. Ich bin hundemüde. So ein Nachtdienst zehrt ungemein an meiner Substanz. Es ist bereits der fünfte in diesem Monat.“

„Warts ab, bis du so alt bist wie ich. Ich kann dir sagen, es wird immer beschwerlicher. Im Dienst kann ich die Augen kaum mehr offen halten und nach Dienstschluss liege ich daheim wach in meinem Bett und wälze mich hin und her. An ein Einschlafen ist dann nicht zu denken. Wenn abends dann der nächste Nachtdienst ruft, ist das Glück perfekt. Aber wie schon gesagt, mein Ende ist absehbar. Mein dienstliches, meine ich“, fügte er mit einem Lächeln hinzu. „Du aber, mein Freund, du wirst mit siebenundsechzig halb blind und halb taub, mit zittrigen Händen auf Verbrecherjagd gehen. Gehen müssen! Die Großkopferten da oben wissen ja gar nicht, was sie uns damit antun. Aber lassen wird das, sonst bekomme ich auch noch ein Magengeschwür. Wir rücken auf die Dienststelle ein. Los geht's!“, beendete der alte Polizei-Hase seinen Frustabbau. Wieder einmal!

Die Chefermittlerin grübelte noch eine Weile über den ebenso schrecklichen wie sinnlosen Tod des jungen Thomas Müller nach. Sie lag auf dem Rücken und starrte zur Zimmerdecke. Langsam erst konnte sie sich daran gewöhnen, kein Atmen, kein Schnarchen und auch keine Wärme von der rechten Bettseite her zu vernehmen und zu spüren.

Der beinahe kugelrunde Mond, der bei genauer Betrachtung aussah, als blickte er grimmig zur Erde, zwängte sich störend durch die Jalousieritzen. Maria wusste, dass sie bei Vollmond selten einen erholsamen Schlaf finden konnte und schaffte es, durch mehrmaliges Hochziehen und anschließendes zügiges Herablassen der Jalousie völlige Finsternis im Schlafraum zu erlangen.

Heinrich fehlte. Er fehlte in so vielen Belangen des täglichen Lebens. Alles würde sie dafür geben, ihm noch einmal liebevoll den Rücken zu kraulen oder mit ihrer Hand durch sein für einen über Sechzigjährigen noch erstaunlich dichtes Haar zu streichen, dachte Maria. Sie wusste, dass es derartige Augenblicke der Gemeinsamkeit und Intimität nie wieder geben konnte. Dass sie jemals wieder mit einem Mann mehr als nur eine freundschaftliche Beziehung eingehen könnte, war eine irreale Vorstellung für Maria Meister. Mit Zwang versuchte sie, ihre Gedanken in eine andere Richtung zu lenken.

Wer hat Thomas Müller mit einem Baseballschläger einen derart kräftigen Schlag auf den Hinterkopf versetzt, dass er augenblicklich das Bewusstsein verlor und hilflos im hauseigenen Swimmingpool ertrank? Wer macht so etwas? Und vor allem, warum?

Die Erhebungen hatten ergeben, dass er keine Feinde hatte. War es womöglich ein Konkurrent, der in ihm eine Gefahr für seine sportliche Karriere sah? Jemand, der seinen gefährlichsten Gegner auf nationaler Ebene ausschalten wollte? Irgendjemand musste es doch gewesen sein, dachte Maria und beschloss, in diese Richtung intensiv weiter zu ermitteln.

Mit diesem Gedanken verfiel sie in einen tiefen Schlaf. Es war eine der seltenen Beinahe-Vollmond-Nächte, in denen sie die leuchtende Kugel nicht von einem zum anderen Traum jagte. Maria konnte eine erholsame Nacht genießen. Eine Nacht ohne Albträume und ohne Gang zur Toilette, die ihr abruptes Ende erst durch die Morgennachrichten pünktlich um halb sieben fand, als sich der Radiowecker einschaltete.

Ein Terroranschlag vor einem stark frequentierten Einkaufszentrum mit Dutzenden Toten und Verletzten im Nahen Osten, Verwüstungen durch einen Hurrikan an der amerikanischen Ostküste und ein Korruptionsverdacht bei europäischen Politikern beherrschten wieder einmal die morgendlichen Schlagzeilen. Maria nahm sie, wie vermutlich die meisten Menschen, abgestumpft von der Häufigkeit derartiger Wahnsinnsnachrichten, einfach nur zur Kenntnis, ohne sich jedes Mal über das unvorstellbare Leid so vieler Menschen auf unserem Planeten weiter den Kopf zu zerbrechen.

Hellhörig wurde sie jedoch, als der Nachrichtensprecher emotionslos berichtete, dass in einem Hinterhof in Baden eine männliche Leiche von einem Zeitungskolporteur entdeckt worden sei und dass die Polizei von einem Gewaltverbrechen ausgehe.

Dass das Wetter an diesem Tag durchwachsen und angenehm mild werden sollte, interessierte Maria Meister nur peripher.

Pünktlich um halb acht ertönte auf ihrem Handy das Signal für eingehende Kurznachrichten. Bin schon da, Sigi, stand da zu lesen. Für Maria war es ein weiterer Beweis dafür, dass dieser junge Kollege nicht nur das Zeug zu einem guten Kriminalisten hatte, sondern auch sein Charakter ohne Tadel war. Auf ihn war stets Verlass. Er hatte ihr gesagt, er werde sie um halb acht Uhr abholen.

Die Chefin der Mordermittler vertrat die Meinung, die Pünktlichkeit eines Menschen spiegle bis zu einem gewissen Grad seinen Charakter wider. Sie kannte einige Kollegen, die grundsätzlich um die oft zitierte akademische Viertelstunde später als verabredet erschienen und kein Wort darüber verloren. Es war ihnen egal, dass andere sich nach ihnen richten oder auf sie warten mussten. Nicht so Siegfried Mord.

Schon saß sie in seinem Wagen und genoss seine freundliche und aufgeschlossene Art. Er war noch unverbraucht und voller Tatendrang.

„Hast du die Nachrichten gehört?", fragte Maria. „Um halb sieben?"

„Nein, ich habe mir heute Morgen eine CD von den Toten Hosen reingezogen."

Maria schmunzelte und unterließ es, ihm vom Toten in Baden zu erzählen. Es konnte durchaus sein, dass die uniformierten Kollegen bereits einen Täter gefasst hatten. Womöglich handelte es sich um eine Wirtshausrauferei mit Todesfolge und wäre kein Fall für das LKA, dachte sie.

Dem war nicht so.

„Du sollst den Major anrufen", sagte Renate Pall, nachdem sie Maria einen guten Morgen gewünscht hatte. Eine etwas zu starke Brise eines offensichtlich neuen Parfums nahm Maria für ein paar Sekunden beinahe den Atem. Ob sie Schauers Stellvertreter beeindrucken will, dachte Maria kurz. Dieser Gedanke entlockte ihr postwendend ein Lächeln.

„Soso, er will mich sprechen? Na, dann werde ich ihn nicht warten lassen", sagte Maria offensichtlich gut gelaunt und machte gleich wieder kehrt.

„Die hängt aber gewaltig am Gängelband des LKA-Leiter-Stellvertreters", kam es ein wenig zynisch von Clemens Weber. Peter Hammerl hatte sich vor zehn Minuten krank gemeldet. Angeblich machte ihm der Genuss verdorbener Lebensmittel zu schaffen.

„Guten Morgen, Herr Major", sagte Maria beim Eintreten ins Chefbüro.

„Auch einen guten Morgen und danke, dass Sie so schnell gekommen sind. Wissen Sie schon Bescheid?"

„Worüber?"

„Über den Mord in Baden?"

„Ich hab nur im Radio gehört, dass ein Bursche tot aufgefunden wurde. Mehr nicht. War es denn Mord?", fragte Maria.

„Naja, zumindest wurde ihm der Schädel zertrümmert. Und das rechte Knie", erwiderte Fandler. Er kratzte sich am Kinn und wetzte ein wenig unruhig in seinem Sessel hin und her.

„Das Knie?" Maria schüttelte erstaunt den Kopf.

„Ja, das rechte", wiederholte er und zuckte mit den Achseln. Es schien, als beunruhigte irgendetwas den interimistischen LKA-Leiter.

„Ich gehe mal davon aus, dass es keinen Täter gibt. Das heißt, natürlich wird es einen Täter geben, aber wir kennen ihn noch nicht“, korrigierte sich Maria.

„Wer aus Ihrem Team wird sich des Falles annehmen?“, wollte Fandler wissen. „Hammerl ist ja erkrankt.“

„Erkrankt? Ich hatte noch keine Gelegenheit, mich ins Tagesgeschäft zu stürzen. Es hatte geheißen, Sie wollten mich sogleich sprechen.“

„Ich bitte Sie. Sie müssen doch nicht sofort springen, wenn ich nach Ihnen rufe. Ich habe Frau Pall nur gesagt, dass ich Sie sprechen möchte. Das heißt aber nicht, dass Sie sich nicht zuerst akklimatisieren können. In einer halben Stunde wäre es auch noch früh genug gewesen.“ Es hatte den Anschein, als entspannte sich Major Fandler nun ein wenig.

Da unterscheidet er sich vom Oberst, von Albert, aber gewaltig, dachte Maria. Bei dem sollte man schon auf der Matte stehen, bevor er einen ruft, musste sie bei diesem Gedanken schmunzeln.

„Was erheitert Sie denn so?“, wollte Fandler wissen.

„Ach, nichts. Es ist im Grunde … nichts.“

„Aha, Sie schmunzeln ohne Grund.“

„Toten soll man nichts Schlechtes nachsagen. Jenen, die im Spital liegen, auch nicht“, sagte Maria und ließ den Major unwissend in seinem Büro zurück.

Da soll man aus den Frauen schlau werden, dachte Fandler, als Maria noch einmal die Tür zu seinem Büro öffnete und ihren Kopf hereinstreckte.

„Haben Sie etwas vergessen, oder wollen Sie mir doch sagen, was Sie so erheitert hat?“

„Ich habe auf Ihre Frage, wer nach Baden fahren wird, noch nicht geantwortet. Ich werde fahren. Ich muss nur noch abklären, wer sich anbietet, mit mir gemeinsam die Erhebungen zu führen. Pall oder Weber. In jedem Fall aber fährt Kollege Mord mit. Er ist sehr tüchtig und möchte viel Erfahrung sammeln. Ich denke, er wäre eine echte Bereicherung für mein Team.

Übrigens, ich habe gestern den Oberst im Spital besucht. Gemeinsam mit Mord. Ich denke, er hat sich gefreut. Er lässt Sie lieb grüßen. Ich hatte es vorhin total vergessen. Darf ich Sie noch etwas fragen?"

„Nur zu!"

„Sie machten vorhin auf mich einen, wie soll ich es ausdrücken, einen … etwas nervösen Eindruck. So, als würde Sie etwas in Gedanken beschäftigen. Sie wetzten, entschuldigen Sie bitte, wie ein Schüler, der seine Hausaufgaben nicht gemacht hat, auf dem Sessel hin und her. Ach, vergessen Sie es. Es geht mich wirklich nichts an."

„Nein, nein, das ist schon in Ordnung. Ich bewundere Ihren Spürsinn. Oder besser, Ihr Feingefühl. Tatsächlich hat mich etwas beschäftigt. Sehr sogar. Kurz bevor Sie zu mir ins Büro gekommen sind, habe ich einen Anruf erhalten. Einen privaten Anruf. Von meiner Frau."

Fandlers Gesichtsausdruck war mit einem Mal ernst, beinahe traurig geworden, und seine Falten verdienten die Bezeichnung „Sorgenfalten".

Maria wollte sich am liebsten die Haare raufen. Hätte ich nur nichts gesagt, dachte sie, verärgert über sich selbst.

„Vielleicht ist es gut, wenn ich es jemandem erzähle. Aber bitte behalten Sie es für sich, Frau Meister. Anna, so heißt meine Frau, hat mich besorgt informiert, dass der Arzt ihr nach einer Mammographie eröffnet hat, dass es in ihrer rechten Brust Auffälligkeiten gäbe. Ich denke, gerade Sie als Frau können nachvollziehen, wie sie sich fühlen muss. Das Ganze geht mir sehr an die Nieren. Aber bitte, nochmals, erzählen Sie es nicht weiter. Ich denke, ich werde mir für den Rest des Tages freinehmen und meiner Frau zur Seite stehen."

„Das ist doch selbstverständlich, dass ich niemandem davon erzähle. Ich wünsche Ihrer Frau und natürlich auch Ihnen, dass es nichts Ernstes ist, Herr Major." Maria zog die Tür besonders behutsam hinter sich zu und machte sich ein wenig bedrückt auf den Weg in ihr Büro.

„Wir haben eine Fahrt nach Baden gewonnen", sagte Maria, als sie das Büro betrat.

„Wer ist wir?", fragte Renate.

„Wir, das sind Sigi und ich und …" Sie blickte sich im Büro um. Es standen ohnehin nur mehr Renate und Clemens zur Auswahl.

„Ach ja, bevor ich es vergesse. Peter plagt eine Magenverstimmung. Er meint, der Fisch, den er gestern Abend verspeist hat, schlägt gnadenlos zurück. Der Arme", sagte Pall.

„Ich warte", sagte Maria streng und blickte Pall lange und fordernd in die Augen. Dann wandte sie ihren Blick Weber zu.

„Willst du mitkommen, Clemens? Ich denke, Renate bleibt lieber im warmen Büro. Oder sehe ich das falsch?", forderte sie von Pall eine Antwort ein.

„Wenn ich ehrlich bin …"

„Erspare es dir", unterbrach sie Clemens. „Ich war eh schon länger nicht mehr an einem spannenden Fall dran. Ich denke, dieser könnte einer werden. Ich bin bereit, Chefin."

„Gut, dann steht das Team. Ich brauche aber vorher unbedingt einen Kaffee." Maria warf einen sehnsüchtigen Blick in Richtung Kaffeemaschine.

Renate verstand ihren Wink und machte sich daran, frischen Kaffee zu brühen. Währenddessen spurtete Siegfried in Richtung Kantine und holte ofenfrische Semmeln.

Gegen halb elf trafen die Ermittler des LKA bei der Polizeiinspektion Baden ein. Die zwei Beamten, die die Ersterhebungen am Tatort geführt hatten, empfingen sie mit den Worten:

„Endlich seid ihr da. Wir sind scheintot. Es war eine Scheißnacht!" Sie berichteten emotionslos über den bisherigen Stand der Dinge.

Der Zeitungsausträger, wie der Streifenbeamte den Kolporteur bezeichnete, Ali Mayer, hatte seine Tour, die er täglich abzuspulen hatte, so gut wie beendet. Nur mehr wenige Zeitungen waren ihren Abonnenten zuzustellen, als er mit seinem alten Pkw in besagten Hinterhof einfuhr. Im Lichtkegel der Scheinwerfer seines Autos erkannte er sofort, dass ein menschlicher Körper regungslos mit dem Gesicht nach unten auf dem verdreckten Asphalt lag. Noch bevor er ausgestiegen war, wählte er den Polizeinotruf. Erst dann wagte er sich langsamen Schrittes und mit weichen Knien in Richtung des offenbar leblosen Körpers, dessen Schädel fürchterlich zugerichtet war. Aus Mund, Nase und Ohren war eine Menge Blut ausgetreten. Rund um den Kopf des Opfers hatte sich eine große Blutlache gebildet. Das rechte Bein war grauenvoll verdreht.

Für den 21-jährigen Ali, der vor zwölf Jahren nach Österreich gekommen und von einer kinderlosen Familie adoptiert worden war, bestand nicht der geringste Zweifel, dass der vor ihm liegende Bursche, der seiner Meinung nach in etwa gleich alt sein musste wie er, mausetot war.

Beim zeitgleichen Eintreffen der Polizei und dem von dieser verständigten Notarzt musste sich Ali Mayer von einem Rettungssanitäter den Vorwurf gefallen lassen, die Lebensfunktionen beim Opfer nicht überprüft und etwaige lebensrettende Maßnahmen nicht durchgeführt zu haben. „Ein Versäumnis, für das man Sie unter Umständen belangen kann!“, machte er auf wichtig.

„Lass gut sein“, beschwichtigte der Notarzt den übereifrigen jungen Sanitäter. „Auch eine Minute nach dieser brutalen Schreckenstat hätte es keine Rettung für den Burschen mehr geben können. Seine Schädeldecke ist in mehrere Teile zerbrochen. Gehirnflüssigkeit bereits ausgetreten.“

Als der Arzt das verdrehte Bein mit einem geräuschvollen Knacken begradigte und das Hosenbein nach oben schob, blickte er auf ein blutunterlaufenes, zertrümmertes Knie. Mit einem Kopfschütteln und der Bemerkung „unglaublich“ beendete er seine Tätigkeit, die im Grunde nur mehr eine Totenbeschau war.

Für die Mordermittler war es der Beginn umfangreicher Recherchen. Zu allererst mussten sie eruieren, wie Marcel Fritsch die letzten Stunden seines Lebens verbracht hatte.

„Wenigstens ersparen wir uns die Verständigung seiner Mutter", sagte Maria, als sie erfuhr, dass die Beamten der zweiten Nachtdienst-Streife diese bereits durchgeführt hatten. In jedem Fall wollte sie mit den Beamten in den nächsten Tagen sprechen. Auch Theresa Fritsch sollte eine weitere Befragung über ihren Sohn durch die Beamten des LKA ins Haus stehen, sobald ihre Psyche es zuließ.

Gerade als das Ermittler-Team eine Tatortbesichtigung vornahm, wurde Meister telefonisch von der Polizeiinspektion Baden informiert, dass einige junge Leute zur PI gekommen waren, die angeblich die letzten Stunden mit Marcel in einem Heurigenlokal verbracht hatten. Maria ersuchte um Aufnahme ihrer Personalien und Telefonnummern. Sie werde sich mit ihnen in Verbindung setzen. Als ihr der Beamte die Adresse des Heurigen durchgab, wusste sie sogleich, dass dieser sich in ihrer unmittelbaren Umgebung befinden musste.

Die Mordermittler gingen gerade mal einhundert Meter in südöstliche Richtung. Schon sahen sie eine in einen kunstvoll verzierten Rahmen gesteckte Tafel mit der Ankündigung AUSG´STECKT.

„Jetzt können wir das Dienstliche mit dem Privaten verbinden und uns eine köstliche Heurigenjause gönnen", sagte Maria und fügte hinzu, dass sie darauf bestehe, Clemens und Sigi einzuladen.

„Hast du im Lotto gewonnen?", scherzte Clemens.

„Nein, das nicht. Mir genügt es schon, dass ich gesund bin. Zumindest hat mir der Arzt bei der letzten Vorsorgeuntersuchung vor einem halben Jahr nichts Gegenteiliges eröffnet. Gott sei Dank! Also, was ist? Hinein müssen wir ohnedies."

„Da kann man doch nicht ablehnen, wenn die Chefin bezahlt", meinte Clemens und „sehr gerne, das ist nett von dir", schloss sich Sigi an.

„Ihr könnt euch nicht vorstellen, wie lange ich schon Gusto auf einen Käferbohnensalat mit Kernöl und viel Zwiebeln habe", verriet Maria ihre kulinarischen Sehnsüchte, als der Kellner ihn zusammen mit köstlichen Aufstrichen und Fleischwaren sowie einer Portion aufgeschnittenem Schwarzbrot servierte.

Clemens hatte sich für ein paniertes Huhn und Siegfried für eine zünftige Brettljause entschieden. Während sich Maria und Clemens einen fruchtigen Grünen Veltliner, den sie mit Sodawasser verdünnte, genehmigten, löschte Siegfried Mord seinen Durst mit einem hausgemachten Traubensaft. Er sei kein Freund von Alkohol im Allgemeinen und Wein im Besonderen und müsse überdies das Dienstfahrzeug lenken; damit zeigte er einmal mehr, dass er absolut in Marias Team passte.

Nachdem die drei Hunger und Durst gestillt hatten und der Kellner fragte, ob sie noch Wünsche hätten, zückte Maria ihre Dienstmarke und fragte ihn, wer am Vortag Spätschicht hatte.

„Bei uns gibt es keine Früh- oder Spätschicht. Das Personal arbeitet vom Aufsperren des Lokals bis zur Sperrstunde. Ich zum Beispiel war gestern auch im Dienst", sagte er. „Sie fragen doch sicher wegen des jungen Mannes, der hundert Meter weiter umgebracht wurde, oder?"

„Also, Sie wissen davon", sagte Weber.

„Jeder hier weiß davon. Zum einen haben sie es jede Stunde in den Nachrichten gebracht, und außerdem spricht sich so etwas schnell herum. Bei uns passiert nicht jeden Tag ein Mord."

„Ist Ihnen etwas Verdächtiges aufgefallen?", wollte Maria wissen.

„Wenn es verdächtig erscheint, dass ein junger Mann stockbesoffen in die Toilette taumelt und nicht wieder zurückkommt, dann schon. Seine Freunde, die mit ihm an diesem Tisch saßen – er zeigte mit dem Finger auf den Nebentisch – mussten sogar seine Zeche bezahlen, nachdem einer der jungen Burschen erfolglos nach ihm Ausschau gehalten hatte."

„Haben sich die jungen Leute aufgeführt?", fragte Maria.

„Wie aufgeführt?"

„Na, ob sie sich ungut benommen oder andere Gäste belästigt haben? Herumgeschrien vielleicht? Oder Gläser umgeworfen?"

„Nein, sie haben sich im Grunde tadellos benommen. Nur später, als sie allesamt schon ein bisschen zu viel Wein getrunken hatten, wurde einer von ihnen sentimental. Ich vermute, er hatte Liebeskummer. Als er zu laut wurde, habe ich die an sich netten jungen Menschen aufgefordert, sich ein wenig zu benehmen. Ein Gast hatte bereits seinen Unmut darüber geäußert. Ich sagte ihnen, wenn sie weiterhin so laut wären, sollten sie am besten woanders hingehen, hab das aber nicht wirklich ernst gemeint. Eine von ihnen, Sonja, kenne ich schon sehr lange. Sie hat als kleines Mädchen mit ihren Eltern ganz in meiner Nähe gewohnt. Dann sind sie umgezogen. Sie ist eine ganz Nette und war gestern offensichtlich mit ihrem Freund hier. Ab und zu habe ich ein paar Wortfetzen mitbekommen, als ich Speisen oder Wein an ihren oder an den Nebentisch gebracht hatte. Sie haben sehr viel vom Trainieren und Fußballspielen und vom Meistertitel, den sie offenbar gewonnen hatten, gesprochen. Die beiden Mädels hat das nicht über die Maßen interessiert. Zumindest war das mein Eindruck."

„Waren viele Gäste im Lokal?" unterbrach ihn Clemens. Siegfried Mord lauschte begeistert der Befragung und fand alles wieder einmal nur spannend.

„Das wechselte immer ab. Mal waren alle Tische besetzt, dann wiederum war der Gastraum beinahe leer", erklärte der auskunftswillige Kellner, der der Cousin der Chefin war, wie er den Kriminalisten erzählte.

„Kennen Sie den Gast, der sich über das Verhalten der jungen Leute beschwert hatte?", fragte jetzt Siegfried, der sich offenbar in die Ermittlungen einbringen wollte.

Gute Frage, dachte Maria und beobachtete, wie Sigi mit leuchtenden Augen und leicht geöffnetem Mund auf eine Antwort des Kellners wartete. Wie Columbo hatte er ein kleines Notizheftchen aufgeschlagen und notierte jede Silbe, die der Auskunftsperson über die Lippen kam.

„Nein, den habe ich noch nie hier gesehen. Zuerst dachte ich, er gehört zu einer Gruppe älterer Menschen. Pensionisten wahrscheinlich. Ich denke, die befanden sich auf einem Ausflug. Sie verließen gegen halb elf das Lokal. Ich weiß das deshalb so genau, weil ich für sie zwei Taxis bestellten musste. Sie haben das Lokal verlassen, lange bevor der junge Bursche auf Nimmerwiedersehen auf die Toilette verschwand. Plötzlich saß dieser Mann alleine an einem Tisch dort hinten in der Ecke. Kurze Zeit später war auch er verschwunden. Für einen Pensionisten wäre er ohnehin zu jung gewesen. Aber was weiß man schon? Die Menschen scheiden ja immer früher aus dem Erwerbsleben aus. Zuerst werden sie arbeitslos und dann finden sie keinen Job mehr."

„Wo könnte der junge Mann hin verschwunden sein?", wollte Clemens noch wissen. „Haben Sie gesehen, wie er das Lokal verließ?"

„Eben nicht. Aber das ist leicht erklärbar. Man kann von hier aus zu den Toiletten gelangen und von dort unbemerkt den Heurigen verlassen."

„Haben die jungen Leute mit anderen Gästen gesprochen? Sich mit ihnen unterhalten?", fragte Maria.

„Nein, nicht dass ich wüsste. Ich habe aber nicht explizit darauf geachtet. An ihrem Nebentisch saß ein Mann, ich denke, er war so an die vierzig, der sich aber nicht weiter um die anderen gekümmert hat."

„Wie lange war dieser Mann hier?", bohrte sie weiter.

„Naja, er war bereits hier, als die fünf Jugendlichen zur Tür hereinkamen und verließ das Lokal … ich würde sagen … kurz vor Mitternacht. Mich hat nur gewundert, dass er zwei Zeitungen mitgebracht hatte, die er von vorne bis hinten und vermutlich auch von hinten bis vorne gelesen hatte. Er trank so einige Weinmischungen und seine Bestellungen waren knapp und unfreundlich. Ich habe nicht gesehen, ob er sich mit den jungen Leuten unterhalten hat.

So, jetzt muss ich aber wieder. Es sind Gäste gekommen", war dem Kellner die Befragung offenbar zu langatmig.

„Vielen Dank. Sollte Ihnen noch etwas einfallen, rufen Sie mich bitte an“, sagte Maria und überreichte ihm eine Karte.

„Ich denke, das war es. Ich möchte bezahlen.“

„Danke, Chefin, für die Einladung“, sagte Clemens und rieb sich den Bauch. „Es war einfach köstlich.“

„Auch von mir ein Dankeschön“, kam es von Sigi.

„Sehr gerne. Und ich danke euch, für die konstruktive Mitarbeit eben. Was haltet ihr davon? Bringt uns das weiter?“

„Weiß nicht“, meinte Clemens und zuckte mit den Achseln. „Der Mörder wird wohl nicht beim Heurigen gesessen haben, um auf einen schwer betrunkenen jungen Fußballer zu warten, den er dann ohne Grund erschlägt.“

„Nichts Genaues weiß man nicht“, sagte Maria und wollte sich auf der Fahrt nach St. Pölten ein wenig Schlaf gönnen. Sie vertraute voll und ganz auf die Fahrkünste ihres jüngsten Mitarbeiters.

Schon am nächsten Tag standen weitere Befragungen an.

Lili Mack, jene Gymnasialschülerin, die Marcel wegen eines anderen Burschen den Laufpass gegeben hatte, wurde in ihrem Elternhaus von Maria Meister befragt. Ihr Vater, Friedrich Mack, wollte unbedingt zugegen sein, wenn Lili der Kriminalistin Rede und Antwort stehen musste. Das wurde von seiner Tochter jedoch vehement abgelehnt. Mit den Worten, sie sei nahezu erwachsen und brauche keinen elterlichen Beistand, bat sie Maria in ihr Zimmer.

„Aber mein Geld brauchst du schon“, war Friedrich Mack darüber erbost. Lili erzählte, dass Marcel an sich ein lieber Junge war, leider aber nur seine Karriere als Fußballspieler im Kopf hatte. Er habe sich schon als Profikicker in der deutschen oder spanischen Liga gesehen, sagte sie ein wenig abwertend. In ihrer neuen Beziehung mit Jens sei sie sehr glücklich. Jens und sie seien an jenem Abend, an dem sich Marcel mit seinen Freunden beim Heurigen sinnlos betrank und im Anschluss zu Tode kam, zunächst im Kino und danach bei Jens zu Hause gewesen. Bis halb drei Uhr früh. Ihr Vater müsse das aber nicht erfahren, fügte sie an. Sie sei von Sonja Kern, der Freundin von Peter Feiersinger, gegen neun Uhr angerufen worden und habe so von den Geschehnissen im Heurigenlokal und auch, dass Marcel tot sei, erfahren.

Peter Feiersinger und Sonja Kern sowie Kurt Mohn und seine Freundin Monika Sammer wurden von Weber und Mord auf der PI Baden zur Sache befragt.

Ihre Angaben stimmten mit denen des Kellners im Heurigenlokal im Großen und Ganzen überein. Marcel sei sehr deprimiert gewesen, weil Lili ihn verlassen hatte.

„Dummerweise hat Sonja ihm noch auf die Nase gebunden, dass Lili nun mit einem anderen Jungen, Jens, zusammen war“ erzählte Feiersinger, der das für keine so gute Idee gehalten hatte.

„Sie wollte damit erreichen, dass er sie so vielleicht hassen und besser vergessen konnte. Daraufhin hat er sich mit Wein zugeschüttet“, wusste Kern zu berichten.

„Obwohl in Wahrheit nur einige Gläser Wein genügten, dass er stockbesoffen wurde", ergänzte Monika Sammer. Als Marcel verschwunden war, hätten sie ihre und auch die Zeche für Marcel bezahlt und seien in die Stadt gefahren, wo sie sich bis halb vier Uhr früh in einer Disco vergnügten.

„Was war mit dem Mann am Nebentisch?", wollte Weber wissen.

„Was soll mit ihm gewesen sein?", fragte Kurt Mohn.

„Habt ihr mit ihm gesprochen oder hat er sich über euer Benehmen beschwert?"

„Nein, hat er nicht. Sonja hat sich bei ihm für Marcels Verhalten entschuldigt, obwohl er sich gar nicht darüber aufgeregt hatte. Sie erzählte ihm, dass die Jungs ihren Fußball-Meistertitel feierten und Marcel ein wahres Talent sei. Dass er das Zeug habe, ein ganz Großer zu werden. Offensichtlich hat ihn das aber nicht interessiert und er verließ schon bald darauf das Lokal. Ohne zu grüßen! Da möchte man uns Jungen immer Benehmen beibringen, und was tun die Alten? Sie grüßen nicht einmal", ärgerte sich Mohn immer noch über diesen Mann.

Die Beschreibungen des seltsamen Mannes waren alles andere als übereinstimmend. Gingen die Jungs eher davon aus, dass er nicht viel älter als vierzig war, waren die beiden Mädchen der Meinung, er müsse fünfzig oder noch älter sein. Die Farbe seiner Hose variierte von beige bis hell- und dunkelbraun. Seine Augenfarbe konnte von keinem der Zeugen angegeben werden. Sie hatten ihn auch nicht besonders beachtet, war unisono ihre Rechtfertigung dafür. Bei seinen Haaren jedoch gab es eine Übereinstimmung.

Ebenso bei seiner Statur. Er habe dunkles, beinahe schwarzes dichtes Haar und sei von kräftiger Statur.

„Na, das ist doch schon etwas“, grinste Sigi. „Aber wenn ich ehrlich bin, ist mir ziemlich egal, wie alt dieser Typ war und welche Kleidung er trug. Er wird Fritsch mit Bestimmtheit nicht erschlagen haben. Warum sollte er auch?“, sagte er und fühlte sich in diesem Moment ein bisschen wie Sherlock Holmes.

„Lass das nur ja nicht die Chefinspektorin hören!“, sagte Clemens. Maria war zur Toilette gegangen, da sie, wie sie es ausdrückte, die „Örtlichkeit“ inspizieren wollte.

„Warum nicht?“

„Sie kann es nicht ausstehen, wenn jemand voreilig Schlüsse zieht. Wenn man das Eine annimmt und das Andere ausschließt. Merke dir: Nichts ist unmöglich. Du musst alle Eventualitäten ins Auge fassen. Das hat die Chefin von ihrem Chef und späteren Lebenspartner Heinrich Müller gelernt und versucht, es auch uns stets einzubläuen. Und weißt du was, Siegfried, sie hat verdammt recht. Jeder kann es gewesen sein. Absolut jeder! Ein Irrer da draußen ebenso wie auch der Kellner. Sogar seine Freunde darfst du nicht außer Acht lassen. Und den Typen am Nebentisch ebenso nicht. Also halte dich bitte mit lautstarken Mutmaßungen und unüberlegten Äußerungen zurück. Es ist besser, glaub es mir!“, beendete Clemens Weber seine gut gemeinten Ratschläge für Siegfried Mord.

Dieser war klug genug, zukünftig zwei Mal zu überlegen, bevor er sich ein Mal voreilig äußerte.

Der behandelnde Spitalsarzt teilte Maria Meister am Telefon mit, dass sich der Zustand von Theresa Fritsch nach regelmäßigen Medikamentengaben stabilisiert hatte. Sie wusste, dass ihr geliebter Sohn Marcel nicht mehr am Leben war, wollte diese unwiderrufliche Tatsache jedoch nicht in ihr Bewusstsein lassen. Sie sprach ganz einfach nicht darüber. Er vermutete, dass sie befürchtete, sie könnte einen weiteren Verlust nach dem tragischen Krebstod ihres Mannes vor drei Jahren nicht verkraften. Solange sie nicht über den Tod ihres Sohnes sprach, hatte das Ereignis auch nicht stattgefunden, suggerierte ihr das Unterbewusstsein. Diese These vertrat zumindest der Arzt. Für eine Entlassung aus dem Krankenhaus war es noch entschieden zu früh. Zu groß waren ihre Stimmungsschwankungen, war er überzeugt. Die Kriminalpolizei könne sie kurz befragen, wenn es für die Ermittlungen unerlässlich sei, sagte der kooperative Mediziner.

Da sich Maria von einem Gespräch mit Theresa Fritsch keine relevanten Erkenntnisse, die für die Aufklärung des Mordes bedeutsam sein könnten, erwartete, wollte sie noch einige Tage zuwarten, bis sich der Zustand der leidgeprüften Mutter weiter stabilisiert hatte. Dass Fritsch ihr einen möglichen Feind ihres Sohnes nennen konnte, der für eine derartig brutale Tat infrage kam, hielt die Ermittlerin für nahezu ausgeschlossen. Die Mutter hätte dies sonst längst getan, war ihre Überlegung.

Die Beamten der Spurensicherung konnten außer einer Menge Blut vom Opfer keinerlei Spuren am Tatort feststellen. Der Täter hatte seinem Opfer offenbar hinter einer Betonsäule neben dem Gehsteig aufgelauert und ihn in den Hinterhof geschubst oder gezerrt. Beim Alkoholisierungsgrad von Marcel war das mit Bestimmtheit nicht schwer gewesen. Die Schläge mit einem Prügel oder ähnlichen stumpfen Gegenstand auf das rechte Knie und den Hinterkopf hatte er ihm erst dort verpasst, wo er letztendlich verstarb und am Boden liegend aufgefunden wurde. Eine Denkvariante war auch, dass Marcel von selbst in den Hinterhof getorkelt war, um seine Notdurft zu verrichten. Bei den großen Flüssigkeitsmengen, die er im Heurigenlokal aufgenommen hatte, konnte es durchaus sein, dass er, obwohl er kurz zuvor die Toilette aufgesucht hatte, bald darauf schon wieder einen Harndrang verspürt hatte. Oder aber, dass er sich in der Toilette beim Heurigen nur übergeben musste und dort nicht Wasser gelassen hatte. Dass er seine kurz zuvor zu sich genommene üppige Speise am Fußboden des WCs und über die gesamte Klomuschel verteilt hatte, musste vom Reinigungspersonal des Lokals mit großem Ekel zur Kenntnis genommen worden sein.

Chefinspektor Meister fasste im Zuge einer Morgenbesprechung zusammen:

Es gab zwei ungeklärte Morde. In beiden Fällen wurden die Opfer brutal erschlagen. War die Tatwaffe beim Mord an Thomas Müller ein Baseballschläger, so wurde beim zweiten Mord eine bislang unbekannte Waffe verwendet. Dass es sich dabei ebenfalls um einen gerundeten Hartholzprügel handeln könnte, sei nach Angaben der Gerichtsmedizinerin Dr. Petra Richter durchaus anzunehmen. Die Beamten der Spurensicherung hatten im näheren und weiteren Umkreis des Tatortes sämtliche Müllcontainer durchstöbert und hinter alle möglichen Sträucher und Büsche geschaut. Sogar Kellerabteile in der unmittelbaren Umgebung wurden in die Suche mit einbezogen. Sie wollten sich dem Vorwurf, sie seien bei ihrer Spurensuche schlampig, kein zweites Mal aussetzen. Gemäß der Dienstvorschrift mussten sie diese weiträumige Suche nicht durchführen.

Auch Siegfried Mord hatte sich an der Suche nach der Tatwaffe beteiligt. Die Obduktion der Leiche ergab zweifelsfrei, dass zwei der drei Schläge auf das Opfer absolut tödlich waren. Das Gehirn konnte die enorme Gewalteinwirkung, durch die die Schädeldecke splitterte, nicht verkraften.

Warum der brutale Mörder Marcel Fritsch mit einem wuchtigen Hieb sein rechtes Knie zertrümmert hatte, blieb für die Ermittler ein Rätsel. Es dürfte der erste Schlag auf das wehrlose Opfer gewesen sein.

Ein Motiv für die abscheuliche Tat gab es bislang nicht. Zumindest konnten die Ermittler keines erkennen. Die Freunde, die mit Marcel beim Heurigen den Meistertitel gefeiert hatten, konnten als Verdächtige nach bisherigem Ermittlungsstand ausgeschlossen werden. Ebenso seine Ex-Freundin Lili und ihr neuer Freund Jens. Der Zeitungskolporteur Ali, der den Toten gefunden und die Polizei verständigt hatte, war zu keiner Sekunde als möglicher Täter in Betracht gezogen worden.

Dass Theresa Fritsch Licht ins Dunkel bringen und die Ermittler auf eine Spur des Täters bringen könnte, glaubte Meister nicht. Dennoch wollte sie unbedingt mit der verzweifelten Frau sprechen. Vielleicht hatte Marcel jemanden kennengelernt. Einen neuen Freund? Aus dem Internet womöglich?

Die Ermittler wussten aber auch, dass sich die Schreckenstat durchaus zufällig ereignet haben konnte. Es war denkbar, dass Marcel von einem Unbekannten provoziert und anschließend niedergeschlagen worden war. Oder hatte er aufgrund seiner starken Alkoholisierung Anlass für einen Streit gegeben? Er könnte getorkelt sein und jemand hatte sich dadurch provoziert gefühlt. Auch, dass es ein sinnloser Gewaltakt einiger Jugendlicher war, die sich in der Gruppe stark gefühlt und ein wehrloses Opfer gesucht hatten, konnte nicht ausgeschlossen werden. Die Liste der denkbaren Möglichkeiten war schier endlos.

Dass der Fall nur schwer zu knacken wäre, sollte es sich um eine Zufallstat handeln, waren sich alle in diesen Fall involvierten Kriminalisten einig.

Drei Tage später erhielt Meister einen Anruf vom Krankenhaus, in dem Theresa Fritsch lag. Der Arzt ersuchte sie, ins Spital zu kommen.

„Es tut mir leid, aber mit der Befragung von Frau Fritsch wird es nichts mehr“, sagte er mit betretener Miene und übergab Maria einen handgeschriebenen Brief.

Ich weiß, dass mein geliebter Sohn Marcel tot ist. Ich bin jetzt bei ihm und meinem Mann. Wir sind wieder vereint. Ich habe nicht mehr die Kraft, weiterzuleben. Ich hoffe, Gott kann mir verzeihen, dass ich das von ihm geschenkte Leben einfach so wegwerfe. Ich bitte die Polizei, den Mörder von Marcel mit Nachdruck zu suchen und ihn seiner Strafe zuzuführen. Dass diese Strafe niemals gerecht sein kann, weiß ich ebenso. Sonst müsste man diese Bestie genauso erschlagen, wie mein armes Kind erschlagen wurde... PS: Ich bitte, dass mein Körper verbrannt wird. Theresa Fritsch.

Maria schluckte. Der Arzt erzählte ihr, dass sie in den obersten Stock des Krankenhauses gegangen war und sich über das Treppengeländer in die Tiefe gestürzt hatte.

„Wenn jemand die feste Absicht hat, sich das Leben zu nehmen, kann niemand von uns das verhindern", merkte er nachdenklich an.

Die Tage und Wochen vergingen. Einige Hinweise auf mögliche Verdächtige, die angeblich zur Tatzeit in der Nähe des Heurigenlokals in Baden gesehen worden waren, brachten nicht den erwünschten Erfolg. Es konnte niemand eruiert werden, der einen Grund gehabt haben könnte, den ruhigen und stets freundlichen Marcel Fritsch, den begnadeten Nachwuchskicker, derart brutal zu attackieren, dass er dadurch zu Tode kam.

Die Ermittler waren überzeugt, dass es nur die Absicht des Täters gewesen sein konnte, Fritsch zu töten.

Die Mordermittler agierten an zwei Fronten. Zum einen galt es, den Mord an Thomas Müller und zum anderen, den an Marcel Fritsch zu klären. Beide Opfer waren erschlagen worden. Die Opfer, beides junge, sportbegeisterte Männer, stammten aus Mödling und Baden bei Wien. Sie kannten einander nicht. Ein Zusammenhang zwischen den Gewalttaten ließ sich nicht herstellen.

7

Drei Jahre zuvor…

Trainer Dávid Nagy und seine Fußballmannschaft hatten es tatsächlich geschafft. Sie gewannen das letzte Meisterschaftsspiel und schafften somit den Aufstieg in die nächsthöhere Spielklasse.

Eine bombastische Meisterschaftsfeier, eine Mega-Party sollte es an diesem Freitag werden. Alles war bestens organisiert. Die jungen Fußballer hatten ihr großes Ziel, die Meisterschaft zu gewinnen, erreicht. Dementsprechend groß war ihr Stolz. Direkt auf dem Fußballplatz wurde ein großes Zelt, das die örtliche Feuerwehr zur Verfügung stellte, aufgebaut. Eine junge aufstrebende Rockband, die bereits auf einige erfolgreiche nationale Auftritte verweisen konnte, wurde engagiert.

Zahlreiche Sponsoren, unter anderem die Stadtgemeinde, trugen mit ihren Spendengeldern dazu bei, dass es eine unvergessliche Meisterfeier werden sollte.

Auch Doktor Manfred Wegener, ein weit über die Grenzen gleichermaßen bekannter wie erfolgreicher Strafverteidiger, ließ sich einmal mehr nicht lumpen. Er hatte sich durch gewonnene Strafprozesse, bei denen er den einen oder anderen wohlhabenden prominenten Angeklagten mit einer exzellenten Verteidigungsstrategie und wortgewaltigen Plädoyers vor drohenden Gefängnisstrafen bewahrt hatte, wie auch im ertragreichen Immobiliengeschäft ein stattliches Vermögen erwirtschaftet. Dementsprechend hoch fiel dieses Mal seine Spende für den Meisterklub, in dem sein talentierter Sohn Sascha eine Stürmerposition innehatte, aus.

Sascha war ein Einzelkind. Seine Mutter hatte sich von Saschas Vater wegen eines anderen Mannes getrennt, als der Junge zehn Jahre alt war. Der vielbeschäftigte Anwalt überließ die Erziehung seines Sohnes einer Nanny. Er selbst hatte aufgrund seines zeitintensiven Berufs und der ständig wechselnden jungen Freundinnen, die ihrem Alter nach gut und gerne auch als seine Töchter durchgehen konnten, weder die Zeit noch das Bedürfnis, sich um das Aufwachsen seines Sohnes zu kümmern. Seinen Part der Kindererziehung deckte er damit ab, indem er Sascha beinahe täglich einen kleinen, später auch größeren Geldschein zusteckte. Das befriedigte die Bedürfnisse des Sohnes und beruhigte das Gewissen des Vaters. Eine kurze und sehr intensive Zeit war Doktor Wegener auch mit der attraktiven jungen Nanny seines Sohnes intim. Dass Sascha das nicht verborgen blieb, störte den Staranwalt nicht.

Es stand außer Zweifel, dass der Junge mit einem außergewöhnlichen Talent zum Fußballspielen gesegnet war. Nur aus diesem einzigen Grund hatte ihm Erfolgstrainer Nagy bislang alle Eskapaden nachgesehen. Dennoch wurde gemunkelt, dass die regelmäßigen Geldspenden seines Vaters die Nachsicht des Trainers nicht unwesentlich beeinflussten.

Die schulischen Erfolge konnten mit den sportlichen bei weitem nicht mithalten. Nur aufgrund der Tatsachen, dass Doktor Wegener sich um eine sündteure Nachhilfe für Sascha bemühte und die Professoren größtenteils zu seinen „guten Bekannten“ zählten, konnte letztendlich auch das

Millionärssöhnchen das Reifezeugnis mit dem Vermerk „bestanden“ in Händen halten. Zwei der Professoren hatte Wegener überdies erfolgreich bei Gericht verteidigt.

Während Saschas ehemalige Schulkollegen sich für ein Medizin-, Jura-, Betriebswirtschaftslehre-, Politikstudium oder sonstige Studienrichtungen bereits längst entschieden hatten, zog es der Anwaltssohn vor, sich zunächst einmal für ein Jahr die Sonne auf den Bauch scheinen zu lassen. Sein Vater war nicht schwer davon zu überzeugen, dass der frischgebackene Maturant und zukünftige Kicker-Star sich eine Auszeit verdient hatte.

Als Matura-Geschenk kaufte er ihm einen nagelneuen blauen Sportflitzer mit einem Verdeck, das sich auf Knopfdruck öffnen ließ, mit Ledersitzen und knapp zweihundert Pferdestärken. Dass dieses Gefährt einen Führerschein-Neuling überfordern könnte, kam dem Herrn Papa nicht in den Sinn. Sein Sohn käme nach ihm und gehörte ebenso der Spezies von Mensch an, für die es scheinbar keine Grenzen gab, war der Anwalt überzeugt.

Überdies schenkte er ihm eine Kreditkarte, über die er in einem beschränkten Rahmen frei verfügen konnte. Der monatliche Betrag, der ihm dabei zwölf Mal im Jahr darauf gebucht werden sollte, hätte so manchen hart arbeitenden Familienvater, der eine Frau und Kinder zu ernähren hatte, vor Neid erblassen lassen.

Sascha Wegener schlug den Ratschlag seines Vaters, sich von ihm zur Meisterfeier chauffieren zu lassen, in den Wind.

„Ich muss sowieso einige Worte am Beginn eurer Feier an die Anwesenden richten. Dávid hat mich darum gebeten“, unternahm er noch einen letzten Versuch, Sascha zur Vernunft zu bringen, damit er sein Auto zu Hause stehen ließe.

Tatsächlich hatte ihn Trainer Nagy ersucht, als großer Gönner des Vereines einige Worte an die Funktionäre und Sportler zu richten und die Feier zu eröffnen. Es sollte die größte und schönste Meisterschaftsfeier werden, die die zweitgrößte Stadt Niederösterreichs mit über 41.000 Einwohnern jemals gesehen hatte. Vertreter aus Politik und Wirtschaft hatten sich ebenso angekündigt wie auch Medienvertreter und ein regionaler Fernsehsender.

„Glaubst du etwa, ich fahre dann mit dem Taxi nach Hause? Du musst dich endlich einmal daran gewöhnen, dass ich meine Entscheidungen alleine fälle. Ich brauche deine altklugen Ratschläge nicht. Die kannst du deinen Klienten oder sonst wem geben, aber bitte verschone mich damit. Finde dich endlich einmal damit ab!

Wenn du es genau wissen willst, ich werde höchstens ein oder zwei Bier trinken und nicht ewig bei diesen Langweilern bleiben. Ich habe jemanden kennengelernt, wenn du weißt, was ich meine. Sie mag keine Ansammlungen grölender Halbwüchsiger", fuhr er seinem Vater derart über den Mund, dass dieser es vorzog, seinen Sohn, bei dessen Erziehung er offenbar gravierende Fehler begangen hatte, nicht mehr zu bevormunden.

„Ich und nur ich bin für mein Leben verantwortlich", sagte der junge Wegener energisch und hoffte, dass sein Herr Papa endlich kapierte, dass er sich von ihm nichts mehr vorschreiben lassen wollte. Auf seine finanziellen Zuwendungen wollte er allerdings nicht verzichten.

Zum ersten Mal hoffte Wegener senior, dass Sascha entweder ein Studium weit weg von zu Hause beginnen oder von einem ausländischen Fußballklub verpflichtet werde. Hauptsache, er zöge bald von Zuhause aus. Den Einwand, dass Sascha im Besitz eines Führerscheines auf Probe war und für ihn somit die 0,0-Promille-Grenze galt, verkniff sich Doktor Wegener.

Saschas Vorsatz, nur ein oder zwei Bier zu trinken, schwand mit jedem „We-are-the- Champions"-Gesang der Meisterkicker, der schon bald zu einem ohrenbetäubenden Grölen mutierte. Dass seine neue Flamme ihm dann auch noch eine Kurznachricht auf sein Handy schickte, in der sie ihm mitteilte, sie habe keine Zeit und darüber hinaus solle er sich keine Hoffnungen machen, da sie für eine Beziehung mit einem Jungen nicht bereit sei, war Grund genug, all seine guten Vorsätze über Bord zu werfen.

Mir sagt keine Göre, dass sie mich nicht will, dachte der verwöhnte junge Schnösel zutiefst gekränkt und beschloss, es so richtig krachen zu lassen.

„Sascha, reiß dich doch zusammen! Es scheint, du veranstaltest ein Wettsaufen mit dir selbst", versuchte ein Fußballkollege ihn davon abzuhalten, sich grenzenlos zu betrinken. Nicht genug, dass er bereits das fünfte Bier in sich hineingeleert hatte, trank er zu jeder Halben Bier ein klares Schnäpschen.

„Du hast mir gar nichts zu sagen, du Loser!", schlug er den gut gemeinten Rat seines Mannschaftskollegen Dominik Boksic in den Wind. Dieser nahm die Beleidigung seines offensichtlich bereits schwer alkoholisierten Gegenübers wortlos zur Kenntnis und wechselte den Platz.

Es war keinem aufgefallen, dass bei der Tombola um Mitternacht von Sascha Wegener weit und breit nichts mehr zu sehen war. Er fehlte anscheinend niemandem. Wann, mit wem oder wie er die ausgelassene Meisterfeier verlassen hatte, schien seine Mannschaftskameraden nicht die Bohne zu interessieren.

8

„Hast du schon gesehen?“, fragte Renate Pall ihre Chefin.

„Was genau soll ich gesehen haben?“

„Na, ihn! Den Oberst!“

„Schauer?“

„Wen denn sonst! Er ist doch der einzige Oberst beim LKA, oder?“, sagte Renate und war ob der Begriffsstutzigkeit von Maria ein wenig überrascht.

„Ich bin keine Hellseherin, Renate, und wenn du mir etwas sagen willst, dann sprich bitte nicht in Rätseln!“ Sie wird doch nicht Albert meinen, dachte Maria. Es hat doch geheißen, er wird fünf bis sechs Wochen dienstunfähig sein. Hält er es womöglich zu Hause nicht mehr aus?

„Oh, entschuldige bitte! Ich wusste nicht, dass du heute mit dem linken Fuß zuerst aufgestanden bist. Darf ich dir ein Buttersemmerl servieren? Und dazu vielleicht einen herrlich duftenden Espresso? Oder lieber eine Melange? Oder einen großen Braunen, die Gnädigste?“, stichelte Renate und versuchte dabei, eine schwer beleidigte Miene aufzusetzen, obwohl sie wusste, dass sie im nächsten Moment losplatzen musste.

„Dumme Gurke! Ich bin überhaupt nicht schlecht gelaunt, aber Gedanken lesen kann ich nicht. Leider! Sonst hätten wir nicht zwei ungeklärte Morde, die uns das Leben schwer machen“, sagte Maria nachdenklich und auch ein wenig unzufrieden. Die Ermittlungen waren ins Stocken geraten.

„Was ist jetzt damit?“

„Womit?“

„Mit der Buttersemmel und meinem Kaffee. Und der glasklaren Information, wen ich heute schon gesehen haben soll. Du brauchst es mir aber gar nicht mehr zu sagen. Ich bin eine gute Kriminalistin und durchschaue meine Pappenheimer. Du meintest doch Schauer? Oder?"

„Die Kandidatin hat hundert Punkte!", rief Renate und servierte ihrer Chefin den Kaffee und die schon obligatorische Buttersemmel.

„Wow, da hat er es nicht lange daheim ausgehalten. Ich bin gespannt, wie lange es dauert, bis er nach mir ruft", sagte Maria, als ihr Telefon am Schreibtisch ihre Aufmerksamkeit einforderte. Lächelnd verdrehte Maria die Augen.

„Meister am Apparat von Meister", begrüßte sie Oberst Schauer.

„Es tut gut, wieder eine vertraute Stimme zu hören", antwortete er offensichtlich gut gelaunt. War das der einstige humorlose, nur auf seine Karriere bedachte stellvertretende LKA-Chef, war Marias erster Gedanke.

Genau so präsentierte er sich nämlich seinerzeit seinen Untergebenen, als er noch Major war. Ganz im Gegensatz zu seinem Stellvertreter, Major Fandler. Der ist locker, kompetent und vor allem menschlich. Der eine früher, der andere eben später. Wichtig ist nur, dass man irgendwann erkennt, wie man seinen Mitmenschen begegnen sollte, dachte Maria.

Schauer hatte offenbar erkannt, dass man auch zu Mitarbeitern freundlich sein kann, ohne deshalb gleich seine Autorität zu verlieren. Im Gegenteil. Seit Albert Schauer seine positive Wandlung vollzogen hatte, war er ein angesehener LKA-Leiter. Diese Meinung vertraten nicht nur Chefinspektor Meister und ihr Team. Die Kollegen anderer Ermittlungsbereiche erwähnten nicht selten, dass er sehr umgänglich geworden war. Sie alle hatten ebenso das Gefühl, er würde hinter jedem einzelnen Mitarbeiter stehen und seinen Schwanz auch nicht einziehen, wenn es galt, sich auf höchster Ebene für die Kollegenschaft einzusetzen.

„Ich ersuche dich, zu mir rüberzukommen, wenn es deine Zeit erlaubt. Du könntest mich ein wenig über den Stand der Dinge informieren. Es eilt aber nicht sehr. Obwohl, es eilt doch", sagte Schauer.

Er kann eben aus seiner Haut nicht heraus. Alles muss nach seinem Kopf gehen, dachte Maria, als Schauer ergänzte:

„Denn frisch schmeckt der Kaffee doch am besten. Ich hoffe, du magst einen, Maria."

„Bin in zehn Minuten da."

„Du bist ja total unter den Fittichen des Herrn Oberst", konnte sich Renate diese Bemerkung nicht verkneifen. „Was wird jetzt aus deinem Kaffee und der Buttersemmel?"

„Das geht sich in zehn Minuten locker aus. Ich danke dir dafür, Renate. Ihr seid wirklich alle sehr nett zu mir. Auch Schauer. Stell dir vor, er hat auch für mich Kaffee gebrüht und gesagt, dass es nicht eilen würde, jedoch der Kaffee frisch am besten schmecke. Also von wegen Fittiche, meine Liebe. Komm erzähl mir, wie geht es dir? Ich meine privat. Bist du zufrieden?"

„Ja, doch, schon", war Renate ob dieser persönlichen Frage ihrer Chefin beinahe ein wenig verlegen.

„Ich finde, es ist wichtig, dass man sich gut fühlt. Dass man zufrieden ist. Die meisten Menschen erkennen das erst, wenn eine gravierende Veränderung in ihrem Leben eintritt. Eine Krankheit oder auch der Verlust eines geliebten Menschen. Bei mir war es nicht anders. Auch Albert, also Oberst Schauer, hatte sicher im Spital viel Zeit zum Nachdenken."

„So so, Albert", kam es postwendend von Pall. „Hab ich etwas verpasst?"

„Nein, im Grunde nicht. Er war nur der Ansicht, dass wir aufgrund der Tatsache, dass wir uns schon so lange kennen, per du sein sollten. Gibt es Einwände?"

„Aber wo. Ich hoffe, er bleibt auch cool, wenn wir die beiden Morde nicht aufklären können."

„Daran brauchst du nicht einmal im Entferntesten zu denken, Frau Bezirksinspektor. Wir werden uns in die Fälle hineinknien, bis unsere Knie wundgescheuert sind und die Köpfe rauchen. Wir alle! Das verspreche ich dir. Wir kriegen diese brutalen Killer", sagte Maria mit eiserner Entschlossenheit.

„Guten Morgen, Herr Oberst, grüß dich, Albert", begrüßte Meister ihren Chef.

„Auch dir nochmals einen schönen guten Morgen, Maria."

„Ich dachte, du wärst noch eine Zeit lang im Krankenstand."

„Hättet ihr wohl gerne", sagte der LKA-Chef und grinste breit.

„Absolut nicht, wenngleich auch Major Fandler ein sehr angenehmer Zeitgenosse ist. Im Grunde ist es doch egal, wem ich mitteilen muss, dass wir bei unseren beiden Mordfällen leider noch nichts Positives vermelden können", sagte Maria ein wenig beschämt. Sie berichtete Schauer vom gegenwärtigen Ermittlungsstand und brachte ihre Befürchtung zum Ausdruck, dass, sollten die Täter keine Fehler begehen und auch von der Bevölkerung keine Hinweise einlangen, sie noch weit von einer Aufklärung entfernt wären.

„Warum die Täter?" Könnte es nicht auch nur ein Täter gewesen sein, fragte Schauer. „Es sind doch beide Opfer brutal mit einem Baseballschläger erschlagen worden."

„Nur einer, Albert. Das erste Opfer, Thomas Müller, wurde definitiv mit einem solchen Sportgerät getötet. Beim zweiten, Fritsch, haben wir keine Tatwaffe gefunden. Doktor Richter geht aber davon aus, dass es eine gleiche oder ähnliche Waffe, ein Rundholz oder auch tatsächlich wieder ein Baseballschläger gewesen sein könnte. Mein Team und ich sehen aber weit und breit kein Mordmotiv und keine weiteren Parallelen. Außer vielleicht …"

„Außer?", fragte der Oberst neugierig und schnappte sich ein weiteres Schokoladenkeks vom Teller, den er Maria aufgewartet hatte.

„Außer, dass beide jungen Männer sehr sportbegeistert waren. Aber das sind Hunderttausende andere auch."

„Das denke ich nicht. Ich weiß, wie faul die jungen Leute heutzutage sind. Unser Land ist bewegungsfaul geworden. Die beiden Opfer waren aber nicht nur mäßige Hobby-Sportler, hast du gesagt. Sie waren ... äh ..., was haben sie schnell nochmal gemacht?", fragte Schauer. Es war ihm peinlich, dass er es sich nicht gemerkt hatte.

„Müller war einer der größten österreichischen Schwimmtalente und Fritsch angeblich ein begnadeter Nachwuchskicker. Ich halte das aber für einen reinen Zufall. Da wird der eine in Mödling auf dem elterlichen Grundstück im Swimmingpool erschlagen und der andere nach einer Feier in Baden, als er sich vermutlich auf dem Nachhauseweg von einem Heurigenlokal befand. Also, ich weiß nicht", sagte Maria und schüttelte verneinend den Kopf.

„Ja, wahrscheinlich hast du recht. Derzeit kann man nicht von ein und demselben Täter ausgehen. Ich hoffe nicht, dass wir schon bald ein weiteres Opfer, das sich dem Spitzensport verschrieben hat, beklagen müssen", sagte Schauer.

Er erzählte Meister noch, dass er es zu Hause nicht mehr ausgehalten hatte und Major Fandler ein schon länger geplantes Führungs-Management-Seminar für leitende Beamte nicht verpassen wollte. Deshalb müssten sich nun alle wieder mit seiner Anwesenheit abfinden. Von Fandler richtete er die besten Grüße aus, und dass das mit seiner Frau einen guten Ausgang genommen habe.

„Ich halte dich auf dem Laufenden. Danke für Kaffee und Kekse", sagte Maria und verließ das Büro.

9

Der 18-jährige Emanuel Stock trainierte hart für die Radrundfahrt in Niederösterreich, die ihren Ausgang in Hainburg nehmen sollte. Es war für den sympathischen jungen Radrennfahrer das Highlight des Jahres.

Emanuel verbrachte seine Freizeit ausschließlich auf dem Rennrad. Er hatte seine kaufmännische Lehre mit Auszeichnung abgeschlossen und wollte sich nun noch mehr als bisher dem Radrennsport widmen. Einige Rad-Klassiker im Jugend- und Juniorenbereich hatte er bereits gewonnen. Die Chancen, ins Profilager zu wechseln, standen gut. Nichts wollte der ehrgeizige Sportler mehr, als sein großes Hobby zum Beruf zu machen.

Seine Eltern unterstützten ihr einziges Kind, wo und wann immer es ihnen möglich war. Vater Hannes war Gemeindebediensteter in Hinterbrühl und Mutter Friederike besserte als Köchin in einem im Ort ansässigen Seniorenheim das karge Gehalt ihres Mannes ein wenig auf. Dennoch reichte es gerade mal, dass sie Monat für Monat einigermaßen über die Runden kamen. Die hohen Mietkosten für ihre schöne Wohnung verschlangen einen Gutteil beider Löhne.

„Wenn ich als Profi die Österreich-Rundfahrt gewinne und mich danach ein ausländischer Klub unter Vertrag nimmt, werde ich euch alles zurückzahlen“, hatte Emanuel eines Tages seinen Eltern versprochen.

Hannes Stock chauffierte seinen Sohn mit stolzer Vaterbrust zu jedem Rennen. Er hatte an seinem Pkw eigens dafür eine Vorrichtung für den Transport des sündteuren Rennrades angebracht.

Emanuel trainierte die letzten Monate noch verbissener als sonst. Penibel genau achtete er auf seine Ernährung und erhöhte das wöchentliche Trainingspensum in der Kraftkammer um weitere zwei Stunden, in denen er sich noch mehr an Muskelmasse, vorwiegend an den Waden und Oberschenkeln, antrainierte. Als Ausgleich zu seinen unzähligen Trainingskilometern, die er mit dem Rad abspulte, absolvierte er Waldläufe im Ausdauerbereich. Der nahe Wald, der nur wenige Minuten von seiner elterlichen Wohnung entfernt lag, bot ideale Laufbedingungen.

Drei Tage vor diesem Rad-Klassiker durch Niederösterreich drängte eine lokale Zeitung Emanuel Stock in eine absolute Favoritenrolle. Er jedoch hasste es, vor einem Rennen über den Ausgang zu spekulieren und wusste, dass alles Mögliche passieren konnte, was einem den Sieg oder eine gute Platzierung vermiesen konnte.

Zu gut erinnerte sich Emanuel an ein Rennen vor einem Jahr, als er drei Kilometer vor dem Ziel in Führung liegend durch einen Defekt an der Gangschaltung einen nach dem anderen an sich vorbeiziehen lassen musste. Oder auch daran, wie er noch am Vorabend eines Rennens vor Kraft strotzend überzeugt war, in der Form seines Lebens zu sein. Bauchkrämpfe und Durchfall, deren Auslöser ein verdorbenes Abendessen war und die ihn derart schwächten, dass an einen Start nicht zu denken war, holten ihn auf den Boden der Tatsachen zurück.

Aus diesen Gründen las er den Artikel über ihn, in dem er zum Supertalent hochstilisiert wurde, nicht und schob die Zeitung beiseite.

Mit großem Stolz jedoch erfüllte ihn ein von einem lokalen Fernsehsender gedrehter Filmbeitrag über das Radtalent Emanuel Stock, der vor zwei Wochen zur Ausstrahlung gebracht wurde. Tatsächlich hatte ihn eine Redakteurin des Senders kontaktiert und ersucht, ob er sich für eine Reportage über die Privatperson und den Spitzensportler Emanuel Stock zur Verfügung stellen wolle. Unzählige Anrufe und Gratulationen, unmittelbar nachdem der sechsminütige Beitrag ausgestrahlt worden war, waren die Folge.

Friederike Stock zog es vor, sich die Rennen ihres Sohnes nicht anzusehen und wartete lieber, bis sie vom Ausgang telefonisch verständigt wurde. Sie konnte nicht mit ansehen, wie der Pulk der Radler in einem Höllentempo, Rad an Rad, durch die Straßen flitzte. Vorbei an Randsteinen und Absperrungen. Nicht auszudenken, wenn es zu einem Massensturz kommt, dachte sie stets.

Es war zwei Tage vor dem so wichtigen Rennen. Das Rennrad wurde noch einmal gecheckt, und Emanuel wollte noch einen letzten regenerativen Waldlauf unternehmen. Mit Kopfhörern auf den Ohren joggte er mit optimaler Pulsfrequenz und entspannte sich mit seiner Lieblingsmusik im menschenleeren Mischwald.

Friederike war gerade dabei, für ihren Sohn ein kräftespendendes Abendmahl vorzubereiten, das sie genau nach seinen Wünschen zubereitete. Es war kurz nach halb fünf am Nachmittag. Gemeinsam wollte die Familie zu Abend essen. Hannes Stocks Dienst endete um fünf.

Vermutlich schon wieder ein Verkehrsunfall, dachte Friederike, als sie einen Notarztwagen mit dröhnender Sirene und blitzendem Blaulicht um Viertel vor sechs in Richtung des Waldes rasen sah. Gefolgt von einem Streifenwagen der Polizei.

Wenn er noch vor dem Regenguss zu Hause sein will, muss er sich beeilen, dachte sie, als die ersten dicken Regentropfen zunächst vereinzelt und schon gleich darauf wie Salven aus einem Maschinengewehr auf das Hausdach prasselten. Der Himmel hatte sich rasant verfinstert. Undurchdringliche, dunkle Gewitterwolken drängten das eben noch strahlende Azurblau zurück und verdeckten es schon im nächsten Augenblick zur Gänze.

Schon ging ein heftiger Platzregen über die viertausend Einwohner zählende Marktgemeinde nieder. Aus der Ferne war dumpfes Donnergrollen zu hören.

Schön langsam könnte Emanuel nach Hause kommen. Womöglich entladen sich die zuckenden Blitze noch über dem Wald, dachte Friederike.

Um Viertel nach fünf parkte Hannes den Wagen im Carport vor dem Mehrparteienhaus und sprintete in die Wohnung.

„So ein Mistwetter!“, waren seine ersten Worte, als er die Wohnungstür öffnete.

„Hallo, Schatz!“, hörte er Friederike von der Küche her rufen. „Hast du Manu gesehen? Er ist noch immer nicht vom Laufen zurück.“

„Nein, vielleicht hat er jemanden getroffen“, antwortete Hannes. Schon stand seine Frau neben ihm und begrüßte ihn mit einem Kuss.

„Was gibt´s denn zum Abendessen? Ich hab einen Bärenhunger.“

Der Regen hatte nachgelassen. Es herrschte kaum Verkehr auf der Landesstraße, die direkt zum Wald führte. Ein weiterer Streifenwagen der Polizei fuhr mit eingeschaltetem Blaulicht vorbei, als Friederike gerade aus dem Küchenfenster sah und nach ihrem Sohn Ausschau hielt. Es war kurz vor achtzehn Uhr.

„Hast du es auf dem Handy versucht?“, wollte Hannes wissen.

„Du weißt doch, dass er das zu Hause lässt, wenn er joggen geht“, antworte Friederike und versuchte, ihre aufkommende Panik zu unterdrücken. Ihre große Besorgtheit um den Jungen war nicht zu übersehen.

Hannes stand auf, zog sich eine Jogginghose und eine Regenjacke an und verschwand mit den Worten: „Ich hol unseren eifrigen Sportler. Gut, dass ich seine Laufstrecke genau kenne.“ Schon zog er die Wohnungstür hinter sich zu.

Friederike überkam ein seltsames, äußerst ungutes Gefühl. Die Enge in ihrer Mutterbrust machte das Atmen schwer. Sie spürte das nahende Versagen ihrer Beine, sodass sie sich spontan setzen und in weiterer Folge auf die Couch im Wohnzimmer legen musste. Zum ersten Mal überkam sie der schreckliche Gedanke, ihrem geliebten Sohn könnte etwas zugestoßen sein.

Schon von weitem sah Hannes Stock auf dem Feldweg, der von der Landesstraße in den Wald führte, ein Rettungsfahrzeug und zwei Autos der Polizei stehen. An einem Polizeiwagen war das Blaulicht eingeschaltet. Ein Beamter gab Stock mit nach oben gestrecktem Arm ein unmissverständliches Zeichen zum Anhalten. Er kam auf ihn zu und erklärte streng, dass er nicht weiterfahren dürfe.

„Was ist denn passiert?", fragte Stock und spürte, wie es ihm die Kehle zuschnürte.

„Darf ich Sie fragen, was Sie im Wald wollen?", fragte der Beamte mit strengem Blick.

„Ich suche meinen Sohn. Er sollte schon längst von einem Waldlauf zurück sein."

Der ohnehin nicht freundliche Blick des Polizisten wurde noch um eine Spur finsterer.

„Wie alt ist ihr Sohn?"

„Achtzehn. Warum? Jetzt sagen Sie schon, was da drinnen los ist." Hannes Stock stieg aus dem Fahrzeug.

„Bitte warten Sie einen Moment", forderte der Beamte ihn mit einer eindeutigen Handbewegung auf, stehenzubleiben. Er entfernte sich einige Meter und zückte ein Handy. Es war offensichtlich, dass er nicht wollte, dass Stock das Gespräch mithörte. Langsamen Schrittes kam er auf ihn zu.

„Mein Kollege wird gleich da sein." Hannes Stock wusste intuitiv, dass das alles nichts Gutes zu bedeuten hatte. Sein erster Gedanke war, Emanuel könnte gestürzt sein und sich schwer verletzt haben. Doch warum sollten Polizisten den Wald absperren?

„Abteilungsinspektor Gruber", stellte sich ein beleibter Beamter, der nach Stocks Einschätzung kurz vor seiner Pensionierung stehen musste, vor. „Wie ist Ihr Name?", fragte er.

„Hannes Stock. Wollen Sie mir nicht endlich sagen, was da los ist?", deutete er in Richtung einiger Menschen, die zirka dreißig Meter weit entfernt, abseits des Feldweges im Wald beisammenstanden.

„Der Kollege hat mir gesagt, Sie suchen nach Ihrem Sohn. Können sie mir bitte sagen, was er anhatte? Welche Kleidung er trug?"

„Was soll das alles bedeuten? Was ist mit meinem Sohn?", machte sich Vater Stock ernsthafte Sorgen, dass etwas Schlimmes mit Emanuel passiert war und fuhr fort:

„Das weiß ich gar nicht so genau. Ich war in der Arbeit, als er sich zu einem Waldlauf aufmachte. Vermutlich seine blauen Nike-Laufschuhe und eine kurze Hose. Wie immer. Er ist Radrennfahrer und hat in wenigen Tagen ein großes Rennen vor sich."

„Kommen Sie bitte mit!", forderte der Beamte ihn auf, ihm zu folgen.

Stock Senior konnte sehen, dass jemand abseits des Weges zwischen Bäumen auf der Erde lag. Oh Gott, nein, dachte er und erkannte im selben Moment, dass es sich um Emanuel handelte. Er machte einige Schritte auf ihn zu und sah den fürchterlich zugerichteten, blutverschmierten Kopf seines Sohnes.

„Nein! Warum nur? Was ist geschehen?", fragte er den Beamten. Hannes Stock wollte schreien, toben, um sich schlagen. Doch er blieb ruhig. Er wusste, sein einziger Sohn war nicht mehr am Leben. Dennoch hatte er die Frage nach dem Warum ruhig und gefasst gestellt.

„Wir wissen es nicht. So wie es aussieht, gab es eine große Gewalteinwirkung gegen den Kopf und das Becken. Es ist also Ihr Sohn?", vergewisserte sich der Beamte noch einmal und fragte Stock nach seiner Wohnanschrift und Telefonnummer. Er fragte ihn auch, ob er Hilfe brauche und sagte, dass Kriminalbeamte ihn aufsuchen würden.

Hannes Stock wusste, dass ihm das Allerschlimmste bevorstand. Er musste seiner Friederike mitteilen, dass ihr geliebter Sohn Manu tot im Wald lag. Offensichtlich brutal erschlagen!

Der Ermittlungsbereich 1, Leib und Leben, des LKA Niederösterreich, wurde bereits zum dritten Mal in drei Monaten verständigt, dass sich ein grausames Tötungsdelikt zugetragen hatte. Wieder wurde ein junger Bursche durch massive Gewalteinwirkung, vorwiegend gegen den Kopf, getötet. Ersten Informationen zufolge handelte es sich bei der Tatwaffe vermutlich um einen stumpfen Gegenstand, den der Täter mit größter Wucht seinem Opfer einmal auf die Stirn und zweimal gegen den Hinterkopf schmetterte. Ein wuchtiger Hieb traf das Opfer im Beckenbereich. Der rechte Hüftknochen war dadurch augenscheinlich in Mitleidenschaft gezogen worden.

„Was für ein Irrer hat es da auf junge Burschen abgesehen? Und vor allem, warum?", fragte Chefinspektor Meister Oberst Schauer, nachdem er sie in seinem Büro über den offensichtlichen Mord informiert hatte. Dass es der Vorsatz des Täters war, Emanuel Stock zu töten, stand für die Mordermittlerin fest. Es handelte sich um den dritten, ähnlich gelagerten Fall, der dem Ermittlungsteam großes Kopfzerbrechen bereiten sollte.

„Es besteht doch wohl kaum ein Zweifel, dass es sich um ein und denselben Täter handelt, der die drei jungen Leistungssportler ins Jenseits befördert hat. Oder wie siehst du das?“, fragte Schauer die Chefermittlerin.

„Tja, ich möchte zuerst das Obduktionsergebnis abwarten, bevor ich mich festlege, aber so wie es derzeit aussieht, neige auch ich dazu, davon auszugehen. Aber warum in aller Welt soll jemand einen Schwimmer in Mödling, einen Fußballer in Baden und jetzt einen Radrennfahrer in Hinterbrühl erschlagen? Ergibt das einen Sinn? Nein, es ergibt keinen!“, gab sich Maria selbst eine Antwort. „Zumindest sehe ich keinen.“

„Die Medien werden aufspringen wie Flüchtende auf den letzten Zug“, sagte Schauer beinahe ängstlich. Maria ortete alte Verhaltensmuster beim LKA-Chef. Seine größte Sorge war wieder einmal, was die Zeitungsschmierer für Sensations-Aufmacher bringen würden. Dass das Ermittlungsteam einem großen Druck ausgesetzt sein würde, wenn die Bevölkerung einen Zusammenhang der drei Tötungsdelikte vermutete und alle jungen Leistungssportler nun um ihr Leben bangen müssten, war klar. Mit Druck umzugehen, hatte Maria Meister gelernt. Öfter als ein Mal. Den von Schauer zitierten Vergleich, dass Medien auf die Mordfälle wie Flüchtende auf den letzten Zug aufspringen würden, empfand Maria überdies als unpassend.

„Ich werde ein Team zusammenstellen und nach Hinterbrühl fahren, wenn´s recht ist“, sagte sie und hatte bereits die Türklinke in der Hand.

„Ja ja, sicher. Ich wünsche viel Erfolg“, war Schauer über Meisters schnellen Aufbruch überrascht. Er wollte ihr soeben einen Kaffee anbieten. Sie aber hatte das Bedürfnis, das Büro des LKA-Chefs schnellstmöglich zu verlassen.

Maria war zwar inzwischen mit Albert per du und konnte ihn im Grunde auch recht gut leiden, jedoch widerstrebte ihr nichts mehr als Vorgesetzte, die vor Medien und Politikern in die Knie gingen. Auf dem Weg in ihr Büro fielen ihr die Worte ihres seligen Heinrichs ein, der da sagte:

„Wenn du weißt, dass du das Beste gibst und dazu noch gute Arbeit ablieferst, brauchst du dir vor keinem Korinthenkacker und Zeitungsschmierer ins Hemd zu machen.“ Damals hatte Maria dieser Aussage nicht viel abgewinnen können. Jetzt verstand sie ganz genau, was er damit gemeint hatte. Mit Korinthenkacker meinte er wohl Vorgesetzte an ihren Schreibtischen, und als Zeitungsschmierer titulierte er stets Journalisten, denen es an Seriosität mangelte und die für eine Schlagzeile ihre Großmutter verkauft hätten. Maria wollte sich niemals von ihrem geradlinigen Weg abbringen lassen, war ihr fester Entschluss. Wer Angst hat, hat verloren. Albert Schauer sollte sich das auch zum Leitspruch machen. Er war ein unkündbarer LKA-Leiter und saß sicher in seinem Offizierssessel.

„Ihr habt es schon gehört?“, fragte Maria ihre Kollegen des Ermittlungsteams.

„Du meinst den Mord in Hinterbrühl?", runzelte Hammerl die Stirn. „Natürlich meinst du den Mord", fügte er sogleich an. „Alle im LKA wissen es bereits. Es hat sich wie ein Lauffeuer herumgesprochen. Was meinst du, Maria, haben wir es mit einem Serientäter zu tun? Welches Motiv könnte es …"

„Peter, Peter, jetzt mach mal halblang! Du löcherst mich mit dilettantischen Fragen, als wärst du erst seit gestern bei der Mordgruppe."

„Du hast ja recht, Chefin. Natürlich kann niemand diese Fragen ad hoc beantworten. Aber es sind genau jene Fragen, die es gilt, in nächster Zeit zu klären. Da wirst du mir doch zustimmen, oder?"

„Nein, absolut nicht!"

„Nein?"

„Nein! Es gilt nicht, all diese und noch viel mehr Fragen in nächster Zeit zu klären, sondern in Windeseile. Am besten wäre es, wir hätten sie schon geklärt. Und genau aus diesem Grund sattelst du, mein lieber Herr Stellvertreter und du mein junger engagierter Kollege Sigi, die Hühner. Wir reiten nach Hinterbrühl. Ach ja, damit ich es nicht vergesse: Ich verlange von jedem hundertprozentigen Einsatz, und dazu ist es nötig, ausgeschlafen und ohne Restpromille morgens am Arbeitsplatz zu erscheinen. Mehr möchte ich dazu nicht sagen." Maria blickte kurz und entschlossen zu Hammerl und war froh, ihm endlich zu verklickern, dass sie seine nächtlichen Sauftouren nicht länger tolerieren werde. Zumindest dann nicht, wenn der nächste Tag ein Arbeitstag war. Hammerl nahm den Weisel seiner Chefin emotionslos und ohne Widerspruch zur Kenntnis.

Fünfzehn Minuten später befanden sich die drei auf der A1 in Richtung Tatort.

„Weißt du, was mir bei derartigen Verbrechen immer am meisten zu schaffen macht?", fragte sie Peter, der im Fond des Dienstwagens saß. Siegfried Mord lenkte das Fahrzeug, und Maria hatte es sich am Beifahrersitz einigermaßen bequem gemacht.

„Dass ein junges Leben ausgelöscht wurde?", fragte Peter.

„Das natürlich auch."

„Ich denke, ich weiß, was du meinst", mischte sich Sigi ins Gespräch ein.

„Schau, schau, unser Jungspund kann die Gedanken seiner Chefin lesen. Na, da bin ich mal gespannt", war eine Portion Sarkasmus in Peters Worten nicht zu überhören. Die Zurechtweisung von Meister vorhin nagte noch an Hammerls Ego.

„Wenn ich nicht wüsste, dass du ein guter Kerl bist und es nicht so meinst, wie es sich anhört, müsste ich dir jetzt einen Verweis geben, Herr Stellvertreter. Also, Sigi, ich höre!"

„Ich könnte mir vorstellen, dass die unangenehmste aller Pflichten, die uns auferlegt werden, jene ist, den Hinterbliebenen mitzuteilen, dass ihr Liebster oder ihre Liebste tot ist. Wenn sie es schon wissen, wie in diesem Fall, so müssen wir sie aber dazu befragen. Ihnen womöglich höchstnotpeinliche Fragen stellen und tief in ihre Intimsphäre eindringen. Und das trotz ihrem unsäglichen Schmerz, den sie durch den Verlust eines geliebten Menschen ertragen müssen. Ich denke, wenn es dann noch die Eltern sind, die um ihr Kind trauern, kann es dafür kaum Worte geben, die dieses Leid auszudrücken vermögen“, beendete der junge Siegfried Mord seine auf den Punkt gebrachte Vermutung, was Maria mit ihrer Frage gemeint haben könnte.

Weder Maria noch Peter konnten darauf sogleich antworten. Hammerl war tatsächlich beschämt, diesem jungen intelligenten und einfühlsamen Nachwuchs-Kriminalisten übers Maul gefahren zu sein. Zum ersten Mal hoffte auch er, dass Sigi schon bald auf Dauer ins Team versetzt würde.

Maria schluckte, ehe sie sagte:

„Ja, Sigi, genau das wollte ich sagen. Exakt das waren meine Gedanken. Du bist ein blitzgescheiter und vor allem sehr gefühlvoller Mensch. Und das in deinem Alter. Wie alt genau bist du eigentlich?“

„In zwei Jahren beginne ich ein neues Jahrzehnt“, schien es, als sagte er das mit Stolz.

„Was, du wirst schon vierzig?“, kam es wie aus der Pistole geschossen von Hammerl und er lachte laut auf.

„Aber Peter! Das ist doch hoffentlich nicht dein Ernst“, war Sigi entsetzt. „Ich bin erst achtundzwanzig!“

„Weiß ich doch“, lächelte Peter noch immer. Aber wenn du so weitermachst, hast du in fünf Jahren eine Glatze“, spielte er auf seinen hohen Haaransatz an.

Die gut sechzig Kilometer waren im Nu zurückgelegt. Schon parkte Mord den Dienstwagen vor der Polizeiinspektion Hinterbrühl ein.

Abteilungsinspektor Gruber führte die Kriminalbeamten in sein Büro und informierte sie im Detail über den Stand der bisherigen Faktenlage.

„Der 18-jährige Emanuel Stock hat sich kurz nach sechzehn Uhr in Richtung des nahen Waldes aufgemacht. Er wollte sich bei einem Regenerationslauf, wie ein solcher in Sportlerkreisen genannt wird, für ein bevorstehendes Radrennen auch mental so quasi den letzten Schliff geben", erklärte der Polizist den Kriminalisten.

„Wann findet das Radrennen statt?", fragte Meister.

„In zwei Tagen. Es wäre für den talentierten Nachwuchsrennfahrer das wichtigste Rennen des Jahres gewesen. Von Hainburg aus führt es quer durch Niederösterreich", sagte Gruber und wollte den Beamten des LKA beweisen, dass auch gewöhnliche Streifenpolizisten der Polizeiinspektion genau recherchieren können.

„Als sein Vater um Viertel nach fünf von der Arbeit nach Hause kam, war es nicht außergewöhnlich, dass Emanuel noch nicht zu Hause war. Als der Junge auch nach dem heftigen Gewitterregen kurz vor achtzehn Uhr noch immer nicht daheim war, machte sich der Vater, Hannes Stock, auf die Suche nach ihm. Zu diesem Zeitpunkt hatte aber ein Nachbar der Familie, Reinhard Rumpf, der sich mit seinem Hund auf dem täglichen Nachmittagsspaziergang befand, die schrecklich zugerichtete Leiche von Emanuel Stock aufgefunden und uns verständigt."

„Wann war das?", wollte Meister wissen.

„Die Verständigung erfolgte um exakt vier Minuten nach halb sechs."

„Also um siebzehn Uhr vierunddreißig", formulierte Hammerl die Uhrzeit in Amtsdeutsch.

„Wie der Herr Kollege es gerne hätte. Es bleibt dennoch die gleiche Zeit", erwiderte der routinierte Abteilungsinspektor.

Dass die beiden keine Sympathie füreinander hegten, war unschwer zu erkennen.

„Gut, was war weiter?", fragte Maria und dachte, dass an so manchem Vorwurf uniformierter Kollegen, LKA-Beamte wären der Ansicht, sie wären etwas Besseres, auch etwas Wahres dran sei. Bei nächster Gelegenheit wollte sie Hammerl darauf hinweisen, ein wenig sensibler zu agieren.

„Gibt es Spuren?"

„Die Beamten der Spurensicherung unseres Bezirkes konnten neben der Leiche Fußabdrücke ausmachen", antwortete Gruber. „Sie wurden fotografisch gesichert, und ein Gipsabdruck wurde angefertigt. Größe vierundvierzig."

„Vierundvierzig!", wiederholte Siegfried Mord euphorisch. Maria und Peter Hammerl lächelten einander zu. Es war pure Freude, mit anzusehen, wie der junge Kollege alles in sich aufsaugte, und seine Gedanken waren unschwer zu erraten. Auch beim Mord am Schwimmer Thomas Müller konnte ein Schuhabdruck der gleichen Größe sichergestellt werden. Der Täter hatte ihn offensichtlich beim Sprung über den Grundstückszaun hinterlassen.

„Turnschuhabdrücke?", fragte Hammerl.

„Könnte hinkommen", antwortete der Abteilungsinspektor, ohne sich jedoch Hammerl zuzuwenden. Er sprach ausschließlich mit Meister und wollte Hammerl offensichtlich ignorieren.

„Tatwaffe konnte wohl keine gefunden werden", sagte Maria und nahm das verneinende Kopfschütteln des Polizisten stumm zur Kenntnis. Es wäre wohl zu viel verlangt, dass der Täter wieder das Mordinstrument zurücklässt, dachte Maria.

„Wir würden uns gerne den Tatort ansehen, und dann bräuchte ich bitte noch die Adresse von … na, wie hieß der Mann noch gleich, der den Jungen gefunden hat?"

„Rumpf! Reinhard Rumpf!", kam es selbstsicher von Sigi.

Der Junge ist sein Geld wert, dachte Maria und dankte ihm mit einem Lächeln für die Information.

„Ja natürlich. Wir können gleich fahren. Ich fahre mit dem Streifenwagen vor, wenn es recht ist. Rumpf wohnt im selben Wohnblock wie die Familie Stock. Gleich im Nebeneingang, im Parterre", sagte Gruber und nahm die Polizeikappe vom Haken.

Lange inspizierten die Kriminalisten die Umgebung am und rund um den Tatort. Der Abteilungsinspektor fragte Maria, ob er sich entfernen könne. Er hatte dringende Erledigungen zu tätigen.

„Kein Problem. Danke für die Informationen. Sollten wir noch etwas benötigen, melde ich mich. Deine Handynummer habe ich ja", versuchte Maria freundlich den Beamten doch noch zu überzeugen, dass Kollegen des LKA durchaus umgänglich sind.

„Wo könnte eurer Meinung nach der Täter sein Auto abgestellt haben?", fragte Maria Hammerl und Mord. „Er wird doch mit dem Auto gekommen sein, oder wie seht ihr das?"

„Nicht unbedingt", sagte Peter und „mit Bestimmtheit", Sigi.

„Was jetzt? Auto oder nicht Auto?", fragte Maria.

„Er könnte ja von der Gegend sein und zu Fuß oder mit dem Fahrrad gekommen sein", meinte Peter.

„Und die Tatwaffe? Was ist mit der Tatwaffe?", entgegnete Mord. „Da weder eine Eisenstange noch ein Holzprügel oder, sollte es tatsächlich ein und derselbe Täter sein, auch kein Baseballschläger gefunden wurde, wird er ihn wohl transportiert haben. Auf einem Fahrrad? Oder zu Fuß? Wohl eher nicht", waren Sigis Überlegungen. Diesen schloss sich auch Maria an.

„Wisst ihr, was ich denke?", begann sie nachdenklich und runzelte die Stirn. „Ich glaube, er hat sein Auto irgendwo in der Nähe der Einmündung von der asphaltierten Straße zu diesem Waldstück geparkt. Er wusste, dass die Reifen hier auf dem relativ weichen Feldweg Abdrücke hinterlassen würden. Diese, ich schätze es werden knapp an die hundert Meter von der Einmündung bis zum Tatort sein, hätte er locker zu Fuß zurücklegen können. Einen Prügel oder auch Baseballschläger kann man spielend leicht unter eine Jacke oder auch unter ein Leibchen schieben und so unentdeckt eine kurze Strecke transportieren. Niemand, der ein abgestelltes Auto da draußen auf der Straße sieht – Maria deutete in Richtung der Einmündung – nimmt an, dass jemand einem Jogger auflauern will. Vielmehr könnte man annehmen, da müsse einer pinkeln", legte Meister ihre Sicht der Dinge dar.

„Ich denke, es sind gar keine hundert Meter. Achtzig maximal", schätzte Hammerl und machte sich sogleich auf, die Entfernung abzuschreiten.

„Ja, Chefin, ich denke ebenso wie du. Da hat einer dort draußen sein Auto geparkt und dem Opfer dort vorne, vermutlich hinter diesem Baum – zielsicher streckte er seinen Zeigefinger auf den entsprechenden Baum – aufgelauert. Das würde aber bedeuten, dass der Täter die Gewohnheiten seines späteren Opfers genau kannte. Er musste es ausspioniert haben. Wie sonst sollte er wissen, dass Emanuel genau um diese Zeit auf dieser Laufstrecke trainiert?", erörterte Siegfried Mord seine Theorie, wie sich die Bluttat ereignet haben könnte.

„Also hatte der Täter sein Opfer ganz gezielt ausgesucht", kam es nachdenklich von Meister. „Warum nur? Warum bringt er junge, sportliche Burschen derart brutal um? Er muss sie hassen. Ein anderes Motiv sehe ich nicht. Hass! Ja, genau, es kann nur grenzenloser Hass auf Leistungssportler sein. Sigi, das ist es!", sagte sie plötzlich sehr selbstsicher.

„Knapp achtzig Meter!", hörten sie von Weitem schreien. „Es sind achtundsiebzig Schritte", brüllte Hammerl und näherte sich langsam den beiden.

„Gut, danke, Peter. Tut dir sicher gut, die Bewegung", sagte Maria und lachte.

„Warum plötzlich so gut gelaunt?", fragte Peter.

„Gut gelaunt wäre übertrieben. Sigi und ich haben ein mögliches Mordmotiv gefunden."

„Zufallsmord? Lustmord?", fragte Peter.

„Nein, nichts von beiden. Wir denken, der Täter sucht sich ganz bewusst Topsportler aus. Junge Burschen, die in ihren Sportarten besondere Leistungen erbringen. Er muss seinem Opfer ganz bewusst aufgelauert haben. Es wahrscheinlich über Tage oder Wochen beobachtet und in einem für ihn günstigen Augenblick erschlagen haben."

„Und warum?", konnte sich Hammerl nicht für Marias Überlegungen begeistern.

„Warum? Ja, warum? Dafür kann es nur einen Grund geben. Er muss sie abgrundtief hassen. Den Grund für seinen Hass kann ich nicht nennen. Wie auch? Ich kenne diesen hinterhältigen, feigen Mörder nicht. Noch nicht!", sagte Maria mit fester Stimme und hartem Gesichtsausdruck.

„Darf ich zusammenfassen, Maria?", fragte Sigi beinahe schüchtern.

„Ich bitte dich darum!"

„Wir haben drei Morde." Hammerl grinste.

„Peter! Die Sache ist ernst, also bitte!", maßregelte ihn die Chefin.

„Entschuldigung, natürlich ist die Sache ernst, aber dass wir es mit drei Morden zu tun haben, ist doch nichts, was man eigens erwähnen muss, oder?"

„Also", begann Mord von Neuem. „Drei junge Männer wurden brutal erschlagen. Vermutlich mit gleichen Waffen. Dieselben können es nicht sein, denn eine hat er unweit des ersten Tatortes weggeschmissen. Ich gehe davon aus, dass auch dieses Verbrechen mit einem Baseballschläger verübt wurde und bin schon auf das Statement der Gerichtsmedizinerin, Doktor Richter, gespannt."

Maria war einmal mehr verblüfft, dass dieser junge Kollege, der erst so kurze Zeit als Ermittler im Einsatz war, sich gab, als hätte er niemals im Leben etwas anderes gemacht, als Morde aufzuklären. Sie war auch von seiner Art, sich zu artikulieren, schwer beeindruckt.

„Da wir bereits beim ersten Tatort Schuhabdrücke der gleichen Größe, beide vermutlich von Turn- oder Freizeitschuhen, sicherstellen konnten, erhärtet sich der Verdacht der Ein-Täter-Theorie. Alle Opfer waren junge Männer. Sie hatten annähernd alle das gleiche Alter und waren erfolgreiche Sportler. Da sie aber verschiedene Sportarten ausübten, kann man davon ausgehen, dass der Täter seinen Hass nicht gegen einen bestimmten Sport, sondern gegen bestimmte Personen verspürt. Er hasst Leistungssportler. Mit dem Warum kann ich leider auch nicht dienen, Maria", klang es beinahe wie eine Entschuldigung von Siegfried Mord.

„Was hast du für eine Schulbildung?", fragte Meister ihren jungen Schützling.

„Wie, was habe ich für eine Schulbildung?", kam es verdutzt von Sigi.

„Na, Hauptschule? Hast du einen Beruf erlernt? Gymnasium mit Matura? Ich weiß nichts von dir. Du hast eben ein beeindruckendes Resümee über den bisherigen Ereignisverlauf mit gleichzeitiger Beurteilung der Sachlage und dazu noch eine präzise These, die durchaus zutreffen könnte, zum Besten gegeben. Und das alles in brillanter Rhetorik. Da werde ich wohl fragen dürfen, welche Schulbildung du hast. Nein, warte! Ich sag es dir. Du hast die Matura mit Auszeichnung geschafft. Stimmt´s?"

„Du hast es aus meinem Personalakt, oder?", fragte Sigi verlegen.

„Das kann ich gar nicht. Bei einer Dienstzuteilung verbleibt dieser auf der Stammdienststelle. Den sehe ich erst ein, wenn du, hoffentlich bald, zum LKA versetzt wirst.

Also Matura mit Auszeichnung. Okay, das dachte ich mir. Gratuliere. Eine Frage noch. Hast du jemals einen IQ-Test gemacht?"

„Bitte, Chefin, darüber möchte ich nicht sprechen."

„Also, du hast!"

„Ja, aber ..."

„Nix aber. Das Ergebnis! Bitte verrate es mir. Sag es uns, Sigi. Bitte!" Hammerl stand stumm daneben und konnte nicht glauben, was Maria mit Mord veranstaltete. Womöglich fragte sie ihn als nächstes, wann er zum ersten Mal Sex hatte, dachte er und zog seine Mundwinkel nach oben. Vielleicht hatte er noch gar keinen Sex, schoss es Peter durch den Kopf, und er musste ob dieser Vorstellung einen bevorstehenden Lachanfall unterdrücken.

„Versprecht ihr mir, es für euch zu behalten?", fragte Sigi wie ein kleiner schüchterner Junge.

„Ehrensache", konnte Maria es kaum erwarten, ihre Vermutung bestätigt zu bekommen.

„Also, ich wurde tatsächlich einmal auf meinen Intelligenzquotienten getestet. Meine Eltern haben mich dazu gedrängt. Angeblich war ich ein hochbegabtes Kind. Obwohl ich mir im Grunde immer ganz normal vorgekommen bin."

„Die Zahl, Sigi. Bitte sage uns, welchen IQ du hast. Ich platze vor Neugier." Jetzt war auch Peter daran interessiert, wie gescheit dieser junge Kollege tatsächlich war. Längst schon hatte auch er erkannt, dass Siegfried Mord sich eher wie ein Professor der Kriminologie als ein junger Polizei-Spund geäußert hatte. In Ausdruck und Inhalt! Noch ehe

Sigi die Zahl nannte, fragte sich Peter insgeheim, ob es überhaupt einen Kriminologie-Professor gäbe.

„136", kam es kleinlaut von Mord.

„Ist nicht wahr!", beinahe noch verhaltener von Maria.

„Bist du deppert!", war Peters Äußerung nach diesem Outing. „Ab sofort bist du unser Albert. Albert Einstein", lachte er und war überzeugt, eine tolle Pointe gesetzt zu haben.

„Da muss ich dich enttäuschen, Peter", kam es spontan und ruhig von Mord. Obwohl der IQ des deutschstämmigen Physikers zwischen 160 und 180 geschätzt wurde, gab es dafür keinen schlüssigen Beweis."

„So, gab es nicht?", war Hammerl überrascht.

„Er hatte nichts von derartigen Tests gehalten und sich niemals einem solchen unterzogen. Wie gesagt, es war nur eine wissenschaftlich nicht fundamentierte Schätzung. Dass er intelligent war, steht aber ohnehin außer Zweifel. Dennoch gab es einige, die einen weit höheren Wert aufweisen konnten. Johann Wolfgang von Goethe zum Beispiel hatte einen IQ von 210! Sogar Bill Gates von Microsoft kommt auf 160. Da sind die 148, die mancher Einstein nachsagt, vergleichsweise niedrig.

„Ich will euch aber damit nicht länger auf den Geist gehen. Außerdem sagt es nicht wirklich etwas über die Intelligenz des Einzelnen aus. Es gibt Menschen mit einem sehr hohen IQ-Wert, die den Anforderungen des täglichen Lebens absolut nicht gewachsen sind", wollte er im Grunde nur, dass weder Maria noch Peter in ihm etwas Besonders sahen.

„Da gehörst du aber mit Bestimmtheit nicht dazu, Sigi. Bestimmt nicht! Gut, dann hätten wir das auch besprochen und können in der Sache fortfahren“, lenkte Maria geschickt ab, nachdem sie erkannt hatte, wie unangenehm es Siegfried Mord war, wenn über seine Person diskutiert wurde.

„Ich gehe mit dem, was du gesagt hast, total konform, Sigi. Es handelt sich um einen Täter, der seine verhassten Opfer vermutlich mit einem Baseballschläger brutal tötet. Das Warum gilt es herauszufinden, meine Herren. Los, fahren wir noch bei unserem Zeugen vorbei, und dann statten wir den leidgeprüften Eltern einen Besuch ab“, drängte Maria zum Aufbruch.

„Ist es dir recht, wenn wir bei den Eltern nicht zu dritt aufmarschieren? Ich muss das nicht unbedingt haben“, suchte Peter nach einer Möglichkeit, sich den Anblick unbeschreiblicher Trauer zu ersparen.

„Das ist okay. Selbstverständlich“, enthob Maria ihren Stellvertreter dieser Aufgabe.

Der Nachbar von Familie Stock, Reinhard Rumpf, sagte, dass er schon alles den uniformierten Beamten im Wald erzählt hatte. Meister ersuchte ihn, es nochmals zu wiederholen.

„Ich war mit meinem Hund auf unserem täglichen Nachmittagsspaziergang und habe Emanuel Stock am Boden liegend entdeckt. Noch bevor Fritz, mein Hund, auf ihn aufmerksam geworden war. Er lag nur wenige Meter vom Zufahrtsweg zum Wald entfernt zwischen zwei Bäumen. Sein Kopf blutete stark. Ich habe sogleich den Notruf der

Polizei verständigt. Der Beamte hat mir gesagt, er werde den Notarzt alarmieren. Im Grunde wusste ich aber sofort, dass kein Arzt der Welt diesem netten Jungen, der nur für seinen Radsport lebte, mehr helfen konnte. Die armen Eltern", fügte er hinzu und zeigte tiefe Betroffenheit.

Hannes und Friederike Stock waren ein Schatten ihrer selbst. Sie hielten sich gegenseitig weinend an den Händen. Es hatte den Anschein, als wollten sie diesen harten Schicksalsschlag nicht hinnehmen. Vor allem die Mutter litt offensichtlich unsäglich unter dem Umstand, ihren einzigen Sohn verloren zu haben.

Die Ermittler stießen auf keinerlei Hinweise über mögliche Feinde, die Emanuel etwas Böses wollten und hielten die Befragung äußerst kurz. Schon nach wenigen Minuten zog es Maria Meister vor, die Eltern in ihrem unvorstellbaren Schmerz nicht länger mit Fragen zu quälen. Sie und Mord drückten ihr Beileid aus und verschwanden.

Die Mordermittler beschlossen, in einem alten Gasthaus ganz in der Nähe noch ein Getränk zu konsumieren. Der traurige Fall hatte ihnen trotz einer gewissen Abgebrühtheit doch mehr zugesetzt, als sie zugeben und zeigen wollten. Bereits nach einer halben Stunde fuhren sie auf der A21 in Richtung St. Pölten.

Die Obduktion bestätigte die Vermutung von Meister und ihrem Team. Der Mord an Emanuel Stock trug die Handschrift der beiden vorherigen Morde. Der einzige Unterschied bestand darin, dass Thomas Müller im Wasser schwimmend bewusstlos geschlagen wurde und hilflos ertrank, während Marcel Fritsch und Emanuel Stock durch wuchtige Schläge auf den Hinterkopf zu Tode kamen. Stock wurde auch noch ein Schlag, es war vermutlich der erste, auf die Stirn verabreicht, der ihn zu Boden sinken ließ. Danach folgten die tödlichen Schläge auf den Hinterkopf.

Während Fritsch das rechte Knie zertrümmert wurde, zielte der Täter bei Stock auf die rechte Hüfte. Durch die Wucht des Schlages splitterte der rechte Hüftknochen. Die Schlagführung war demnach die gleiche, so dass immer die Extremitäten der rechten Seite anvisiert und attackiert wurden.

„Warum schlägt dieser Irre auf Knie und Hüfte, wenn die Opfer bereits durch die wuchtigen Schläge auf den Kopf ihr Leben lassen mussten?“, fragte Maria ihre Kollegen bei der morgendlichen Besprechung.

„Eine Art Ritual vielleicht?“, antwortete Renate Pall fragend.

„Vermutlich hast du recht. Dennoch kapiere ich den Sinn dahinter nicht“, schüttelte Maria verständnislos den Kopf.

„Wenn ich vielleicht dürfte?“, fragte Siegfried Mord leise und hob seine rechte Hand zögerlich in die Höhe. Gerade so, als wollte er sein Wissen kundtun, nachdem der Lehrer gefragt hatte, wer eine Antwort auf eine knifflige Frage wüsste.

„Nur los, Einstein!“, forderte Hammerl, um sich sogleich blitzschnell die Hand auf den Mund zu pressen. Es war ihm so herausgerutscht. „Bitte entschuldige, Sigi, war dumm von mir.“ Außer Maria und Sigi kannte ohnehin niemand die Bedeutung dieser Anspielung auf Sigis hohe Intelligenz.

„Also Sigi, nur nicht so schüchtern. Jeder kann und vor allem soll sich einbringen. Auch Peter tut das manchmal, obwohl es schon mal vorkommt, dass er etwas sagt, nur damit er etwas sagt, wenn du weißt, was ich meine." Sigi entsprang ein herzhafter, lauter Lacher aus seiner schmalen Brust. Renate und zwei weitere Beamte, die der Besprechung beiwohnten, konnten den Wortspielen nicht sinnerfassend folgen.

„Also, wir waren, respektive sind uns ja einig, dass es sich um einen Täter handelt, der die drei Sportler getötet hat. Ebenso stimmen wir überein, dass er seine Opfer hasste. Er hasst vermutlich erfolgreiche Sportler. Aber nicht solche, die schon im Rampenlicht der Öffentlichkeit stehen. Keine Promis. Was ich meine: Er hasst nicht einen Hermann Maier oder einen David Alaba. Auch keinen Thomas Muster und keinen Markus Rogan."

„Ist schon gut, Sigi. Wir haben es kapiert. Du bist auch im Sport beheimatet. Gibt es überhaupt etwas, von dem du keine Ahnung hast?", fragte Hammerl, und es hatte den Anschein, als wäre er tatsächlich auf den jungen, engagierten und vor allem blitzgescheiten und blendend informierten Siegfried Mord bereits ein wenig eifersüchtig.

„Ja", erwiderte Mord todernst. „Es gibt etwas. Neidgefühle. Jemand anderem etwas nicht zu gönnen, ist mir gänzlich unbekannt. Damit kenne ich mich nicht aus. Ich zum Beispiel freue mich mit anderen mit, wenn sie versuchen, sich konstruktiv einzubringen, Peter", gab er in diesem Moment die beste aller möglichen Antworten. Hammerl hatte sehr genau verstanden, was Mord ihm damit sagen wollte.

„Also weiter, Sigi!“, forderte Maria, die von Hammerls gehässigen Einwürfen bereits genervt war. Gleich im Anschluss an die Besprechung wollte sie ein Vier-Augen-Gespräch mit ihrem Stellvertreter führen.

„Um es kurz zu machen. Ich denke, unser unbekannter Mörder hasst alle Nachwuchssportler, die auf dem Sprung zur Popularität sind. Dem Fußballer hat er das Knie zertrümmert, damit er niemals mehr kicken kann, und dem Rennradler hat er die Hüfte zerschlagen. Somit könnte auch er theoretisch kaum mehr eine anspruchsvolle Strecke in Bestzeit bewältigen. Vermutlich hätte er dem Schwimmer seinen Ellenbogen oder seine Schulter zerschmettert, wäre er nicht nach dem Hieb auf seinen Kopf abgetaucht und ertrunken. Das ist sein ganz persönliches Ritual. Seine Genugtuung. Obwohl er natürlich weiß, dass das Opfer tot ist und diese Schläge auf die Extremitäten obsolet sind.“

Im Besprechungsraum herrschte für einige Sekunden totale Stille. Alle Anwesenden überdachten Sigis Worte noch einmal. Einschließlich Peter Hammerl.

„Wow! Eine gewagte Theorie“, kam es als erstes von der Gruppenleiterin. „Wie steht ihr zu Sigis Ausführungen?“, fragte Maria.

„Ohne Weiteres möglich“, nickte Hammerl anerkennend den Kopf.

„Wenn das stimmt, was du dir da zusammengereimt hast, lasse ich mir von dir die Zukunft voraussagen. Zumindest musst du mir dann verraten, wo mein Traummann wohnt“, sagte Renate und lächelte ihm zu.

Auch die übrigen Beamten waren von Mords Überlegungen beeindruckt.

„Gut, ich denke, das war es fürs Erste. An die Arbeit!“, sagte Maria und bat Peter, noch kurz mit ihr im Raum zu bleiben.

10

Drei Jahre zuvor…

Mit den Worten: „Es wird heute sicher später werden", verabschiedete sich der 16-jährige Karl Schinnerl Freitagmittag von seinem Vater.

„Wir setzen uns nach dem Training noch zusammen und feiern den Geburtstag des Trainers. Mach dir bitte keine Sorgen. Du weißt, dass ich niemals Alkohol trinke. Selbst dann nicht, wenn ich nicht mit dem Moped unterwegs bin", versprach Karl und machte sich nach Arbeitsende um fünf auf den Weg zu seinem Sportverein nach Wien. Drei Mal in der Woche fuhr er die gut zwanzig Kilometer mit seinem alten Moped, das er sich von seinem selbst verdienten Geld als Mechaniker-Lehrling gekauft hatte, um seinem großen Hobby, dem Mannschaftssport, zu frönen.

Vater und Sohn Schinnerl hatten es in den letzten Jahren wahrlich nicht immer leicht gehabt. Karls Eltern ließen sich scheiden, als er zehn war. Er litt unsäglich, als seine Mutter ihn und seinen Vater verließ.

Die gebürtige Tschechin Alena hatte den fleißigen Hilfsarbeiter Johann Schinnerl bereits ein halbes Jahr, nachdem er sie in ihrer Heimat kennengelernt hatte, geheiratet. Ein Jahr nach der Hochzeit gebar sie den kleinen Karli. Er sollte das einzige Kind des ungleichen Ehepaares bleiben.

Alena hatte Johann nie wirklich geliebt. Ganz im Gegensatz zu ihm. Er verehrte und liebte Alena wie keine Frau zuvor. Die vielen Vorteile, die sie als österreichische Staatsbürgerin im Wohlstandsland Österreich genoss, wogen jedoch schwerer als der Umstand, mit einem Mann und einem Kind zusammenzuleben, für die sie im Grunde keine Gefühle hegen konnte.

Johann blieb das nicht verborgen. Mehr und mehr ertränkte er seinen Kummer in Alkohol. Nachdem die Scheidung vor sechs Jahren vollzogen worden war, griff Johann Schinnerl immer öfter zur Bierflasche.

Der Chef des metallverarbeitenden Betriebes, in dem Schinnerl als Hilfsarbeiter harte Knochenarbeit für mäßige Entlohnung verrichten musste, hatte ihm bereits mehrmals die Rute ins Fenster gestellt.

„Keinen Tropfen während der Arbeit! Null Komma nix bei Dienstantritt!“, war seine unmissverständliche Forderung, als er seinen ansonsten zuverlässigen und fleißigen Arbeiter bereits zwei Mal alkoholisiert am Arbeitsplatz erwischt hatte. Der Firmenboss wusste um die großen Probleme von Schinnerl, die sich nach der Trennung von seiner geliebten Alena, die ihn stets mit anderen Männern hintergangen hatte, auftaten. Er musste neben seiner Schwerarbeit seinen Sohn erziehen und sich ebenso um den Haushalt kümmern. Alena hatte sich von einem auf den anderen Tag aus dem Staub gemacht. Erst viel später hatte Johann erfahren, dass seine Ex-Frau mit einem wesentlich jüngeren Mann nach Deutschland verzogen war. Ihren Sohn Karl rief sie nicht ein einziges Mal an. Auch schrieb sie ihm keine Karte und keinen Brief. Nicht einmal an seinen Geburtstagen oder an Weihnachten.

Waren es anfangs ein oder zwei Bier, die den gekränkten und einsamen Mann seine Sorgen verdrängen ließen, so wurden es schon bald drei und mehr Flaschen Bier an jedem Abend. Stets unmittelbar nach Arbeitsschluss.

Bald schon verlangte sein Körper auch tagsüber Nachschub. Eine Zeit lang konnte Schinnerl den Alkoholkonsum während der Arbeit vor seinen Kollegen und vor allem vor seinem Chef geheim halten. Als ihn ein Arbeitskollege eines Tages auf seine Alkoholfahne ansprach, reagierte er abweisend und beleidigt. Da es nicht nur für Schinnerl selbst, sondern auch für seine Kollegen gefährlich war, wenn nicht jeder Handgriff, speziell an der Maschine, die große Metallplatten zuschnitt, saß, sorgte einer der Arbeiter dafür, dass der Chef von der Alkoholsucht des Hilfsarbeiters erfuhr.

„Ich wünsche dir ein gutes Training und viel Spaß, mein Champion", lächelte Vater Johann voll Stolz seinem Sohn zu. „Pass bitte immer gut auf dich auf. Gerade zum Wochenende sind so viele Verrückte auf den Straßen unterwegs."

„Mach dir keine Sorgen, Vater, und … bitte trinke nicht so viel. Der Alkohol bringt dir Mutter nicht zurück."

Karl war mit seinen sechzehn Jahren ein außerordentlich vernünftiger Junge. In letzter Zeit war es einige Male vorgekommen, dass er seinem Vater die Bierflasche regelrecht entzogen hatte.

Als dieser eines Morgens den Wecker nicht gehört hatte, weil er bis weit nach Mitternacht Unmengen von Bier in sich hineingeschüttet hatte, drängte ihn Karl, sich kalt zu duschen und zur Arbeit zu fahren. Johann bewältigte die wenigen Kilometer bis zur Firma mit seinem uralten schwarzen Waffenfahrrad. Auch im Winter!

„Willst du arbeitslos werden?“, fragte ihn Karl an besagtem Morgen. „Mit meinem kleinen Verdienst als Lehrling und Arbeitslosengeld, das du dann bekommst, kommen wir sicher nicht über die Runden!“, mahnte er seinen Vater.

Was würde ich nur ohne meinen Prachtjungen machen, fragte sich Johann Schinnerl beinahe täglich.

Unmittelbar nachdem er das Motorengeräusch von Karls Moped vernommen hatte, öffnete er den Kühlschrank und machte es sich mit einem gut gekühlten Bier vor dem Fernseher gemütlich. Er wollte sich aber nicht betrinken, sondern auf seinen geliebten, beinahe schon erwachsenen Sohn, warten. Karl war der ganze Stolz des an der Seele schwer verletzten Hilfsarbeiters. Es schien, als hatte er an dem Tag, an dem seine untreue Frau ihn verlassen hatte, seine Lebensfreude verloren. Johann Schinnerl hatte panische Angst vor dem Moment, an dem Karl die elterliche Wohnung verlassen würde.

Dass Sascha Wegener die Meisterschaftsparty bereits um kurz nach zehn Uhr abends verlassen hatte, war außer seinem Kicker-Kollegen Dominik Boksic niemandem aufgefallen. Als Dominik gegen halb elf die Toilette aufsuchte, holte er sich aus seinem Auto den Wohnungsschlüssel. Er hatte beschlossen, seinen fahrbaren Untersatz an diesem Abend nicht mehr zu lenken und sich für die Heimfahrt ein Taxi zu rufen. Vorerst wollte er sich aber noch einige Stunden mit seinen Fußballfreunden vergnügen und die Feier genießen.

Saschas Sportflitzer, der neben Dominiks Uralt-Vehikel geparkt war, stand nicht mehr an seinem Platz.

„So ein Narr!“, sagte Boksic kopfschüttelnd zu sich selbst und befürchtete, dass Wegener tatsächlich alkoholisiert sein Auto in Betrieb genommen hatte.

Karl Schinnerl fühlte sich auf der Geburtstagsfeier seines Trainers wohl. Dennoch wollte er sich bald auf den Nachhauseweg machen. Er war müde vom langen Tag. Die Arbeit als Automechaniker war anstrengend. Beim Training hatte er sich wie stets total verausgabt. Doch waren das nicht die wirklichen Beweggründe, warum er sich bereits um kurz vor Mitternacht auf den Heimweg machen wollte. Karl machte sich Sorgen um seinen Vater. Womöglich besäuft er sich wieder, weil er die Einsamkeit nicht erträgt, dachte er und verabschiedete sich vom Trainer und seinen Klubkollegen. Dass es an diesem Wochenende kein Meisterschaftsspiel gab, passte ihm gut in seinen Plan. Er wollte mit seinem Vater etwas unternehmen und sich mit ihm einmal so richtig aussprechen. Karl wollte ihm sagen, er solle sich doch wieder eine Frau suchen. Nicht alle Frauen waren so wie seine Mutter, war er überzeugt. Er befürchtete, dass sein Vater es später einmal nicht verkraften könnte, alleine zu leben. Karl wusste, dass er nicht auf ewig zu Hause wohnen bleiben wollte. Es sollte ein richtiges Männergespräch zwischen Schinnerl senior und junior werden, dachte er und trat den Kickstarter kräftig durch.

„Was glaubst du eigentlich, wen du vor dir hast? Das wirst du noch bitter bereuen! Mein Vater macht dich fertig! Er macht euch alle fertig, ihr miesen Puff-Brüder!“, schrie Sascha Wegener den Beschützer der Damen des horizontalen Gewerbes in einem noblen Bordell in Wien an.

Das Muskelpaket hatte keine andere Wahl, als die halbe Portion, das stark alkoholisierte Anwaltssöhnchen, mit Nachdruck aus dem Lokal zu entfernen. Wegener hatte einem asiatischen Freudenmädchen aus Zorn darüber, dass er seinen Mann nicht stehen konnte, das Kopfkissen derart fest und lange aufs Gesicht gedrückt, dass diese sich nur mit letzter Kraft befreien konnte. Schreiend und in Panik lief sie nackt aus dem Zimmer. Ehe sich´s Sascha versah, fand er sich auf dem Weg vor dem Lokal liegend vor.

Nur mit Mühe konnte er in seine Klamotten, die ihm auf die Straße nachgeworfen wurden, schlüpfen. Schwankend begab er sich zu seinem 200-PS-Flitzer und trat das Gaspedal bis zum Anschlag durch.

Du sagst mir nicht, dass es Schluss mit uns ist! Du nicht, dachte Sascha und wollte das seiner Verflossenen stante pede mitteilen.

„Heb´ schon ab! Na los!“, schrie er förmlich ins Handy, als er bereits zum zweiten Mal auf die Mailbox umgeleitet wurde. Er wusste, dass sie ihr Handy nicht abgeschaltet hatte und vermutete, dass sie ganz bewusst seinen Anruf nicht entgegennehmen wollte. Womöglich ist ihr neuer Freund bei ihr, dachte Sascha. Eine ungeheure Wut stieg in ihm auf.

Schon beschleunigte er seinen Boliden und raste die Bundesstraße in Richtung Maria Enzersdorf in einem Höllentempo entlang, sodass die mächtigen Bäume links und rechts der Straße nur so an ihm vorbeiflitzten. Er befand sich auf direktem Weg zu Ellis Wohnung. Im Grunde wollte Sascha seiner Verflossenen nur mitteilen, dass alle Weiber Schlampen wären. Das musste er ihr unbedingt sagen. Sofort!

Dass er den Sportwagen aufgrund seiner schweren Alkoholisierung nicht auf der rechten Fahrspur halten konnte, war ihm egal. Mal fuhr er inmitten der Fahrbahn, dann wieder kam er dem rechten Fahrbahnrand gefährlich nahe. Die Nadel auf dem Tacho zeigte an die 150 Stundenkilometer, als es einen heftigen Ruck gab, der von einem ohrenbetäubenden Knall begleitet wurde. Nur mit Mühe konnte Sascha Wegener sein Gefährt auf der Straße halten.

Scheiße, dachte er. Das war wohl ein Reh. Nach gut einhundert Metern hielt er sein schwer an der rechten Seite beschädigtes Auto an und setzte zurück. Kein weiteres Fahrzeug passierte die Unfallstelle.

„Oh Gott! Nichts wie weg!“, befahl sich Sascha selbst, als er sah, dass kein Reh, sondern ein schwer beschädigtes Moped im Straßengraben lag. Ob auch der Lenker irgendwo lag und womöglich lebensrettende Hilfe benötigte, interessierte den durch Alkohol schwer beeinträchtigten Nachwuchsfußballer nicht.

„Wegener“, hörte Sascha die verschlafene Stimme seines Vaters. „Was willst du? Ich habe bereits geschlafen“, brummte er unfreundlich in den Hörer. Dann dachte er aber, Sascha habe doch zu viel getrunken und wollte, dass er ihn von der Feier abhole. Ein Blick auf die Uhr verriet ihm, dass es zehn Minuten nach Mitternacht war.

„Du musst mir helfen! Schnell! Sofort!“, schrie er seinen Vater fast an.

„Wobei muss ich dir helfen?"

„Es ist etwas passiert."

„Wo bist du, Sascha?"

„Zwischen Wien und Maria Enzersdorf. Es hat gekracht", stammelte er ins Telefon.

„Sprich nicht in Rätseln und sag endlich, was los ist! Du bist ja besoffen!", herrschte er seinen Sohn an. „Hast du dich womöglich ans Steuer gesetzt? Das darf doch wohl nicht wahr sein. Hab ich dir nicht gesagt …"

„Hilfst du mir jetzt oder nicht?", fragte Sascha mit weinerlicher Stimme.

„Natürlich helfe ich dir. Was genau ist denn passiert?"

11

Die Mordermittler beim LKA Niederösterreich arbeiteten auf Hochtouren. Chefinspektor Maria Meister, ihr Stellvertreter, Abteilungsinspektor Peter Hammerl, die Bezirksinspektoren Renate Pall und Clemens Weber, wie auch der um weitere drei Monate dienstzugeteilte Revierinspektor Siegfried Mord ermittelten nach Absprache mit Oberst Albert Schauer als Sonderkommission. Ihre Aufgabe war es, sich ausschließlich der Mordserie an talentierten und bereits sehr erfolgreichen Nachwuchssportlern zu widmen.

Der LKA-Leiter hatte an höchster Stelle interveniert und erreicht, dass der Ermittlungsbereich 1, Leib und Leben, von den personellen Einsparungen verschont geblieben war. Zu groß war auch der mediale Druck, die gegenständliche Mordserie zu klären und den Täter zu fassen. Dass das mit einem eklatanten Personalmangel kaum zu erreichen wäre, erkannten letztendlich auch die zuständigen Politiker auf höchster Ebene.

Interessierte Beamte und Beamtinnen konnten sich für eine freie Planstelle bei der Mordgruppe bewerben. Siegfried Mord benötigte dazu jedoch einen speziellen Kurs, um den Voraussetzungen für eine dauerhafte Versetzung zum LKA zu entsprechen. Die Aufnahmeprüfung für die Zulassung zur Weiterbildung hatte er mit Bravour bestanden. Sogleich nach Abschluss des Kurses und bestandener Dienstprüfung wollte er seine Bitte um Versetzung vorlegen. Sehr zur Freude von Maria Meister und dem ganzen Ermittlungsteam.

Schauer hatte Wort gehalten, als er seinerzeit im Spital Maria Meister versprochen hatte, er werde alles in seiner Macht stehende unternehmen, damit die Mordgruppe nicht dezimiert werde und Mord dauerhaft das Team verstärken könne. Nun sollte es sogar um einen weiteren Beamten oder eine Beamtin aufgestockt werden.

Für Maria war es einmal mehr die Bestätigung, dass Schauer ein Offizier mit Handschlagqualität geworden war.

Dass der hochmotivierte und überdurchschnittlich intelligente Sigi schon bald definitiv sein großes Engagement und seine messerscharfen Überlegungen im Team einbringen sollte, war für Maria Grund genug, für den nächsten Tag eine kleine interne Feier anzukündigen. Die tägliche Teambesprechung verlegte sie kurzerhand auf vier Uhr nachmittags, um der Feier einen offiziellen Charakter zu verpassen. Dass der nächste Tag auch ihr Geburtstag war, fand sie hingegen nicht erwähnenswert. Die erfolgreiche Kriminalistin wusste aber, dass die Gesellschaft der Kollegen ein wenig ihren großen Schmerz, erstmals seit sehr langer Zeit den Ehrentag ohne ihren geliebten Heinrich begehen zu müssen, lindern würde.

„Guten Morgen, Herr Oberst. Ist es okay für dich, wenn ich mein Team heute am Nachmittag zu einer kleinen Feier einlade?", fragte Maria gleich am nächsten Morgen Oberst Schauer. Sie hatte ihm auf dem Gang förmlich aufgelauert, als er kurz vor halb neun sein Büro betreten wollte.

„Ebenso einen schönen guten Morgen, Frau Chefinspektor", strahlte Schauer übers ganze Gesicht. „Selbstverständlich ist mir das recht", kam es freundlich zurück. Für den bekennenden Morgenmuffel Schauer hatte ein Gute-Laune-Gesicht vor seinem ersten Büro-Kaffee Seltenheitswert.

„Es geht mich zwar nichts an. Aber kann es sein, dass du heute außergewöhnlich gut gelaunt bist?", fragte Maria ihren Chef.

„Das ist schon möglich. Sei mir aber bitte nicht böse, wenn ich den Grund dafür für mich behalten möchte. Zumindest für den Moment", erwiderte Albert beinahe ein wenig schelmisch.

„Ja, natürlich. Kein Problem. Ich dachte nur ... ach, nichts", wechselte Maria das Thema. „Wir halten ganz offiziell eine Teambesprechung zu unseren drei ungeklärten Mordfällen ab. Wir beginnen um sechzehn Uhr bei mir im Büro und stoßen im Anschluss daran mit Baby-Sekt an", lächelte sie.

„Was ist ein Baby-Sekt?", fragte Schauer und zog die Augenbrauen hoch.

„Das war ein Scherz. Ich kann doch unserem höchsten Boss nicht verraten, dass wir uns grenzenlos besaufen wollen." Maria grinste.

Albert Schauer nahm ihr frohes Gemüt mit Wohlwollen zur Kenntnis. Zu viel hatte sie in letzter Zeit durchmachen müssen. Der plötzliche Tod von Heinrich Müller, dann die ungeklärten Morde, aber auch der ganze Mediendruck setzten ihr bestimmt gewaltig zu, war der Boss überzeugt.

„Ich weiß, dass es nicht gut kommt, wenn ein Offizier an einer Feier des Ermittlungsteams teilnimmt. Das will ich auch gar nicht. Dennoch kann ich dir und somit deinem ganzen Team einen Kurzbesuch am Nachmittag nicht ersparen. Beim offiziellen Gespräch müsst ihr mit mir Vorlieb nehmen.

Es gibt nämlich einige Punkte, die aktuellen Fälle betreffend, die ich mit dir und dem Team besprechen muss. Da passt es heute um sechzehn Uhr sehr gut, denke ich", sagte Schauer, nun wieder mit dienstlicher Miene.

„Selbstverständlich", kam es spontan von Maria. „Ein kleines Brötchen und einen Schluck Mineralwasser werden wir bestimmt für unseren Chef erübrigen können", lächelte sie und drehte mit den Worten „bis dann" in Richtung ihres Büros ab. Sie war froh darüber, dass er offensichtlich nicht wusste, dass sie Geburtstag hatte. Es sollte ihr Geheimnis an diesem Tag bleiben.

Die Ermittler vertieften sich noch einmal in sämtliche Details und Übereinstimmungen der drei brutalen Morde. Dass es sich bei der Mordwaffe stets um einen Hartholzprügel, vermutlich einen Baseballschläger, handelte, galt nach Meinung der Gerichtsmedizinerin als gesichert. Die Verletzungsmuster bei allen Opfern glichen sich eins zu eins. Warum der Täter, der nach dem Mord an Thomas Müller die mit dem Blut des Opfers behaftete Tatwaffe in einem Müllcontainer entsorgte, bei seinem zweiten Opfer, Marcel Fritsch, aber eine völlig idente Waffe zum Einsatz brachte, konnte sich Meister nicht schlüssig erklären. Wie viele gleichartige Holzprügel hat der Täter, fragte sie sich. Bei der Besprechung am Nachmittag wollte sie diese offene Frage nochmals mit den Kollegen erörtern.

Reinhard Rumpf, jener Zeuge, der den Radrennfahrer Emanuel Stock in Hinterbrühl in einem Wald tot aufgefunden hatte, hatte sich vor drei Tagen noch einmal telefonisch bei den Ermittlern gemeldet. Peter Hammerl hatte seinen Anruf entgegengenommen und seine Aussage protokolliert.

Rumpf gab an, dass auf dem Weg zu jener Abzweigung, an der von der Landesstraße ein Feldweg in Richtung des Waldes führt, zirka dreißig Meter vor besagter Kreuzung ein uralter, dunkelblauer VW-Käfer in einer Art Ausweichstelle rechts neben der Fahrbahn geparkt hatte. Er habe dem Fahrzeug keinerlei Bedeutung beigemessen. In dieser „Ausweiche“, wie er es formulierte, stünden nahezu täglich ein oder zwei Fahrzeuge, deren Besitzer den Wald für ausgedehnte Spaziergänge oder Waldläufe nutzen würden. Dieses Fahrzeug sei ihm aber besonders in Erinnerung geblieben, da es mit Bestimmtheit über zwanzig Jahre alt war. Dennoch habe es sich in einem sehr gepflegten Zustand befunden. Er habe zwar einen Blick auf das Kennzeichen geworfen, jedoch könne er darüber keine Angaben machen. Er glaube zu wissen, dass es aus dem Bezirk Mödling stamme.

Maria Meister kontaktierte Rumpf daraufhin noch einmal telefonisch. Er gab an, dass er vor dem Auffinden von Emanuel zirka eine dreiviertel Stunde durch den Wald spaziert sei. Nachdem die Polizei ihn befragt hatte, sei er wieder nach Hause gegangen. Der Volkswagen sei nicht mehr an dieser Ausweichstelle gestanden.

Längst schon hatte Maria sämtliche alten VW Käfer, die im Bezirk Mödling behördlich zugelassen waren, ermittelt. Die Überprüfungen der Fahrzeughalter der wenigen behördlich zugelassenen VW Käfer älteren Baujahres mit dunkelblauer Lackierung brachten keinen Erfolg. Meister hatte sich in Wahrheit diesbezüglich auch keinen erwartet. Dennoch gingen sie und ihr Team jedem noch so unbedeutend scheinenden Hinweis nach.

Es war kurz vor vier Uhr nachmittags. Maria Meister blickte schon zum dritten Mal auf ihre Armbanduhr. Sie hasste nichts mehr als Unpünktlichkeit.

Sie wissen doch alle, dass wir pünktlich um vier mit der Besprechung beginnen wollen. Der Oberst musste auch jeden Moment zur Tür hereinkommen. Er wollte doch der Besprechung beiwohnen. Maria hatte zwei Tabletts mit belegten Brötchen sowie nicht alkoholischen Getränken, einige Biere und ein paar Flaschen Sekt organisiert.

Mit Schlag sechzehn Uhr zückte sie ihr Handy und wollte Peters Nummer wählen. Dem erzähle ich etwas. Und allen anderen auch, dachte sie, als ihr Telefon am Schreibtisch läutete.

„Meister!“, meldete sie sich laut und unfreundlich.

„Wir warten, Frau Chefinspektor“, hörte sie die Stimme von Oberst Schauer.

„Ja ... aber ... ich ... ich dachte, wir wollten doch in meinem Büro...“

„Nicht denken, Maria, kommen!“ Sie meinte, ein Lächeln ihres Chefs herauszuhören. „Wir haben umgesattelt. Bist du so lieb und kommst in den Schulungsraum? Du kannst ja ein paar Brötchen mitnehmen, wenn du willst. Oder nein. Lass alles liegen und stehen und komm rüber. Wir warten“, waren die letzten Worte von Schauer, ehe die Verbindung unterbrach.

Schon trottete Maria aus dem Büro und öffnete nichts ahnend die Tür zum großen Schulungsraum.

„Happy birthday to you ... happy birthday to you ... happy birthday, liebe Maria, happy birthday to you", erklang es im Chor. Am lautesten waren die schiefen Töne von Oberst Schauer zu hören.

Alle hatten sie dicht gehalten. Den ganzen Tag lang hatten Peter Hammerl, Renate Pall & Co. ihrer Chefin verheimlicht, dass sie eine Geburtstagsfeier für sie organisiert hatten. Auf einem von Sigi Mord künstlerisch gestalteten Transparent, das auf der großen weißen Wand, auf die ansonsten der Videobeamer Dienstliches an die Wand projizierte, stand: DIE BESTEN GLÜCKWÜNSCHE ZUM GEBURTSTAG WÜNSCHT DAS GANZE TEAM DER MORDERMITTLER!

Maria war sichtlich gerührt. Sie rang für einen kurzen Moment um Fassung, ehe erste Worte über ihre Lippen kamen.

„Ihr seid ja verrückt! Was für ein Aufwand! Und keiner hat mir auch nur ein Sterbenswörtchen gesagt. Auch du nicht, Herr Oberst. Ihr seid mir eine Bande. Ich danke euch von ganzem Herzen!"

Peter Hammerl überreichte ihr mit den Worten: „Es ist von uns allen und kommt von Herzen" ein in Papier gehülltes Geschenk.

„Ist es dir recht, wenn nach dem offiziellen Teil der Teambesprechung, die wir dennoch kurz abhalten werden, auch einige Kollegen anderer Ermittlungsbereiche zu uns stoßen?", fragte Schauer. „Sie wollten es sich nicht nehmen lassen, dir auch zu gratulieren. Du hast doch nicht allen Ernstes gedacht, wir hätten deinen Geburtstag vergessen, oder?"

„Naja, das ist doch kein Grund, so einen Aufstand zu machen“, antwortete Maria ein wenig verlegen.

„Freust du dich nicht?“, wollte Peter wissen.

„Natürlich freue ich mich. Sehr sogar. Aber du weißt doch, dass ich so viel Tamtam um meine Person für entbehrlich halte, um es vorsichtig auszudrücken. Da muss ich jetzt wohl durch. Ich schlage vor, wir besprechen im Schnelldurchgang alle Fakten, die uns zu den drei ungeklärten Mordfällen vorliegen, und dann lassen wir es einmal so richtig krachen“, sagte Maria und legte los.

„Im Grunde gibt es außer den Erkenntnissen, dass es mit an Sicherheit grenzender Wahrscheinlichkeit ein männlicher Täter mit Schuhgröße 44 ist, der alle drei Spitzensportler brutal erschlagen hat, nicht viel, was wir als gesichert annehmen können. Bei der Tatwaffe handelt es sich offenbar in allen drei Fällen um einen Baseballschläger. Erwiesen ist, dass der Täter zumindest beim Mord an Thomas Müller einen solchen verwendet hat. Dank unserem Sigi, der sich erfolgreich als Müllcontainer-Schnüffler betätigt hat, haben wir diese Tatwaffe sicherstellen können. Das Blut von Müller haftete am Schläger. Bei den zwei anderen Tötungen wurden ebenfalls Holzprügel verwendet. Vielleicht betreibt der Täter einen Laden für Baseballschläger?“

„Glaubst du das tatsächlich?“, fragte Oberst Schauer.

„Nein, das glaube ich nicht wirklich. Dennoch kann man auch diese Überlegung nicht außer Acht lassen. Die Überprüfung aller dunkelblauen VW Käfer älteren Fabrikats im Bezirk Mödling verlief negativ. Die paar wenigen Zulassungsbesitzer scheiden als Verdächtige aus. Einige verwenden ihr Vehikel überhaupt nicht mehr auf öffentlichen

Straßen, haben es aber aus nostalgischen Gründen nicht abgemeldet. Anscheinend bedeuten ihnen die alten Rostlauben so viel, dass sie glauben, ihr einstiger fahrbarer Untersatz wäre tot, wenn sie ihn behördlich abmelden. Diese Spinner", sagte Maria, die dafür kein Verständnis aufbringen konnte.

„Jedem das Seine", kam es leise von Hammerl. Auch er hatte ein Faible für Oldtimer.

„Auffällig ist die Übereinstimmung, dass alle Opfer sich dem Leistungssport verschrieben hatten und dabei auch sehr erfolgreich waren. Zeitungen haben über die jungen Hoffnungsträger bereits berichtet. Einige wurden sogar im Radio und Fernsehen positiv erwähnt. Allen dreien wurde eine erfolgreiche sportliche Karriere prophezeit. Kann das ein Zufall sein?", fragte Maria und ließ ihre Blicke, in der Hoffnung auf Antworten, durch den Raum streifen.

„Frau Chefinspektor", kam es zögerlich von Siegfried Mord, der es in Anwesenheit von Oberst Schauer vorzog, auf das vertraute „du, Maria" zu verzichten.

„Bitte Sigi, was willst du loswerden?"

„Ich denke, dass der Mörder einen großen Hass auf die erfolgreichen jungen Sportler haben muss. Vielleicht hat ihm einmal so einer etwas Schreckliches angetan, sodass er sie jetzt alle verdammt."

„Bringt man deshalb wahllos junge hoffnungsvolle Sportler verschiedener Sportarten einfach so um?", warf Hammerl, offensichtlich schon wieder genervt, fragend ein.

„Weiß ich nicht. Normal denkende Menschen sicher nicht. Wer sagt, dass der Täter mit normalen Maßstäben zu beurteilen ist? Ist er ohnehin nicht", gab sich Sigi gleich selbst die Antwort auf seine gestellte Frage. „Ich denke, ein Leistungssportler hat dem Mörder etwas angetan. Ihm großes Leid zugefügt. Und jetzt will er sich rächen. Vielleicht wahllos, vielleicht aber auch bewusst, zunächst an Unschuldigen, um zu guter Letzt denjenigen zu töten, den er tatsächlich abgrundtief hasst. Aus welchem Grund auch immer. Mit dieser Taktik kommt man ihm aber nicht auf die Spur. So denkt zumindest der Mörder, der sich ja zumeist für intelligenter hält als die Ermittler, die ihn überführen sollen."

„Kann es sein, dass du zu viele Krimis liest?", fragte Peter. Sein Lachen blieb aber das einzige im Schulungsraum. Von Maria erntete er dafür einen strafenden Blick und die Worte:

„Peter, halte dich zurück! Du weißt, was ich dir erst vor Kurzem gesagt habe. Ich will es nicht wiederholen müssen. Vor allem nicht heute, wo ihr mir so eine freudige Überraschung bereitet habt. Aber auch deshalb, weil ich die Überlegungen von Sigi einfach nur als genial bezeichnen kann. Ganz egal, ob er damit richtig oder falsch liegt. Er ist dem Anschein nach der Einzige von uns, mich eingeschlossen, der sich unglaubliche Gedanken über mögliche Tatmotive gemacht hat. Dass er das Potenzial für geistig hochstehende Zusammenhänge hat, wissen wir beide besser als alle anderen. Hab ich recht, Peter?"

„Ja, Chefin. Ja, du hast recht, Maria. Wie fast immer. Bitte entschuldige. Du auch Sigi, verzeih du mir bitte auch meinen dummen Einwand."

Eine spürbare Betretenheit hatte sich im großen LKA-Schulungsraum breitgemacht. Oberst Schauer, aber auch alle anderen, konnten diese Konversation zwischen den

Dreien nicht deuten. Sie wussten nicht, dass Siegfried Mord bereits in seiner Kindheit als hochbegabt galt und kannten das Geheimnis um seinen Intelligenztest nicht.

„Haben Sie noch etwas einzubringen, Kollege Mord?", fragte Schauer. „Ansonsten möchte ich auch ganz kurz noch etwas loswerden, bevor wir dann endlich auf Frau Meisters Geburtstag anstoßen. Außerdem freue mich schon auf ein köstliches Brötchen", versuchte er die nicht gerade berauschende Stimmung ein wenig zu heben.

„Ganz kurz noch, Herr Oberst, wenn ich darf."

„Bitte, sehr gerne. Mir gefallen Ihre Überlegungen sehr gut."

„Ich habe mir auch noch Gedanken zu diesem blauen VW Käfer gemacht. Wahrscheinlich ist rein gar nichts dran, aber ich habe einmal von dir, Frau Chefin, gehört, dass man jedem noch so kleinen Strohhalm nachgehen soll."

„Nein Sigi, da irrst du. Das habe ich niemals gesagt."

„Aber ..."

„Nix aber, mein junger Kollege. Du musst immer gut zuhören, wenn ich etwas sage." Mord blickte ein wenig verunsichert aus der Wäsche. Maria lächelte ihm zu.

„Ich habe gesagt, man soll sich auch an den kleinsten Strohhalm klammern. Verstehst du? Klammern habe ich gesagt! Du kannst doch einem Strohhalm nicht nachgehen, oder, Sigi?"

Das erste Mal seit Beginn der Besprechung hatte sich die Stimmung durch die Worte der klugen Maria Meister gelockert. Die amüsante Wortklauberei der Gruppenleiterin sorgte für allgemeine Erheiterung. Auch Sigi schmunzelte mit einiger Verzögerung.

„Da ich also auch diesem winzigen Strohhalm nachgehen beziehungsweise mich an diesen klammern möchte", sagte Mord äußerst wortgewandt, „dachte ich, wir überprüfen noch einmal alle alten VW Käfer beziehungsweise deren Zulassungsbesitzer. Auch diejenigen, die das Fahrzeug bereits abgemeldet haben und auch alle, die eine andere Farbe haben als dunkelblau."

„Warum?", fragte Oberst Schauer.

„Ja, warum das?", fragte auch Maria, und am liebsten hätten alle, einer nach dem anderen, auch „Ja, warum?" gefragt. Niemand konnte Mords Gedankengang folgen. Offensichtlich konnte er mit seinem überdurchschnittlichen IQ verschiedenste Möglichkeiten anders in Betracht ziehen als Otto Normalverbraucher.

„Ich denke, selbst wenn jemand ein Fahrzeug behördlich abmeldet, kann er es mit nachgemachten oder gestohlenen Kennzeichen weiterhin auf öffentlichen Straßen verwenden. Oder er gibt die Tafeln niemals zurück, weil er behauptet, sie wären ihm abhanden gekommen. Gestohlen oder verloren zum Beispiel. Des Weiteren denke ich, dass es doch möglich wäre, dass der Fahrzeugbesitzer sein Gefährt neu lackiert hat. Oder er hat es lackieren lassen. Vielleicht war es vorher rot, grün, gelb. Es ist ganz egal, welche Farbe es hatte. Was ich damit ausdrücken will, ist, dass eine Überprüfung der Fahrzeughalter nur dann lückenlos einen Sinn ergibt, wenn wir alle VW Käfer, ob an- oder abgemeldet, mit jeder Farbe überprüfen beziehungsweise deren Fahrzeughalter beleuchten", beendete Jungspund Siegfried Mord die Ausführungen seiner Sichtweise.

„Meine lieben Kolleginnen und Kollegen“, ergriff Oberst Schauer das Wort. „Ich denke, auch Sie sind von den kriminaltaktischen Überlegungen unseres jungen Kollegen ebenso angetan wie ich. Sie kennen ihn aber besser als ich. Egal, ob Sie richtig liegen oder nicht, Herr Mord, schon allein für die Tatsache, dass Sie sich so in die Ermittlungen einbringen und über den Fall so viele Gedanken machen, zolle ich Ihnen größten Respekt. Ich bin überzeugt, Ihre Kollegen denken ähnlich. Ich darf Ihnen auch eine freudige Mitteilung machen. Oder hast du schon etwas verraten?“, fragte er Meister.

„Was verraten?“

„Wegen des Personalstandes.“

„Ach so, nein, habe ich nicht.“

„Gut, dann darf ich das jetzt tun. Geschätzte Mitarbeiter, es ist uns gelungen …“

„Es ist dem Herrn Oberst gelungen. Ehre, wem Ehre gebührt“, unterbrach ihn Meister.

„Danke, Maria. Noch einmal. Es konnte erreicht werden, dass die Mordgruppe nicht um zwei Mitarbeiter verkleinert wird. Auch nicht um einen! Der Personalstand bleibt gleich. Ich hoffe, das kann Sie ein wenig motivieren. Dass Ihr junger Kollege die Aufnahmeprüfung für den Dienstführenden-Kurs mit Bravour bestanden hat, werden Sie ohnehin schon wissen, nehme ich an.

Sie können Ihren Wunsch für eine dauerhafte Versetzung zum LKA jederzeit ihrer Chefin vorlegen. Auch jetzt schon“, sagte er zu Mord. „Ich werde es natürlich befürworten, und Sie können davon ausgehen, dass Sie mit Abschluss der Dienstprüfung, nach ihrem fünf Monate dauernden Kurs, umgehend zum Ermittlungsbereich 1, Leib und Leben, versetzt werden. Während der Praxisphase, die im Kurs inkludiert ist, werden Sie natürlich wieder in Ihrem Team mitarbeiten. Wir brauchen Mitarbeiter, die engagiert ans Tagwerk gehen. Mitarbeiter ihres Formats.

Dass von höherer Stelle eine baldige Aufklärung der drei Morde eingefordert wird, brauche ich nicht extra zu erwähnen, denke ich. Ich habe soeben miterleben dürfen, wie Sie sich alle dafür einsetzen, damit die Fälle ehestmöglich einer Klärung zugeführt werden können. Darum möchte ich keine weiteren Worte diesbezüglich mehr verlieren und schlage vor, dass wir nun den Geburtstag von Maria gebührend feiern", beendete Schauer die offizielle Team-Besprechung der Mordgruppe und leitete den gemütlichen Teil zu Ehren von Maria Meister ein.

Die für die Aufklärung der drei Morde an erfolgreichen Nachwuchssportlern installierte Sonderkommission machte sich mit neuer Schaffenskraft daran, die von ihrer Teamleaderin Maria Meister ausgegebene Order, all ihr kriminalistisches Herzblut in die Ermittlungen zu legen, mit Zuversicht an die Arbeit.

Peter Hammerl und Renate Pall erhielten den Auftrag, erneut mit den leidgeprüften Eltern der ermordeten jungen Männer in Verbindung zu treten. Es musste vor allem noch einmal recherchiert werden, ob es in der Vergangenheit Anfeindungen gegen die Opfer gegeben hatte. Jede noch so unerheblich scheinende Kleinigkeit könnte der Schlüssel zum Erfolg sein, versuchte Meister ihren Kollegen einzubläuen.

Theresa Fritsch konnte zum Tod ihres Sohnes ohnehin nicht mehr befragt werden. Sie hatte diesen weiteren Schicksalsschlag, nachdem bereits ihr Mann vor drei Jahren verstorben war, nicht verkraftet, und sich das Leben genommen.

„Womöglich liegt die Ursache schon weit zurück? In der Schule vielleicht? Oder gab es einen gemeinsamen Bekannten der drei Opfer?", versuchte Maria ihrem Team einige Denkvarianten im Ansatz vorzugeben.

„Es muss doch irgendeinen Zusammenhang zwischen den drei Morden geben! Ich kann nicht glauben, dass ein Irrer ohne jeglichen Grund auf junge, sportlich talentierte Burschen derart brutal mit einem Baseballschläger eindrischt und sie dadurch tötet, ohne dafür ein Motiv zu haben", sagte Maria mit entschlossener Miene.

Siegfried Mord wurde angehalten, seiner von ihm eingebrachten Überlegung, auch VW Käfer zu überprüfen, die einerseits eine andere Farbe als blau aufwiesen und andererseits bereits behördlich abgemeldet waren, nachzugehen.

Maria selbst machte sich mit Clemens Weber daran, mögliche Zeugen, die sich in unmittelbarer Umgebung der Tatorte zu den Tatzeiten aufgehalten hatten, zu eruieren und zu befragen. Auch jene, die bereits ihre Angaben gemacht hatten, wollten sie noch einmal aufsuchen.

Chefinspektor Meister ersuchte die Medien, erneut von den Fällen zu berichten. Der Täter könnte dadurch verunsichert werden, und Zeugen könnten sich doch noch melden, um ihre Wahrnehmungen kundzutun.

Pall traf es mitten ins Herz, als sie miterleben musste, wie sehr die vom Schicksal so hart gebeutelten Eltern darunter litten, dass ihre Söhne durch die Hand eines offenbar Wahnsinnigen sterben mussten.

Lediglich Brigadier Albert Müller dachte augenscheinlich, er müsste sich hart und unnahbar geben. Er antwortete den Ermittlern beinahe so, als wurde er um Auskünfte ersucht, die ein taktisches Manöver beim Militär betrafen. Entweder wollte er seine Trauer und seinen Schmerz nicht vor den Kriminalisten ausbreiten, oder er war ein gefühlloser Militarist mit einem Herz aus Stein.

Umso mehr waren Pall und Hammerl überzeugt, dass die Mutter, Natascha Müller, den tragischen Verlust ihres einzigen Sohnes noch lange nicht, wenn überhaupt jemals, verkraften würde können. Tiefe dunkle Augenringe zeugten offenbar von schmerzvoller Trauer, die mit Worten nicht auszudrücken war. Natascha Müller hatte offensichtlich einige Kilos seit dem Tod von Thomas verloren und sah um Jahre gealtert aus. Sie präsentierte sich den Ermittlern mal beinahe überschwänglich, dann wieder besorgniserregend apathisch.

Hinweise auf mögliche Feinde ihres Sohnes konnten beide auch dieses Mal nicht geben. Die Eltern waren überzeugt, dass das Motiv, ihren Sohn zu töten, niemals Hass gewesen sein konnte.

Die erneute Befragung von Hannes und Friederike Stock brachte ebenso keine relevanten Erkenntnisse. Es hatte den Anschein, als gaben sich die beiden gegenseitigen Halt. Der Tod ihres Sohnes Emanuel, von dem Friederike stets nur von ihrem Manu sprach, hatte das Ehepaar offensichtlich noch mehr zusammengeschweißt. Ihre Trauer war spürbar; dennoch hatten die Ermittler den Eindruck, dass sie es zusammen schaffen würden, ihr weiteres Leben ohne ihren geliebten Sohn zu meistern.

Die ehemaligen Freunde von Emanuel gaben sich ausnahmslos, als betrachteten sie den Mord an ihm als ein Ereignis, das eben mal so passiert war und jedem hätte passieren können. Von Trauer weit und breit keine Spur. Selbst ein wenig Mitgefühl für die Hinterbliebenen oder auch nur ein Ausdruck von Nachdenklichkeit über das Geschehene war bei diesen jungen Menschen nicht erkennbar.

„Und die nennen sich Freunde!", sagte Peter nach der Befragung der letzten Auskunftsperson, Kurt Mohn, zu Renate Pall, als sie dessen Wohnung verlassen hatten.

„The show must go on", hatte dieser mit einem Grinsen gesagt, und kam sich dabei offensichtlich auch noch besonders toll vor.

„Maria wird keine große Freude mit uns haben, wenn wir so quasi mit leeren Händen nach Hause kommen", sagte Hammerl zerknirscht. Es hatte sich bei all den Befragungen kein einziger Hinweis ergeben, der für die Klärung der Verbrechen dienlich sein konnte.

„Wir wollen mal sehen, was die anderen so alles ermitteln konnten. Ich hoffe, sie waren erfolgreicher als wir beide", sagte Renate und wusste, dass Maria eine Erfolgsmeldung erwartete.

Tatsächlich erging es der Gruppenleiterin und Clemens um keinen Deut besser. Sie klapperten die Nahbereiche der Tatorte ab, befragten Nachbarn der Müllers in Mödling ebenso wie Anrainer des Heurigenlokales in Baden. Sogar den Wirt des Lokals fragten sie, ob der unbekannte Mann, der an besagtem Abend neben den jungen Leuten im Lokal gesessen hatte, seither nochmals aufgetaucht war. Dieser hatte sich jedoch niemals wieder blicken lassen, versicherte der Heurigenwirt.

Ali Mayer, jener Zeitungskolporteur, der Fritsch im Hinterhof mit eingeschlagenem Schädel aufgefunden und die Polizei verständigt hatte, konnte kein weiteres Mal zu seinen Wahrnehmungen befragt werden. Er hatte seinen Job gekündigt und war unbekannten Aufenthaltes verzogen.

„Ich habe mich ein bisschen schlau gemacht", sagte Maria zu Clemens, als sie sich auf der Fahrt zum LKA befanden.

„Worüber?"

„Über Baseballschläger. Ich habe mich stets gefragt, warum bei derart wuchtigen Schlägen, die den Opfern verabreicht wurden, keine Holzsplitter gefunden wurden.

„Aha, und warum nicht?", war Clemens neugierig geworden.

„Dieses im Querschnitt kreisrunde Sportgerät darf nur knapp über einen Meter lang sein. An der stärksten Stelle hat es einen maximalen Durchmesser von zirka sieben Zentimeter. Der Prügel besteht in der Regel aus bruchsicherem, kaum splitterndem Eschenholz."

„Wieso in der Regel?" Weber schätzte das penibel genaue Recherchieren seiner Chefin.

„In Deutschland zum Beispiel wird bis zur Regionalliga wahlweise mit Holz- aber auch mit Aluminiumschlägern gespielt. Darüber hinaus sind nur mehr Holzschläger erlaubt. Ein Verkäufer eines Sportgeschäftes in Wien hat mir bestätigt, dass auch bei uns die Spieler Holzschläger verwenden.

Leider werden diese widerstandsfähigen Geräte aufgrund ihrer keulenartigen Form auch nicht selten von brutalen Schlägern zum Einsatz gebracht. Juristisch gesehen gelten Baseballschläger aber nicht automatisch als Waffen. Sehr wohl aber, wenn sie mit dem Vorsatz, jemand damit zu verletzen oder gar zu töten, verwendet werden."

„Wie in unseren Fällen", warf Clemens ein.

„Ja, genau, wie in unseren Fällen", erwiderte Maria und wurde dabei sehr nachdenklich. „Die Verletzungsmuster decken sich in allen drei Fällen. Es besteht kein Zweifel, dass alle drei Tötungsdelikte mit derartigen Schlägern verübt wurden. Ist unser Täter ein übler Schläger oder womöglich sogar ein Mitglied eines Baseballvereines? Was meinst du, Clemens?"

„Tja, wenn ich das nur wüsste. Wenn er ein Sportler ist, lässt sich sogar ein Zusammenhang daraus ableiten. Auch die Opfer waren Sportler. Sogar talentierte Leistungssportler mit guten Zukunftsprognosen."

„Genau das wollte ich von dir hören. Ich hab auch in diese Richtung gedacht. Vielleicht ist gerade das ein Puzzleteilchen, das wir einsetzen können. Noch ein paar davon und schon könnte ein Bild daraus entstehen. Was ist unser nächster Schritt?", wollte sie Clemens weiter fordern, alles zu geben und flexibel zu denken.

„Ich schlage vor, wir hören uns zuerst einmal an, was die anderen in Erfahrung bringen konnten und beschließen dann gemeinsam die weitere Vorgehensweise."

„Bingo, Herr Kollege! Genauso machen wir es", gab sich Maria wieder ein wenig entspannter. In ihren Augen spiegelten sich Zuversicht und der unbändige Wille, dem Mörder schon bald auf die Spur zu kommen.

„Du, Maria. Chefin!"

„Ich weiß, was jetzt kommt", kam es spontan von Meister. Ihr Blick verriet Weber, dass sie ihn durchschaut hatte.

„So, du weißt das? Hast du hellseherische Fähigkeiten?" Clemens grinste schelmisch.

„Du hast Durst! Vielleicht sogar auch Hunger? Mit Sicherheit aber verspürst du einen unglaublichen Drang, nach einem so schweren Arbeitstag irgendwo in St. Pölten, bevor wir ins LKA einrücken, ein Bierchen mit mir zu trinken. Stimmt´s oder habe ich Recht? Ja oder ja?

„Du bist unglaublich", erwiderte Clemens und „ich fühle mich von dir geröntgt. Kannst du in mein Gehirn sehen?"

„Nein, aber in dein Gesicht."

„Wie, in mein Gesicht?", fragte er verdutzt und war überzeugt, dass er sich nicht mit der Zunge verräterisch über die Lippen geleckt hatte.

„Die Sprünge haben dich verraten, Herr Bezirksinspektor. Die Sprünge!"

„Welche Sprünge denn?"

„Die in deinem Gesicht!", antwortete Maria und wusste, dass sie nicht mehr lange dem Drang, lauthals loszubrüllen, standhalten konnte.

„Du bist derart ausgetrocknet, dass dein Gesicht Sprünge bekommen hat. Aus diesem Grund weiß ich, dass du nach einem Bierchen lechzt. Capito? Los, fahr schon und such uns ein lauschiges Plätzchen. Ich hab auch Durst, und wenn ich´s mir recht überlege, könnte ich auch ein Häppchen vertragen."

Obwohl Clemens die Pointe mit den Sprüngen in seinem Gesicht nicht wirklich verstanden hatte, hatte er eines sehr wohl kapiert. Maria war einverstanden, dass sie den Dienst bei einem Getränk ausklingen lassen wollten.

„Ich wünsche euch einen schönen guten Morgen", begrüßte die Chefinspektorin ihre Kollegen bei der morgendlichen Kurzbesprechung.

„Bitte entschuldigt, ich sehe heute bestimmt ein wenig gerupft aus. Ich muss ehrlich zugeben, es geht mir auch nicht besonders gut."

„Bist du krank, Maria?", fragte Hammerl besorgt.

„So könnte man es ausdrücken. Zumindest dann, wenn Hammerwerfen in der Gedächtnishalle und leichter Schwindel als Krankheiten durchgehen. Ich gestehe meine Schuld", erwiderte sie leiser als gewohnt.

„Was ist denn mit ihr heute los?", fragte Renate Pall den stellvertretenden Leiter der Mordgruppe. Peter hatte keine Ahnung.

„Die Chefin ist unpässlich", schmunzelte Clemens Weber und „sie verträgt halt nichts", ergänzte er mit unübersehbarer Schadenfreude.

Nur einen interessierte das alles nicht. Siegfried Mord konnte es kaum mehr erwarten, das Ergebnis seiner Ermittlungen im Zuge der Teambesprechung zu präsentieren. Dass Meister offensichtlich einen ausgewachsenen Kater hatte, war für ihn nicht schwer zu erkennen, und er war ein wenig verwundert, dass das den anderen nicht sogleich aufgefallen war.

„Clemens und ich haben gestern nach unserem mehr oder weniger erfolglosen Ermittlungstag noch eine ausführliche Nachbesprechung abgehalten. Sie war wohl ein wenig zu ausführlich, wenn ihr wisst, was ich meine. Ich bin halt auch nur ein Mensch. Vor allem aber bin ich keine dreißig mehr! Dass dieser Kerl“, sie deutete gespielt abschätzig auf Clemens, „ein geübter Trinker ist, habe ich nicht wissen können. Aber solange sich derartige Abstürze nicht häufen“ – sie blickte kurz zu Peter – „sind sie nur ein Beweis dafür, dass wir alle nur Menschen sind. Der gestrige Ermittlungstag ist leider nicht zu unserer Zufriedenheit verlaufen, sodass wir bei einem Abendessen und vermutlich einigen Bierchen zu viel, durch Supervision versucht haben, uns unsere seelischen Wunden ob des Misserfolges zu lecken. Man könnte es vereinfacht auch so ausdrücken, dass wir unser beider großen Frust in Alkohol ertränkt haben. Mich ärgert dabei nur, dass Clemens offensichtlich so einiges verträgt und ich nun wie ein gescholtener Hund leide“, erklärte die Chefin den Kollegen ihre Nachwehen einer beinahe durchzechten Nacht. Sie war erst um halb vier Uhr früh ins Bett gekrochen.

Tatsächlich hatten sie und Clemens sich bei einigen geistigen Getränken all ihren aufgestauten Frust von der Seele geredet.

„Wobei ich auch schon bei der Berichterstattung unserer gestrigen Recherchen wäre“, sagte Maria wieder völlig sachlich. Schon ihr Blick verriet, dass ihr und Clemens der große Durchbruch verwehrt geblieben war.

„Leider haben sich keine aufklärungsrelevanten Erkenntnisse ergeben. Doch, eine Kleinigkeit vielleicht. Der Täter konnte sich die Tatwaffe, einen Baseballschläger, von denen er anscheinend mehrere zur Auswahl hatte, ganz leicht besorgen. Man kann sie problemlos in jedem x-beliebigen Sportgeschäft kaufen. Er kann natürlich auch den Baseballsport selbst ausüben und von seinem Verein das Sportgerät bekommen haben. Wir können nicht alle Menschen, die diese Sportart in Österreich ausüben, ohne weitere Anhaltspunkte dahingehend überprüfen. Außerdem ist es nicht strafbar, einen derartigen Schläger zu besitzen.

Wie sieht es bei euch aus?“, fragte sie Hammerl und Pall mit erwartungsvollem Blick.

„Wenn Erfolglosigkeit die Kriterien für einen Saufabend wären, hätte ich heute auch einen Brummschädel“, antwortete Peter mit einem breiten Grinsen.

„Ach, Maria“, begann Renate. „Auch ich habe eine Zeit lang gebraucht, mich von all den Eindrücken der gestrigen Ermittlungen, aber auch von der Enttäuschung, nicht weitergekommen zu sein, abzulenken. Bei mir war es aber nur ein gutes Buch, das ich endlich fertiggelesen habe. Bis weit nach Mitternacht! Das macht wenigstens keine Kopfschmerzen“, fügte sie triumphierend an.

„Das große Leid der Eltern geht einem schon sehr nahe. Auch wenn Brigadier Müller versucht, den Harten zu mimen; in seinem Innersten wird auch er eine schmerzende Trauer um seinen einzigen Sohn verspüren, denke ich."

„Das hast du jetzt aber schön ausgedrückt, Renate. Ich denke, wir beide werden mal einen Mädels-Abend verbringen und uns gegenseitig unser Leid klagen", sagte Maria und legte ihre Hand für einen kurzen Moment auf Renates Schulter.

„Wie es aussieht, kommen wir einfach nicht weiter", fuhr Meister fort. „Außer … außer …" Sie blickte hoffnungsvoll zu Siegfried Mord. „Außer du, Sigi, sagst uns jetzt, dass du den Täter bereits in die U-Haft überstellt hast. Das war natürlich ein Scherz", setzte sie sogleich nach. „Wie ist es dir bei deinen Kfz-Überprüfungen ergangen?"

„Die Sache ist die", begann Mord wohlüberlegt und beinahe emotionslos. „Es waren insgesamt drei VW Käfer älteren Baujahres, die für eine genauere Überprüfung infrage kamen. Zwei davon waren bereits abgemeldet. Der eine, der auch farblich übereinstimmte, er war dunkelblau, ist bereits vor einem Jahr der Schrottpresse zum Opfer gefallen. Ich hab mir vom ehemaligen Besitzer die Bestätigung, die der Schrotthändler ihm ausgestellt hatte, zeigen lassen. Er gab an, es sei ihm sehr schwer gefallen, seinen ehemaligen fahrbaren Untersatz, mit dem ihn unzählige schöne Jugenderinnerungen verbanden, zu einem Würfel Schrott pressen zu lassen. Die Bestätigung hat er nur deshalb aufbewahrt, weil es für ihn so etwas wie eine Sterbeurkunde sei, sagte er mit glasigen Augen."

Peter Hammerl rollte mit den Augen und musste sich sehr zusammenreißen, Mord nicht zu sagen, dass niemand im Raum die Lebensgeschichte eines VW Käfer oder seines ehemaligen Besitzers interessierte. Die vor Kurzem verabreichte Kopfwäsche von Meister bewog ihn jedoch dazu, weiterhin kommentarlos den Ausführungen des jungen Kollegen mehr oder weniger zu lauschen.

„Der zweite Oldtimer, der bereits vor vier Jahren behördlich abgemeldet wurde, stand aufgebockt und ohne Räder in einem alten Schuppen eines betagten Landwirte-Ehepaares in Perchtoldsdorf an der Grenze zu Brunn am Gebirge und war bereits längst einem langsamen Rost-Tod erlegen. Eine Inbetriebnahme dieses Vehikels ist undenkbar. Schon gar nicht durch einen der beiden betagten Bauersleute.

„Sigi, vielleicht erwähnst du all diese genauen Recherchen und deine wohlüberlegten Gedankengänge später einmal in einem von dir geschriebenen Buch, aber jetzt und heute ersuche ich dich, uns nur kurz zu informieren, ob sich bei deinen Ermittlungen ein Ansatz ergeben hat, an den wir anknüpfen können", waren nun auch Maria die blumigen Ausführungen ihres intelligenten Schützlings zu viel geworden. „Ansonsten gehen wir von der Morgenbesprechung nahtlos in die Mittagspause über", fügte sie an.

„Oh, Entschuldigung bitte. Ich wusste nicht, dass eine Kurzform auch genügt. Also zwei Mal negativ, eine Überprüfung morgen", erwiderte Mord ernst.

„Wieso erst morgen?", fragte Maria.

„Weil mit dem Mann, auf den das Auto zugelassen war, nichts anzufangen war."

„Wieso nicht?"

„Also doch die Langversion?", war Sigi offenbar ein wenig eingeschnappt.

„Ja bitte!", versuchte Maria trotz Müdigkeit und Kopfschmerzen, Mord ein Lächeln zu schenken.

„Der gute Mann wohnt in Maria Enzersdorf, in einem dem Verfall geweihten, uralten kleinen Häuschen. In einer ziemlich von Gott verlassenen Gegend. Ich musste ungefähr eine Viertelstunde mit den Fäusten gegen die Haustür und in der Folge gegen das Fenster hämmern."

„Wahrscheinlich war niemand zu Hause", erlaubte sich Pall einen kichernden Zwischenruf.

„Doch, doch!", hatte Sigi deutlich wieder an Fahrt aufgenommen und zelebrierte förmlich seine Ausführungen. „Ich hatte ihn durch ein verdrecktes kleines Fenster verkrümmt auf einer Eckbank liegend gesehen und schon befürchtet, der Mann sei tot. So, wie ich geklopft und geschrien habe! Irgendwann hat er mich dann doch gehört und ist schwankenden Schrittes zum ebenerdig gelegenen Fenster gekommen."

„Sigi! Bitte!", konnte sich Hammerl nicht verkneifen, nun doch noch seinen Unmut über die nicht enden wollenden Ausführungen zu bekunden.

„Was ist?"

„Glaubst du allen Ernstes, auch nur einer von uns hätte angenommen, dass sich das Fenster im ersten oder gar im zweiten Stock befunden hatte? Wo du doch so ausführlich geschildert hast, wie du dagegen gehämmert hast."

„Das freut mich sehr!", erwiderte Mord.

„Was erfreut dich?“, fragte Meister und hoffte, dass die Ausführungen bald ein Ende finden würden. Dennoch wollte sie dem ehrgeizigen jungen Kollegen nicht das Gefühl geben, er dürfe sich nicht so einbringen, wie er es gerne wollte. Noch dazu, wo all seine Schilderungen Hand und Fuß hatten. Maria wusste, wenn er das Team auf Dauer unterstützen würde, müsste sie diesbezüglich noch ein richtungsweisendes Gespräch mit Siegfried Mord führen.

„Dass Peter noch nicht eingeschlafen ist und mitdenkt, was ich von mir gebe. Das freut mich. Aber ich weiß, es war schon immer eine Angewohnheit von mir, alles zu zerreden. Bitte entschuldigt. Ich komme schon zum Ende.

Dieser Mann war stockbesoffen.“

„Warum siehst du mich dabei an?“, fragte Maria und erzeugte dadurch schallendes Gelächter bei den übrigen Anwesenden.

„Habe ich das? Das hat bestimmt keinen Grund, Frau Chefin, Maria. Ehrlich!“

„Schon gut, Sigi, weiter!“

Er torkelte zum Fenster und öffnete es. Seine Alkoholfahne hat mich fast umgehauen. Auf all meine Fragen nach einem VW Käfer bekam ich stets die gleiche lallende Antwort.“

„Und? Die wäre?“, fragte nun Clemens, und war ebenfalls bereits mehr als genervt. Auch er hatte vergangene Nacht nicht länger geschlafen als Meister.

„Morgen. Er sagte immer nur: Morgen! Glaubt mir, es hätte keinen Sinn ergeben, mit dieser Rauschkugel in eine weitere Konversation einzutreten“, beendete Siegfried Mord seine elendslangen und stets gut formulierten Ausführungen.

Die Mordermittler waren froh, dass die Besprechung doch noch ein Ende gefunden hatte. Sie waren überzeugt, mit zwei, drei Sätzen hätte man die Kernaussage von Mords Schilderungen spielend leicht treffen können.

„Gut, Sigi, danke“, sagte Meister. „Dann ersuche ich dich, diesem Mann heute nochmals auf den Zahn zu fühlen und hoffe, du findest ihn dieses Mal in einem ansprechbaren Zustand vor. Möchtest du, dass jemand mitfährt?“

„Das muss absolut nicht sein. Zum einen ist der Mann bestimmt nicht gefährlich und zum anderen bringe ich es bestimmt alleine fertig, ihn nach seinem roten VW Käfer zu befragen, der laut Zulassungsbehörde bereits seit fünf Jahren amtlich abgemeldet ist. Wer weiß, ob er die Schrottkiste überhaupt noch hat? Im Computer habe ich den Vermerk ´Kennzeichendiebstahl` gesehen. Ich vermute, dass seine Kennzeichentafeln gestohlen wurden oder er diese verloren und danach das Auto abgemeldet hat. Er wird mich heute hoffentlich darüber aufklären“, sagte Mord voll Zuversicht und meldete sich bei seiner Chefin ab.

12

Drei Jahre zuvor…

Ein Großaufgebot von Polizei, Rettung und Feuerwehr sperrte die Unfallstelle auf der Bundesstraße in Richtung Maria Enzersdorf.

Um sechzehn Minuten nach Mitternacht ging bei der Bezirksleitzentrale der Polizei der Notruf ein, dass sich auf der B13, wenige Kilometer vor Maria Enzersdorf ein Verkehrsunfall mit einem Moped ereignet habe. Weitere Angaben machte der männliche Anrufer, der offenbar die Sim-Karte aus seinem Handy entfernt hatte, nicht, und unterbrach die Verbindung. Offensichtlich wusste er, dass die Beamten nur so seine Telefonnummer nicht auf dem Display sehen konnten.

Die Sektorenstreife der Polizei hätte die Unfallstelle beinahe übersehen. Lediglich kleine Fahrzeugteile, ein zerbrochenes Scheinwerferglas sowie ein dunkler Fleck von ausgelaufenem Benzin und Schmieröl deuteten auf einen Zusammenprall von Fahrzeugen am äußersten rechten Fahrbahnrand hin. Im Straßengraben lag ein völlig demoliertes Moped.

„Da hat´s ordentlich gekracht“, sagte ein Beamter zu seinem Kollegen. Vom Lenker des Mopeds fehlte vorerst jede Spur, sodass die Polizisten vermuteten, er habe das Weite gesucht.

„Komm mal schnell hierher!“, rief der Patrouillenkommandant nach seinem jungen Kollegen, der gerade die Fahrbahn vergeblich nach Bremsspuren absuchte.

Im Lichtkegel der Stablampe trat die ganze Tragik dieses Verkehrsunfalles zutage. Gut zehn Meter weiter lag ein lebloser männlicher Körper mit verdrehten Gliedmaßen und dem Gesicht nach unten in der feuchten Wiese. Man musste kein Arzt sein, um zu erkennen, dass es für den jungen Mann keine Hilfe mehr gab. Aus Mund, Nase und Ohren war eine große Menge Blut ausgetreten und hatte sich mit dem Erdreich zu einem dunklen feuchten Fleck vermischt. Die Hoffnung des Beamten, zumindest noch einen schwachen Pulsschlag zu ertasten, erfüllte sich nicht. Er befreite die Mundhöhle des Unfallopfers von Erde und strich sanft über beide Augenlider, um die weit aufgerissenen, ins Leere starrenden Augen zu schließen.

„Ist er tot?“, fragte der junge Polizist und befürchtete, soeben seine erste Leiche in seiner noch so kurzen Dienstzeit zu sehen.

„Mausetot, leider!“, antwortete sein erfahrener Kollege und bekreuzigte sich. Wenige Minuten danach trafen ein Notarztwagen und zwei Einsatzfahrzeuge der Feuerwehr an der Unfallstelle ein. Die engagierten jungen Burschen der freiwilligen Feuerwehr suchten mit grellem Scheinwerferlicht ihrer Speziallampen die gesamte Fahrbahn im Bereich des Geschehens ab. Fieberhaft versuchten die Polizisten, verwertbare Spuren zu entdecken. Ein großes Stück Scheinwerferglas mit einer integrierten Kennzahl sowie blaue Lacksplitter, die offensichtlich von dem am Verkehrsunfall beteiligten Pkw stammten, schürten die berechtigte Hoffnung, des geflüchteten Pkw-Lenkers habhaft zu werden. Bereits der erste Augenschein ließ die Vermutung zu, dass der junge Bursche mit seinem Moped mit voller Wucht ungebremst von hinten gerammt worden war.

„Er dürfte auf der Stelle tot gewesen sein. Genickbruch", sagte der Notarzt ein wenig betreten. Dass auch sein jüngerer Sohn sechzehn Jahre alt war und seit Kurzem ein Moped besaß, behielt er für sich.

„Du entnimmst bitte vorsichtig die kleine Glühbirne vom Rücklicht und packst sie am besten in eine kleine Schachtel", wies der Streifenkommandant seinen Kollegen an. „Schau mal her", beorderte er ihn zu sich und zeigte auf den in ON-Stellung befindlichen Lichtschalter des schwer beschädigten Mopeds. Schon erhellten zwei Blitze vom Polizei-Fotoapparat die stockdunkle Nacht.

„Es ist sehr wichtig, alle Beweise zu sichern", instruierte er den jungen Polizisten. „Hinterher gibt es bei Gerichtsverhandlungen immer wieder die Streitfragen, ob zum Beispiel, wie in diesem Fall, der Lenker des Mopeds das Licht ein- oder ausgeschaltet hatte. Die Spezialisten der KTU werden das anhand des Glühbirnchens beziehungsweise der Glühwendel feststellen. Dass die Schalterstellung anzeigt, dass der Junge sehr wohl das Licht eingeschaltet hatte, ist noch kein Garant dafür, dass die Glühbirne auch tatsächlich geleuchtet hat. Für die Verschuldensfrage ist das natürlich von immenser Bedeutung", beendete er die Lehrstunde für seinen jungen Kollegen.

„Was ist, wenn der Autolenker betrunken war?", wollte dieser wissen.

„Genau das ist das Problem. Wenn du mich fragst, hat der Gesetzgeber hier völlig unverhältnismäßige Strafrahmen für die Delikte der Fahrerflucht und Alkohol am Steuer festgesetzt. Ich frage mich oft, wie praxisfremd diese gewählten Mandatare eigentlich sind, die derartige Gesetze beschließen!“, steigerte sich der Streifenpolizist, der sich lieber heute als morgen den Ruhestand herbeisehnte, mehr und mehr in einen Zustand negativer Erregung.

„Ich weiß ganz genau, was du damit sagen willst“, erwiderte sein junger Kollege. „Wir haben genau über dieses Thema in der Polizeischule diskutiert. Aus der Sicht eines alkoholisierten Unfalllenkers ist es das Beste, wenn er abhaut. Die Strafe für Fahrerflucht nach Paragraf vier der Straßenverkehrsordnung ist wesentlich geringer als jene, die das Gesetz für das Lenken eines Fahrzeuges in alkoholisiertem Zustand, also nach Paragraf fünf, vorsieht. Ganz drastisch wirkt es sich aber bei einem Verkehrsunfall mit Verletzung oder wie in diesem Fall mit Todesfolge aus“, brillierte der junge Polizist mit einem überzeugenden Fachwissen.

Die Unfallaufnahme war ohnehin abgeschlossen und die Beamten mussten auf die Bestatter warten, die den Leichnam des jungen Mannes in das gerichtsmedizinische Institut zu überführen hatte. Eine Obduktion wurde gerichtlich angeordnet.

„Bei einer fahrlässigen Tötung, wie bei nahezu allen Verkehrsunfällen, bei denen ein Mensch ums Leben kommt, ist die mögliche Höchststrafe mit einem Jahr Freiheitsentzug bemessen. In der Praxis kommt der schuldhafte Lenker aber mit einer Geldstrafe davon“, sagte der Jüngere. Es bereitete ihm offensichtlich Freude, sein Wissen kundzutun.

Sein betagter Kollege hätte lieber im Streifenwagen ein wenig seine Augen geschlossen und die Lehne des Beifahrersitzes waagerecht gestellt, um so in einer Ruheposition auf die Bestatter zu warten. So aber lauschte er den Worten seines Kollegen, die eher einem Vortrag in Verkehrsrecht glichen, und bestätigte seine Ausführungen fallweise mit einem zustimmenden Nicken.

„Ist der schuldhafte Lenker aber alkoholisiert", fuhr er fort, „dann wurde das Vergehen unter besonders gefährlichen Verhältnissen begangen und es drohen ihm maximal drei Jahre Knast. Die gängige Praxis lässt derartige Alkoholtäter schon mal für eine halbes oder gar für eine Jahr hinter schwedischen Gardinen landen. Wenn du mich fragst, ist das immer noch viel zu gering."

„Wem sagst du das alles?", fragte der Ältere. „Genau das ist es, wovon ich spreche. Wenn wir dieses Schw…, diesen fahrerflüchtigen Lenker nicht bald ausforschen können, wird ihm eine mögliche Alkoholisierung zum Zeitpunkt des Verkehrsunfalles nur schwer nachzuweisen sein. Ist ihm dann auch noch eine hundertprozentige Schuld am Unfall nicht nachzuweisen, dann ist ein junger Mensch ums Leben gekommen, ohne dass die Tat jemals gesühnt wird. Hast du dir den Sturzhelm angesehen?"

„Nicht nur angesehen", antwortete der junge Polizist, der alles sehr spannend fand, mit Stolz. „Er wurde ihm offensichtlich beim Sturz vom Kopf geschleudert. Der Kinnriemen ist gerissen. Der Helm lag exakt vier Meter und fünfzig Zentimeter südwestlich vom Unfallopfer. Ich habe es ausgemessen und alles fotografisch gesichert."

„Du bist gut, mein Junge. Schön, mit dir Streife zu fahren!"

„Danke, das kann ich nur zurückgeben", antwortete er, als endlich ein Wagen des Bestattungsdienstes eintraf.

„Jetzt kommt der traurigste Teil unserer Pflichten“, sagte der Patrouillenkommandant, beinahe so, als fürchtete er sich davor, den Angehörigen des Verunglückten die Todesnachricht zu überbringen. Den Namen und die Adresse hatten sie aus einem Ausweis des Toten erfahren.

In der Zwischenzeit hatte sich ein Beamter auf der Polizeiinspektion hinter den Computer geklemmt und anhand der Kennzahl am aufgefundenen Scheinwerferglas den einzigen Fahrzeughalter eines im oberen Preissegment angesiedelten blauen Cabrio-Sportflitzers jener Type und Marke, die der Computer für den gesamten Bezirk ausgespuckt hatte, ermittelt.

Johann Schinnerl nahm die Nachricht über den Tod seines Sohnes Karl um halb drei Uhr nachts mit beinahe stoischer Ruhe zur Kenntnis. Die Frage der Beamten, ob er ärztlichen Beistand brauche oder sonst noch jemand zu verständigen sei, verneinte er.

Als die Beamten die Tür hinter sich zu zogen, öffnete Schinnerl den Kühlschrank, entnahm daraus einige Flaschen Bier und betrank sich hemmungslos. Schwerstens alkoholisiert von unzähligen Bieren, die er abwechselnd mit Schnäpsen in sich hineinschüttete, fiel er im Morgengrauen in einen dämmerartigen Zustand.

Doktor Manfred Wegener öffnete trotz mehrmaligem Läuten der Polizeibeamten nicht. Sein Sohn Sascha konnte als Halter des geflüchteten Fahrzeugs ermittelt werden. Seine

Wohnadresse war ident mit der seines angesehenen Vaters, in der nobelsten Wohngegend von Mödling.

Die Wegeners wohnten nur zwei Parallelgassen von Albert und Natascha Müller entfernt. Die leicht eruierbare Telefonnummer des bekannten Rechtsanwaltes verhalf den Beamten ebenso nicht zum erwünschten Erfolg. Während sich beim Festnetzanschluss ein Anrufbeantworter einschaltete, war das Handy von Doktor Wegener offensichtlich abgeschaltet. Saschas Nummer war in keinem Verzeichnis zu finden. Unverrichteter Dinge mussten die Beamten von dannen ziehen.

„Siehst du, jetzt tritt genau das ein, wovon wir vorhin gesprochen haben", sagte der ältere Polizist müde und frustriert. „Ich bin fest davon überzeugt, dass das Unfallauto in einer der drei Garagen auf diesem Riesengrundstück steht. Morgen werden wir dem Lenker eine Alkoholisierung kaum nachweisen können."

Vom riesigen Einfahrtstor aus konnte man auf dem gut zweitausend Quadratmeter großen Grundstück neben der großen Villa noch ein Nebengebäude und drei Garagen sehen.

„Staranwalt müsste man sein", kam es ein wenig abwertend vom jungen Polizisten. „Ich denke, das war es dann für heute."

Die Beamten setzten sich enttäuscht in den Streifenwagen und rückten auf die Dienststelle ein. Sie wussten, dass sie sich nichts vorzuwerfen hatten. Ihren Job hatten sie nach bestem Wissen vorschriftsgemäß erledigt. Dass die weiteren Ermittlungsschritte gegen den Sohn des erfolgreichen Rechtsanwaltes alles andere als angenehm werden würden, war ihnen bewusst.

Rechtsanwalt Wegener meldete sich gegen Mittag des nächsten Tages telefonisch bei der Polizeiinspektion Mödling. Er gab an, sein Sohn habe ihm soeben mitgeteilt, dass sein Auto vergangene Nacht in Wien gestohlen worden sei. Er und sein Sohn Sascha wären zu Hause erreichbar. Auf die Polizeiinspektion zu kommen, lehnte der Anwalt ab.

Zwanzig Minuten später fuhr ein Streifenwagen beim noblen Anwesen der Wegeners vor. Nichts von dem, was Sascha Wegener den Beamten erzählte, erschien ihnen glaubhaft. Dass er in Wien gewesen und nur kurz aus seinem Fahrzeug gestiegen sei, um seine Notdurft zu verrichten, während sich ein Unbekannter hinter das Steuer setzte und mit dem Wagen das Weite suchte, war nach Ansicht der Beamten ebenso eine Lüge wie die Behauptung, dass der Anwaltssohn den Rest der Nacht irgendwo in Wien verbracht und bei einer Zufallsbekanntschaft, deren Namen und Adresse er nicht kannte, bis vor einer Stunde geschlafen hatte. Dennoch wussten sie, dass sie gefordert waren, ihm das Gegenteil zu beweisen. Fragen, warum er nicht sogleich die Polizei verständigt hatte, beantwortete er stets mit ihm offensichtlich eingebläuten Worten: „Das weiß ich nicht.“

Wie es aussah, hielt ein einziger Vorwurf, den sich Sascha Wegener gefallen lassen musste und auch nicht bestritt: Er hatte den Zündschlüssel nicht abgezogen, als er sich vom Fahrzeug entfernte und somit den angeblichen Diebstahl des Wagens ermöglicht.

Dass in Wahrheit er es war, der für den Tod des jungen Karl Schinnerl verantwortlich und nach dem von ihm verursachten Unfall geflüchtet war, war für die Polizisten eine Tatsache. Beweisen konnten sie ihm jedoch nichts.

Mit seinem Vater als Rechtsbeistand an seiner Seite, der ihm stets vorgab, was er zu sagen und wann er zu schweigen hatte, erreichten sie vor Gericht für die Anschuldigung der fahrlässigen Tötung einen glatten Freispruch. Ebenso konnte ihm das Lenken eines Fahrzeuges in alkoholisiertem Zustand nicht nachgewiesen werden. Sein Mannschaftskollege Dominik Boksic hatte den Polizeibeamten bei seiner Befragung verschwiegen, dass Sascha bei der Meisterfeier sturzbetrunken war und sich vermutlich selbst hinters Steuer setzte, als er vorzeitig die Feier verließ. Dass Doktor Wegener ihn kontaktiert und gedroht hatte, er werde ihn wegen Verleumdung drankriegen, sollte er diesbezügliche Aussagen machen, behielt er ebenso für sich. Er hatte nicht gesehen, dass Sascha das Fahrzeug tatsächlich in Betrieb genommen hatte.

Eine geringe Geldstrafe wegen einer Verwaltungsübertretung für Sascha, weil er sein Fahrzeug nicht vor dem Gebrauch Unbefugter gesichert hatte, bezahlte Manfred Wegener aus der Portokasse.

Wer Saschas havarierten Pkw in einem Waldstück nahe bei Wien abgestellt hatte, konnte niemals eruiert werden. Die ermittelnden Polizisten hatten in Wahrheit auch nicht damit gerechnet. Für sie stand fest, wer das Fahrzeug dorthin gebracht hatte. Nur Senior oder Junior Wegener oder ein von ihnen Beauftragter kamen nach ihren Überlegungen dafür infrage. Zu ihrem großen Leidwesen fehlte es aber an nötigen Beweisen. Dass auf dem Lenkrad von Saschas Sportflitzer nur seine Fingerabdrücke gefunden werden konnten, erklärte Doktor Wegener damit, dass heutzutage bereits jeder Hendldieb Handschuhe trage. Auch, dass die Einstellung des Fahrersitzes haarscharf für die Größe seines Sohnes passte, war kein Beweis dafür, dass er den Verkehrsunfall, bei dem Karl Schinnerl getötet worden war, verursacht hatte. Der vermeintliche Autodieb konnte durchaus gleich groß gewesen sein wie Sascha Wegener, musste auch das Gericht zur Kenntnis nehmen.

Der Tod des am Unfall völlig unschuldigen Karl Schinnerl sollte vor einem irdischen Gericht ungesühnt bleiben.

13

Bei den Mordermittlern herrschte große Aufgeregtheit. Offensichtlich hatte der „Baseball-Schläger-Mörder", wie er intern bereits genannt wurde, ein weiteres Mal brutal zugeschlagen. Dieses Mal in Favoriten, im 10. Wiener Gemeindebezirk. Sie wurden von den Wiener Kollegen informiert, dass vergangene Nacht ein junger Bursche vor einem heruntergekommen Beisel, in dem vorwiegend Personen fremder Nationalitäten verkehren, auf brutalste Art und Weise zusammengeschlagen worden war.

Maria Meister wurde schnell klar, warum die Kollegen aus Wien einen Zusammenhang mit den ungeklärten Morden an jungen Leistungssportlern in Niederösterreich vermuteten. Zum einen hatte der unbekannte Täter die Tatwaffe, einen Baseballschläger, auf der Flucht verloren oder weggeschmissen, und zum anderen war das Opfer, das mit schwersten Kopfverletzungen im Spital ums Überleben kämpfte, ein talentierter Nachwuchsboxer aus Wien.

Oberst Schauer wollte auf höherer Ebene regeln, dass das Team Meister zusammen mit den Wiener Kollegen die Ermittlungen führte. Er ortete diesbezüglich keinen Gegenwind. Auch dann nicht, wenn Maria das Kommando übernahm.

Das türkischstämmige Opfer, Akgün Kadem, war österreichischer Staatsbürger, neunzehn Jahre alt, beschäftigungslos und boxte in einem Boxverein in Favoriten. Der Wirt des berüchtigten Lokals gab an, dass der Junge bis zwei Uhr früh in seinem Lokal gewesen sei. Die meiste Zeit habe er damit verbracht, mit anderen Jungs Darts zu spielen. Der Spieleinsatz sei jeweils ein Getränk gewesen. Als er das Lokal als letzter Gast mäßig betrunken verlassen habe, sei alles in bester Ordnung gewesen, habe der korpulente und ein wenig lispelnde Wirt den ersterhebenden Beamten der Nachtstreife erzählt.

Die Wiener Kriminalbeamtin, die telefonisch Maria besonders ausführlich berichtete, fügte noch hinzu, dass man bei diesem ekeligen Gastwirt trachten müsse, nicht unmittelbar in der Schusslinie seiner feuchten Aussprache zu stehen. Überdies stinke er aus dem Maul nach faulen Eiern. Sie habe schon einmal mit ihm dienstlich zu tun gehabt.

Plötzlich habe er vor dem Lokal laute Stimmen und sogleich danach Lärm, der vermutlich von Schlägen herrührte, vernommen. Da es öfters vorkomme, dass sich zwei oder auch mehr Halbstarke in die Haare bekommen und nicht selten tätlich aufeinander losgehen, habe er sich keine großartigen Gedanken gemacht. Außerdem sei er hundemüde gewesen und habe sich sogleich nach dem Schließen des Lokals und dem nur kurz andauernden Krach in seine Wohnung ins Obergeschoß des Gebäudes zurückgezogen. Seine Frau bestätigte die Angaben des Wirtes. Auch sie habe den Lärm vor dem Lokal in ihrem Schlafzimmer im ersten Stock vernommen, jedoch sei sie ebenfalls zu müde gewesen, ihr Bett zu verlassen, um nachzusehen, was unten auf der Straße vor sich ging.

Erst nachdem Maria diese ersten erschöpfenden Informationen telefonisch von ihrer Wiener Kollegin erhalten hatte, fragte sie vorsichtig: „Bist du es, Rita? Rita Kollmann?

„Kollmann heiße ich zwar nicht mehr. Seit meiner Heirat höre ich auf Koller. Ist ohnehin ähnlich. Ich wollte dich nicht gleich mit der Geschichte, dass wir als erste Frauen bei der Polizei in Österreich gemeinsam die Grundschulbank gedrückt haben, überfallen. Aber Meister, Maria Meister, hat bei mir sofort die Alarmglocken läuten lassen. Ja, ich bin es. Servus Maria! Ich hab schon gehört, dass du Karriere gemacht hast. Chefin beim LKA, das hört sich nicht schlecht an."

„Naja, Chef beim LKA ist unser Oberst, aber die Mordgruppe leite ich. Das ist richtig. Und du? Erzähl mal. Wie geht es dir? Ich hab ja eine Ewigkeit nichts mehr von dir gehört, Rita. Geht's dir gut?"

„Gut wäre übertrieben. Ich denke, wir treffen uns und quatschen ein wenig über alte Zeiten. Wo wir noch jung und knusprig waren." Rita lachte verhalten ins Telefon. „Ich bin leider nie dazu gekommen, mich dienstlich nach oben zu arbeiten. Familie, zwei Kinder. Jetzt hab ich den Scheiß, hier in Favoriten. Dem elendsten aller Bezirke. Nichts als Ausländergesindel. Aber das darf man ja gar nicht laut sagen, sonst kriegt man noch eine Belehrung oder gar eine Anzeige, weil man ausländerfeindlich gesinnt ist. Ich sage dir, Maria, diese Kanaken! Sie machen mit einem, was sie wollen, und wenn du dann so einen Halbstarken, der ohnehin nur in der Gruppe glaubt, er sei der Größte, etwas härter anfasst, droht er mit Beschwerde und Anwalt. Weit sind wir gekommen. Nie wieder würde ich diesen Job wählen. Niemals! Da putz ich lieber die Toiletten in einem noblen Restaurant. Da bekommt man wenigstens Trinkgeld und kann in erleichterte Gesichter blicken. Zumindest nach dem Geschäftsgang, wenn du weißt, was ich meine."

Maria hätte sich schon längst bei Schauer in seinem Büro einfinden sollen, aber sie spürte, dass Rita Kollmann, die jetzt Koller hieß, dringend einen Blitzableiter brauchte. Jemanden, der ihr zuhörte und von dem sie annahm, er könne sie verstehen. Bis zu einem gewissen Grad konnte Maria ihre Polizei-Schulkollegin aus dem ersten Kurs, bei dem auch das weibliche Geschlecht zugelassen war, verstehen. Wenngleich sie wusste, dass ihre Arbeit als Leiterin der Mordgruppe nichts, aber auch schon rein gar nichts mit dem schwierigen Polizeialltag in Wien, dazu noch in Favoriten, zu tun hatte.

Maria machte Rita den Vorschlag, am nächsten Tag nach Wien zu kommen. Sie wollte ohnehin das Opfer im Spital besuchen und vor allem mit dem behandelnden Spitalsarzt sprechen. Und sie musste den Tatort inspizieren.

„Entschuldige bitte, Herr Oberst. Ich hatte ein längeres Telefonat", rechtfertigte Maria ihr spätes Eintreffen.

„Ich bitte dich, das ist doch kein Beinbruch." Er hat gute Laune, dachte Maria, ehe er sein Gesicht in Sorgenfalten legte. „War es unser Täter?", wollte er wissen.

„Dafür ist es noch zu früh, um seriös zu urteilen. Was mir meine Kollegin aus Wien soeben erzählt hat, wäre es möglich. Die Tatwaffe war offensichtlich ein Baseballschläger. Der oder auch die Täter könnten vor einem Lokal auf den jungen Burschen gelauert haben. Er wurde brutal mit einem Baseballschläger niedergeschlagen. Das steht gesichert fest. Das Opfer war angeblich ein talentierter Sportler. Ein Boxer aus Favoriten."

„Favoriten! Um Gottes willen!" Schauers Reaktion darauf, dass der Tatort in Favoriten lag, war außergewöhnlich emotional.

„Wie darf ich das verstehen?", wollte Maria wissen.

„Ein Bekannter von mir wohnt seit ewigen Zeiten in diesem Glasscherbenviertel. Entschuldigung, aber anders kann ich es nicht bezeichnen. Er hat mir erzählt, dass sich dieser Bezirk von einem ruhigen, schönen Arbeiterbezirk zu einem verdreckten, von täglichen Randalen gebeutelten und von Ausländern übersäten, verkommenen Bezirk verwandelt hat. Nicht, dass ich persönlich etwas gegen Ausländer habe. Absolut nicht. Aber was sich dort abspielen soll ... Und ich glaube meinem Bekannten. Warum sollte er mich anlügen."

Derartiges hatte Maria von ihrem unmittelbaren Vorgesetzten noch nie zuvor gehört. Glasscherbenviertel, wiederholte sie in Gedanken. Und das aus dem Munde des stets um gute Wortwahl bemühten Herrn Oberst!

„Morgen weiß ich dann mehr. Ich mache mir vor Ort selbst ein Bild über die Sachlage und werde ins Unfallkrankenhaus fahren. Ehrlich gesagt kommt mir alles nicht ganz richtig vor."

„Wie darf ich das verstehen?"

„Ich meine, es passt schon jetzt für mich so einiges nicht zusammen. Aber wie gesagt, morgen, wenn es recht ist. Morgen kann ich bestimmt mehr dazu sagen", wiederholte

Maria, verabschiedete sich kurz und verließ Schauers Büro, noch bevor er sie weiter mit Fragen löchern konnte.

Die Kollegenschaft schöpfte dennoch Hoffnung. Maria betonte, dass eine verfrühte Euphorie nicht angebracht sei – Hammerl spekulierte bereits damit, dass das Opfer seine Augen aufschlagen und den Namen des Serienmörders preisgeben werde und er ihn nur mehr verhaften müsse – und vertröstete ihre Kollegen, wie eben vorhin schon den Oberst, auf den nächsten Tag.

Sie fuhr alleine in die Bundehauptstadt. Für Rita und Maria war es trotz des Umstandes, dass sie einen Mordanschlag, zumindest aber eine schwere Körperverletzung aufzuklären hatten, ein freudiges Ereignis. Sie sahen sich nach „unendlich" vielen Jahren zum ersten Mal wieder. Obwohl sie niemals Freundinnen waren, war das Wiedersehen dennoch vorerst sehr herzlich.

„Du heißt noch immer Meister!", klang es beinahe wie ein Vorwurf, dass Maria noch immer ihren Namen von einst trug.

„Nicht noch. Schon wieder!"

„Wie jetzt?"

„Ist das so schwer, Frau Gruppeninspektor?" Maria lächelte. Rita schaute verdutzt und meinte, sie müsse wohl auf der Leitung stehen.

„Ich rede nicht gerne darüber. Aber wieso nicht. Es ist ja schon so lange her. Ich war mal verheiratet. Kurz. Ganz kurz nur. Es war der Fehler meines Lebens. Schon bald nach der Ausmusterung aus der Gendarmerie-Grundschule hat mich die große Liebe wie der Blitz getroffen. Die vermeintlich große Liebe! Es war wohl der größte Reinfall. Er war ein Macho und ein Brutalo. Ich möchte wirklich nicht weiter darüber reden. Ich hoffe, du verstehst das."

„Aber sicher doch. Es ist ja absolut nicht wichtig. Also hast du deinen früheren Namen, Meister, wieder angenommen. Richtig?"

„Richtig."

Die beiden erzählten aus ihrem Leben. Maria schwärmte von Heinrich und glitt ein wenig in die Sentimentalität ab. Rita ließ noch einmal ihrem Frust freien Lauf und schimpfte auf den Job, auf die Scheiß-Politik mit ihren unfähigen Mandataren, auf die Vorgesetzten ohne Rückgrat und auf Favoriten. Maria hörte sich alles mit stoischer Ruhe an und wusste, dass es kein weiteres Treffen der beiden geben würde. Rita war ganz einfach zu negativ. Sie zog sich mit aller Gewalt selbst nach unten. Dass man das Leben auch von der positiven Seite sehen könne, wie Maria ihr versuchte, vor Augen zu führen, tat sie mit einer ablehnenden Handbewegung und den Worten: „Was weißt du schon in deinem schönen Chefbüro", ab. „Wir reißen uns tagtäglich hier draußen den Arsch auf, während ... Sie sprach nicht weiter. Maria hatte verstanden.

„Fährst du mit ins Krankenhaus?", fragte Maria. Für sie war das persönliche Gespräch beendet.

„Natürlich fahre ich mit. Was hast du auf einmal?"

„Nichts. Nichts habe ich, Rita. Wir haben ein Verbrechen aufzuklären. Und ich und mein Team noch dazu drei ungeklärte Morde. Das habe ich!"

Akgün Kadem lag mit schweren Kopfverletzungen sowie einem mehrfachen offenen Unterarmbruch auf der Intensivstation des Unfallkrankenhauses. Besonders sein Gesicht war arg in Mitleidenschaft gezogen worden. Nach Meinung des Arztes mussten die Brüche am Unterarm von Abwehrbewegungen stammen. Das Opfer habe vermutlich zunächst schützend die Arme vor seinen Kopf gehalten. Außerdem hatte er eine stumpfe Bauchverletzung, die aber nicht lebensbedrohlich war. Der Baseballschläger war ihm wahrscheinlich mit voller Wucht in den Bauch gerammt worden, mutmaßte der Arzt plausibel. Er stellte keine gute Genesungsprognose. Selbst, wenn sein Patient das Bewusstsein wiedererlangen sollte, wäre es möglich, dass er sich an den Tathergang nicht erinnern könne. „Die Zeit wird es weisen", sagte er und vertröstete Meister auf einen späteren Zeitpunkt. Er fügte noch an, dass sehr viel Zeit vergehen könne, bis Kadem seine Augen wieder aufschlug. Er kenne aber auch Fälle, wo sich der Patient mit ähnlich gelagerten Verletzungen relativ schnell erholte.

14

Während Doktor Wegener den mehr als drei Jahre zurückliegenden leidigen Vorfall längst schon verdrängt hatte, quälte Sascha mehr und mehr sein Gewissen. Der Gedanke, durch seine Unvernunft und seinen Leichtsinn ein Leben ausgelöscht und danach nicht den Mut gefunden zu haben, zu seiner Tat zu stehen, wurde immer unerträglicher für ihn. Er hatte sich im Grunde zu einem recht passablen jungen Mann entwickelt. Nach wie vor war das Fußballspielen seine große Leidenschaft, jedoch hatte er den Verein gewechselt und kickte zwei Spielklassen unterhalb jener Liga, in der seine ehemaligen Mannschaftskollegen dem runden Leder nachjagten.

Schnell hatte er nach dem Verkehrsunfall, bei dem Karl Schinnerl unschuldig sein Leben lassen musste und für den er sich nur aufgrund der Tatsache, dass sein Vater alles für ihn geregelt hatte, niemals verantworten musste, begriffen, dass nicht nur die meisten Mannschaftskollegen, sondern auch der Trainer ihm mehr oder weniger aus dem Weg gingen. Niemals hatte jedoch auch nur einer von ihnen ein Wort darüber verloren. Zu sehr befürchteten sie Repressalien des Staranwaltes.

Bereits ein halbes Jahr nach dem schrecklichen Ereignis wechselte Sascha den Fußballklub. Er verbot seinem Vater, dass er auch diesem finanziell unter die Arme griff und drohte für den Fall, dass er sich nicht daran halten wollte, doch noch ein spätes Geständnis abzulegen. Für den Staranwalt hätte das bedeutet, dass sich auch mit ihm die Behörden eingehend befasst hätten. Er war es, der seinen

Sohn angestiftet hatte, auch noch vor Gericht eine völlig falsche Version der verhängnisvollen Nacht aufzutischen. Überdies hatte er einen fadenscheinigen Klienten beauftragt, den Unfallwagen an jene Stelle zu bringen, an der ihn die Polizei aufgefunden hatte. Als Lohn für diese Tätigkeit vertrat ihn der unehrenhafte Rechtsanwalt unentgeltlich vor Gericht.

Doktor Wegener, dem nichts heiliger war als sein guter Ruf, mischte sich ab sofort nicht mehr in das Leben seines Sohnes ein. Sascha hatte sich ganz bewusst gegen ein Jura-Studium entschieden. Er wusste, dass es der Wunsch seines Vaters war, in seine beruflichen Fußstapfen zu treten. Um nichts in der Welt wollte er jedoch Lügner, Gesetzesbrecher und schleimige Typen vor ihren gerechten Strafen bewahren, in dem er als Anwalt jedes Schlupfloch, das das Gesetz bietet, nutzen müsste. Sascha wusste aber auch, dass er selbst so ein Gesetzesbrecher war und durch seine Unvernunft alkoholisiert ein Menschenleben ausgelöscht hatte und in Panik davongerast war. Da war es ihm auch kein Trost, dass ihm sein Vater mehrmals versichert hatte, dass er dem Burschen ohnehin nicht mehr hätte helfen können, weil er auf der Stelle tot war.

Sascha Wegener dachte zunächst, dass er die ganze schreckliche Angelegenheit mit der Zeit verarbeiten könnte. Längst schon hatte er aber erkennen müssen, dass eine späte Reue in ihm eingekehrt war. Alles würde er geben, könnte er das Geschehene ungeschehen machen. Je erwachsener und vernünftiger der junge Wegener wurde, desto häufiger plagten ihn fürchterliche Albträume.

Seit Kurzem hatte Sascha eine neue Freundin. Er fühlte, dass sie die Richtige war. Er liebte sie innig und wusste, es bliebe ihm nicht erspart, ihr reinen Wein über seine Vergangenheit einzuschenken. Bislang hatte sich noch keine geeignete Gelegenheit dafür ergeben. Er und seine Michaela studierten gemeinsam Psychologie in Wien. Michis Eltern waren einfache Leute und bewohnten ein kleines Häuschen in Guntramsdorf.

Ein vom Leben gezeichneter Mann, dessen Alter kaum einzuschätzen war, öffnete dem jungen Kriminalisten Siegfried Mord die Haustür, nachdem er ihn bereits heranschlurfen gehört hatte. Ein mit Falten übersätes, unrasiertes Gesicht lugte aus der zunächst nur einen Spalt geöffneten Tür.

„Bitte entschuldigen Sie mein gestriges Verhalten", waren die ersten Worte des offensichtlich nüchternen Mannes.

„Sind Sie Herr Schinnerl? Johann Schinnerl?", fragte Mord.

„Ja, der bin ich. Was kann ich für die Polizei tun?", fragte er, nachdem sich Mord ausgewiesen hatte und bat ihn ins Haus.

„Sie haben oder vielleicht auch hatten doch einen Volkswagen. Richtig?"

„Ja, so einen hatte ich tatsächlich", kam es spontan von Schinnerl.

„Heißt das, Sie besitzen das Fahrzeug nicht mehr?", sah Sigi den letzten Hoffnungsschimmer, einen Ermittlungserfolg zu erzielen, soeben erlöschen.

„Ach wo, schon lange nicht mehr. Ich bin sehr an diesem Fahrzeug gehangen, müssen Sie wissen. Schöne Erinnerungen waren damit verbunden. Vor fünf Jahren ungefähr haben sie mir in der Werkstätte Schwierigkeiten gemacht."

„Welche Schwierigkeiten?"

„Sie wollten mir die Prüfplakette, also das Pickerl, nicht erneuern. Der Rost hatte meinem treuen fahrbaren Untersatz, der mich beinahe zwei Jahrzehnte niemals im Stich gelassen hatte, arg zugesetzt. Ein tragendes Teil hätte nach deren Meinung eingeschweißt werden müssen. Als dann auch noch jemand die Kennzeichentafeln gestohlen hatte, habe ich meinen Kugelporsche schweren Herzens abgemeldet. Ich wollte mich so schnell wie möglich von diesem Fahrzeug trennen, also habe ich es zwei Männern aus Ungarn verkauft. Sie haben das Auto auf einen Anhänger verladen und weg war er."

„Wann war das?", wollte Mord wissen.

„Wann war das?", wiederholte Schinnerl. „Ich denke … ja …, es wird vor vier Jahren gewesen sein. Oder ist es noch länger her? Ich weiß es nicht mehr so genau. Ich war froh, dass ich die Rostlaube dann endlich los war."

„Gibt es noch ein Papier, das den Verkauf bestätigt?"

„Nichts gibt es, absolut nichts!", antwortete Johann Schinnerl plötzlich verärgert. „Was soll die ganze Fragerei überhaupt? Ist etwas mit dem Auto? Das geht ja gar nicht. Die Männer von damals haben gesagt, sie bringen es in ihr Heimatland. Sie haben nach keiner Bestätigung für den Kauf verlangt. Es waren ohnehin nur zweihundert Euro, die ich bekommen habe. Haben Sie die Kennzeichen gefunden?", fragte er.

„Nein, haben wir nicht. Ich denke, das war´s dann auch schon. Eines noch. Welche Farbe hatte das Auto?“, fragte Mord.

„Es war … rot. Warum?“

„Es war nur eine Routineüberprüfung. Wo arbeiten Sie, Herr Schinnerl? Ich meine, wo sind sie beschäftigt?“, wollte Mord noch wissen.

„Ah, ich bin … ich war …, also ich bin zur Zeit arbeitslos“, war Schinnerl plötzlich sehr nervös.

„Wie lange schon?“, hakte Sigi nach.

„Seit …, lassen Sie mich kurz überlegen. Seit, naja, seit mehr als drei Jahren schon. Wie die Zeit vergeht“, sagte er. Wehmut war in seinen Augen erkennbar. Mord hielt Schinnerl an, ihm die Anschrift seines ehemaligen Arbeitgebers zu nennen. Nur widerwillig kam er der Aufforderung des Kriminalbeamten nach.

„Wohnen Sie alleine hier?“, stellte Mord die Frage, als er sich bereits bei der Haustür befand.

„Sehen Sie sonst noch jemanden?“, fuhr ihn Schinnerl plötzlich an. „Natürlich wohne ich alleine. Mutterseelenalleine, wenn Sie es genau wissen wollen!“, war er im Tonfall plötzlich laut geworden.

„Nichts für ungut. Ich danke Ihnen für Ihre Auskünfte, Herr Schinnerl. Ich denke, die Angelegenheit hat sich damit erledigt“, sagte Siegfried Mord freundlich und verließ das heruntergekommene kleine Anwesen.

Das war´s dann mit unserer letzten „heißen Spur“, dachte Sigi und begab sich auf den Weg in Landeskriminalamt.

15

„Meine Eltern finden es nicht so toll, wenn du bei mir über Nacht bleibst", sagte Michaela zu Sascha, als er sie nach einem Kinobesuch nach Hause brachte und drängte, noch mit in ihr Zimmer zu kommen.

Gerne wäre sie mit ihm die ganze Nacht zusammengeblieben, jedoch wollte sie den Wunsch ihrer Eltern respektieren.

„Wenn wir uns auch weiterhin so lieben", flüsterte sie Sascha ins Ohr, „dann werden wir früher oder später ohnehin zusammenziehen" und verabschiedete sich mit einem zärtlichen Kuss.

Sascha versuchte, Verständnis für seine Michi aufzubringen. Auch das Verhalten ihrer Eltern zeigte ihm, dass er ein anständiges Mädchen liebte. Obwohl sie bald zwanzig Jahre alt war, achteten sie sehr genau darauf, mit wem sich ihre Tochter umgab und duldeten nicht, dass ein Bursche über Nacht bei ihr blieb. Sascha war gereift und akzeptierte es. Er war sogar ein wenig stolz darauf, dass Michi gerade ihn als Freund auserkoren hatte und fuhr nach anfänglicher Enttäuschung gut gelaunt nach Hause.

Den Sportflitzer, mit dem er den Verkehrsunfall verursacht hatte, verkaufte sein Vater schon wenige Wochen nach dem tragischen Ereignis.

Ursprünglich wollte Sascha kein Auto mehr lenken. Zu tief saß die Vorstellung, es könnte erneut ein Unfall passieren.

Ein halbes Jahr später, es war Saschas Geburtstag, zeigte sich Doktor Wegener erneut von seiner spendierfreudigen Seite und kaufte seinem Sohn einen nagelneuen Mittelklassewagen. Mit weniger PS und ohne Verdeck. Sascha hatte sich geschworen, niemals mehr ein Auto zu lenken, wenn er zuvor Alkohol getrunken hatte. Derartige Versuchungen ergaben sich ohnehin kaum. Seit dem Tag des Verkehrsunfalls trank Sascha Wegener so gut wie keinen Alkohol mehr.

Oft stellte er sich in den vergangenen drei Jahren die Frage, warum erst so etwas Furchtbares geschehen musste, um auf den rechten Weg zu gelangen.

Es war kurz vor Mitternacht, als er in die menschenleere, alleeartige Wohnstraße, die direkt zur elterlichen Villa führte, einbog.

Diese Dummen-Jungen-Streiche, dachte er lächelnd und musste daran denken, dass auch er noch vor einigen Jahren derartige Streiche, meist nach mehreren alkoholischen Getränken, ausgeheckt hatte.

Pfeifend sprang er aus seinem Fahrzeug und zog den mitten auf der Fahrbahn liegenden Müllcontainer in Richtung zweier mächtiger Alleebäume neben der Straße, nachdem er ihn auf seine kleinen Räder gestellt hatte. Die Stadtgemeinde hatte eigens derartige Stellplätze für die Container sämtlicher Bewohner dieser Wohngegend errichtet.

„Was wollen Sie von …“, waren die letzten Worte von Sascha Wegener, als ein ungemein wuchtiger, von oben nach unten geführter Schlag mit einem dicken Holzprügel auf seinem Schädel einschlug. Das laute Krachen, das durch das Brechen der Schädeldecke verursacht wurde, konnte Sascha nicht mehr hören. Ebenso spürte er die zwei hart geführten Schläge auf beide Knie nicht mehr.

Als Sascha Wegener bereits mit dem Tod ringend zwischen dem Müllcontainer und einem Alleebaum lag, holte der offensichtlich von tödlichem Hass getriebene Gewalttäter zum finalen Schlag aus. Er wollte ihm mit dem letzten Hieb mit den Worten: „Du elende Fratze!", sein Gesicht zerschmettern.

„Was ist da unten los?", schrie eine junge Frau aus voller Brust vom gegenüberliegenden Haus aus dem weit geöffneten Fenster des ersten Stocks. „Ich rufe die Polizei!" schrie sie nun noch lauter und „Ich nehme alles auf Video auf!"

Tatsächlich hielt sie ihr Handy mit ausgestreckter Hand aus dem Fenster und zeichnete offenbar die brutale Attacke gegen den jungen Anwaltssohn auf.

Sie konnte einen Mann erkennen, der offensichtlich einen langen Stock oder eine Stange in der Hand hielt und vom seinem Vorhaben, den jungen Mann brutal zu erschlagen, abließ und das Weite suchte. Schwerfällig rannte er die Straße entlang und entschwand schon bald dem Blickfeld der beherzten Brigitte Fink. Während diese mit zitternden Fingern den Notruf der Polizei auf der Tastatur ihres Handys tippte, hörte sie das Starten eines Autos mit darauffolgendem Quietschen der Autoreifen.

Als Polizei und Notarztwagen am Tatort eintrafen, hatte Brigitte Fink beim regungslos am Boden liegenden Sascha Wegener Wiederbelebungsmaßnahmen vorgenommen. Sogleich hatte sie erkannt, dass die Atmung und der Herzschlag ausgesetzt hatten.

„Man kann nichts falsch machen! Das Einzige, was falsch wäre, wäre nichts zu tun!", sagte sie sich immer wieder vor.

Es waren die Worte, die sie bei ihrem letzten Erste-Hilfe-Kurs vom Vortragenden gehört hatte. Oft hatte sie sich gefragt, wie sie wohl in einer Situation, in der sie sich jetzt befand, reagieren würde.

„Sie haben alles richtig gemacht", sagte der Notarzt freundlich und übernahm die weiteren Maßnahmen, den lebensgefährlich Verletzten ins Leben zurückzuholen.

Schon brauste der Notarztwagen mit Blaulicht und Sirene durch die Nacht. Es zählte jede Sekunde!

Als Ironie des Schicksals bezeichnete die Bezirksinspektorin Anja Sturm die Tatsache, dass ausgerechnet sie nun bereits schon zum zweiten Mal Nachtdienst verrichtete, in dem ein junger Mann in der nobelsten Gegend von Mödling einem brutalen Anschlag zum Opfer fiel. Sturm war es, die die ersten Erhebungen am Tatort führte, als Thomas Müller mit einem Baseballschläger im hauseigenen Swimmingpool erschlagen wurde. Insgeheim hoffte sie, wieder mit der kompetenten und freundlichen Chefin der Mordgruppe zusammenzutreffen. Sie war es, die ihr gesagt hatte, sie könne kluge und engagierte Mitarbeiterinnen gebrauchen. Diese Äußerungen waren als Angebot an Anja, sich für eine Versetzung zur Mordgruppe zu bewerben, gedacht. Tatsächlich war sie jetzt im Team der Kriminalgruppe bei der Polizeiinspektion Mödling. Ab und zu fuhr sie aber auch eine Patrouille mit dem Streifenwagen im nächtlichen Sektorenstreifendienst.

Aufgeregt schilderte Brigitte Fink der Polizistin ihre Wahrnehmungen. Den Täter konnte sie nur äußerst vage beschreiben. Dass er mit einem zirka einen Meter langen Prügel auf Wegener eingeschlagen hatte, konnte sie aber nach ihren Angaben deutlich beobachten.

„Es war einfach nur schrecklich!“, sagte sie tief betroffen.

„Was ist mit dem Handy-Video?“, fragte Sturm.

„Es ist nicht viel darauf zu erkennen. Die Entfernung war sehr groß, und außerdem war es dunkel. Überdies hat sich das Ereignis dort drüben in der Nische des Container-Stellplatzes abgespielt. Der rechte Baum hat ein wenig die Sicht beeinträchtigt“ deutete sie in Richtung des Tatortes.

Auf dem kurzen Video konnte der offensichtliche Mordversuch nur schemenhaft erkannt werden. Gerade in dem Moment, als der Täter von Wegener abließ und sich in Blickrichtung der Zeugin Fink drehte, war die Aufzeichnung zu Ende. Dennoch konnte man erkennen, dass der Täter ein kräftiger Mann war.

„Brauchen sie einen Arzt?“, fragte Sturm.

„Nein, absolut nicht. Es geht schon wieder. Dass so etwas Schreckliches in unserer Gegend passiert, hätte ich nicht gedacht. Stimmt es, dass vor einigen Monaten unweit von hier auch ein junger Mann erschlagen wurde? Ich wohne erst seit drei Wochen hier, müssen Sie wissen.“

„Ja, das stimmt tatsächlich“, wollte Sturm ihr den Mord an Thomas Müller erst gar nicht verheimlichen. „Soviel ich weiß, konnte der Täter noch immer nicht vom Landeskriminalamt ausgeforscht werden“, erzählte sie und dachte insgeheim, dass sehr wohl ein Zusammenhang zwischen diesen beiden wie auch zwischen den weiteren ungeklärten Gewalttaten an jungen Männern bestehen könnte.

„Ich hatte auch damals Nachtdienst, als ihr, man kann getrost Nachbar sagen, erschlagen wurde. Er wohnte zwei

Parallelgassen von hier entfernt. Ich denke, dass es in etwa nur zwei- bis dreihundert Meter Luftlinie bis zu dem Anwesen der Müllers sind. Wenn überhaupt", gab Sturm bereitwillig Auskunft. Sie wusste, dass sie mit ihren Schilderungen kein Amtsgeheimnis verletzte. Brigitte Fink könnte alles im Internet nachlesen.

„Die Presse steigt mir aufs Dach!", sagte Oberst Schauer forsch, als Maria Meister am nächsten Tag seinem Ruf folgte und sein Büro betrat. „Es wird Zeit, dass es Ergebnisse gibt, Maria. Höchste Zeit!"

„Wir tun unser Bestes, Herr Oberst. Wenn halt so gar keine Hinweise aus der Bevölkerung einlangen und es auch keine verwertbaren Spuren gibt, dann wären hellseherische Fähigkeiten gefragt", erwiderte Maria. Mit diesen Aussagen stieß sie bei Schauer auf kein Verständnis.

„Ich verlange keine außergewöhnlichen Fähigkeiten von dir und deinem Team, sondern nur, dass ihr das tut, wofür ihr bezahlt werdet. Ich habe soeben die Nachricht erhalten, dass der Sohn des bekannten Rechtsanwaltes Wegener – ich weiß nicht, ob dir dieser Name ein Begriff ist – zwischen Leben und Tod schwebt. Sein Schädeldach ist zertrümmert und unter Umständen, sollte er überleben, bleiben dauerhafte Gehirnschäden zurück. Er wurde in einen künstlichen Tiefschlaf versetzt. Wir brauchen einen Ermittlungserfolg, Maria! Unbedingt!", drängte der Oberst auf eine Klärung der drei Morde und eines Mordversuchs, der womöglich zum vierten ungeklärten Mord werden konnte.

Der Anschlag auf den türkischstämmigen jungen Österreicher in Favoriten stand mit diesen Mordanschlägen nicht im Zusammenhang. Für Maria war das die Bestätigung ihrer kriminalistischen Überlegungen gewesen. Besonders stutzig hatte sie die Vorgehensweise des Angreifers gemacht. Sie passte nicht in das Verhaltensmuster der vorangegangen Gewaltverbrechen. Während den jungen Sportskanonen in Niederösterreich jeweils gezielte Schläge auf den Schädel sowie auf die Extremitäten verabreicht wurden, wurde dem Opfer in Favoriten eher wahllos und mehrmals auf den Kopf und ins Gesicht geprügelt. Auch der wuchtige Stoß mit dem Stil des Baseballschlägers in die Magengrube ließ Meister eher auf das Handwerk geübter Schläger schließen als auf einen Angreifer, der nur ein Ziel verfolgte: Sein Gegenüber binnen kürzester Zeit zu töten.

Der schwerverletzte junge Bursche hatte sein Bewusstsein auch zur Überraschung der Ärzte relativ schnell wiedererlangt und sogar Angaben über den Tathergang und den Täter gemacht. Sein außergewöhnlich gut trainierter Körper wie auch das antrainierte Einstecken von harten Schlägen hatten ihn wahrscheinlich vor Schlimmerem bewahrt.

Der Grund für die brutale Auseinandersetzung der jungen Männer war die Eskalation einer bereits lange bestehenden Blut-Fehde zwischen Türken- und Serbenfamilien, die Akgün beinahe mit dem Leben bezahlt hätte. Der mutmaßliche Täter konnte rasch gefasst werden. Dass es wieder einmal nicht für eine Untersuchungshaft ausreichte, nahmen die erhebenden Kriminalisten des LKA Wien beinahe schon phlegmatisch zur Kenntnis. Der Täter aus einem sozial problematischen Umfeld mit dem Trauma der Vergangenheit war doch erst siebzehn!

„Ja, ich kann den Ruf nach Aufklärung gut verstehen. Aber vorgesetzte Stellen, die Presse, aber auch die Bevölkerung haben im Grunde keine Ahnung, wie wir uns den Arsch aufreißen. Jetzt, wo der Sohn eines Staranwaltes vom vermutlich selben Täter, der schon drei junge Burschen getötet hat, erschlagen oder zumindest beinahe erschlagen wurde, werden wieder ganz Gescheite auf den Plan treten und uns Unfähigkeit vorwerfen“, war Meister offensichtlich enttäuscht, von Albert Schauer nicht die erhoffte Unterstützung zu bekommen, die sie sich von ihm erwartet hatte.

„Nein, Maria, verstehe mich bitte nicht falsch. Nicht ich bin es, der dir und deinem Team ins Handwerk pfuschen will. Ich weiß, wie gut ihr tatsächlich seid und dass ihr alles Menschenmögliche unternehmt, den Täter zu fassen. Auch wenn der Mörder niemals gefasst wird, würde ich euch keinen Vorwurf machen. Dann müsste erst jemand kommen, der es besser kann. Was ich will, ist, dass du immer genau über das Stimmungsbarometer in unserer Organisation Bescheid weißt, aber auch, dass du über Unkenrufe von Presse und Öffentlichkeit informiert bist. Alles, was mir zu Ohren kommt, gebe ich dir als Chefin der Mordgruppe wertfrei weiter. Ich könnte dich auch davon aussparen und dir nichts darüber berichten. Vielleicht wäre das besser. Das möchte ich aber nicht. Du musst ebenso mit Kritik, auch wenn sie nicht berechtigt ist, leben, und emotionsfrei deinen Job tun. Ich muss das auch. Was ich nicht will, ist, dass du oder deine Mitarbeiter glauben, ich stünde nicht voll und ganz hinter euch. Das würde nämlich nicht der Wahrheit entsprechen. Nach außen hin werde ich euch immer den Rücken freihalten. Selbst, wenn mal der eine oder andere kleine Fehler passieren sollte. Ich hoffe, das ist okay für dich und du verstehst mich. Also, Frau Chefinspektor, an die Arbeit!", sagte Schauer streng. „Oder trinkst du mit mir einen Kaffee? Ich habe soeben einen frischen zubereitet. Danach ist es immer noch früh genug, diesem brutalen, wahnsinnigen Mörder das Handwerk zu legen. Was meinst du?", lächelte er jetzt spitzbübisch.

„Du hast mich überzeugt. Gerne trinke ich mit dir einen Kaffee, Albert. Danke, dass du uns vertraust. Wir überführen ihn! Wir werden diesen Menschen seiner gerechten Strafe zuführen. Ich würde es so gerne versprechen, aber da wir im Grunde bislang nicht sehr viel in der Hand haben, getraue ich mich nicht, ein derartiges Versprechen abzugeben", sagte Maria und schenkte für sich und den Oberst Kaffee in zwei Tassen.

„Was ist es, das ihr in der Hand habt?", fragte Schauer.

„Frage lieber nicht! Nicht als Oberst und Chef."

„Na gut, ich frage dich als Albert. Gibt es eine Spur? Eine kleine vielleicht?"

„Na gut, du willst es so. Nichts! Wir haben in Wahrheit absolut nichts. Weniger als nichts. Eine Spur nach einem möglichen verdächtigen Fahrzeug hat sich nach Auskunft von Mord offensichtlich in Luft aufgelöst. Dennoch, vertraue uns, Herr Oberst, wir kriegen ihn!", beendete Meister die Informationsstunde, trank ihren Kaffee hastiger als üblich und verließ das Büro des LKA-Leiters.

„Peter, Renate, zusammenpacken! Wir fahren!", sagte Maria forsch, als sie vor die versammelte Mannschaft, die sich für die morgendliche Besprechung in ihrem Büro eingefunden hatte, trat. „Die Morgenbesprechung fällt heute aus. Unser Mann mit dem Baseballschläger hat ein neues Opfer gefunden. In Mödling!"

„Tot?", fragte Pall vorsichtig.

„Nicht ganz", antwortete Meister schroff.

„Wie, nicht ganz?", wollte Sigi Mord wissen.

„Na, eben nicht ganz. Er lebt noch. Zumindest nach Information von Oberst Schauer. Angeblich ist das Opfer aber schwer bedient. Sein Schädeldach soll gebrochen sein. Von zwei zertrümmerten Knien gar nicht zu sprechen."

Maria griff zum Telefon und wählte die Nummer der Polizeiinspektion Mödling. Sie hoffte, die Kollegen, die in der Nacht auf dem Tatort waren, noch befragen zu können. Es war ihr schon öfter passiert, dass die Beamten der Nachtdienststreife pünktlich in der Früh ihre Uniformen ausgezogen und so die Kriminalisten um wichtige Erstinformationen gebracht hatten.

Nicht so Bezirksinspektor Anja Sturm. Sie wusste, dass es von großem Vorteil sein konnte, ihre Eindrücke, die sie vom Tatort und den Zeugen gewonnen hatte, ehestmöglich und persönlich an die Kollegen des LKA weiterzugeben. Sturm blieb weiterhin im Dienst und hoffte, den Tag mit den Ermittlern des LKA verbringen zu können. Ausschlafen könne sie sich danach immer noch, war sie überzeugt.

„Das ist eine Freude, deine Stimme zu hören", sagte Maria, als Sturm ihren Anruf entgegennahm. Noch erfreuter war sie, als Anja ihr mitteilte, dass sie die ersten Erhebungen am Tatort geführt hatte.

„Trotz des traurigen Umstandes, dass wieder ein junger Mann brutal attackiert wurde, freue ich mich, wenn du mir persönlich berichten kannst, was Sache ist. Du wartest doch, bis wir bei euch eintreffen? Wir fahren in den nächsten Minuten los", hoffte Maria, dass Anja Sturm ihr nicht nur am Telefon Bericht erstatten wollte.

„Hallo, Frau Chefinspektor Meister. Heißt das, dass du den Fall bearbeiten wirst?", kam es freudig von Sturm.

„Ja, ich und natürlich mein Team. Wir sind so gut wie auf dem Weg."

„Selbstverständlich warte ich auf euch. Wenn du möchtest, fahre ich auch zum Tatort mit und helfe euch, wo ich kann. Beamte sind vor Ort und sperren alles ab. Kommen eure Spurensicherer, oder soll unser Team sich an die Arbeit machen?"

„Du bist echt super, Anja. Das habe ich schon beim letzten Mal erkannt. Du kannst mit uns mitarbeiten, bis dir vor Müdigkeit die Augen zufallen", sagte Meister und schickte Sturm ein hörbares Lächeln durchs Telefon. „Eure Spurensicherer sind spitze. Sie sollen sich gleich auf den Weg machen. Bis dann."

„Was soll ich machen?" fragte Mord.

„Was weiß ich, Sigi? Warten, ob ich mit neuen Erkenntnissen einen Auftrag für dich habe?", zuckte Maria unentschlossen mit den Schultern. „Oder vielleicht könntest du auch die Suche nach einem blauen VW Käfer erweitern. Über den Bezirk hinaus? Ich weiß ja auch nicht, wo wir noch ansetzen könnten. Das hört sich zwar schlimm an, aber es ist die Wahrheit. Nein, wir machen es so: Seid einfach kreativ. Entscheidet selbst, was ihr unternehmen könnt, das uns einen Schritt näher zum Ziel bringt. Es ist nicht bewiesen, dass meine Ideen immer die besten sind. Überrascht mich ganz einfach", war Marias Order an Clemens Weber und Siegfried Mord, als sie gemeinsam mit Pall und Hammerl das Büro verließ.

„So so, du arbeitest also in der Krimgruppe deiner PI?", nickte Maria anerkennend, als sie auf der Fahrt zum Tatort von Anja erfuhr, dass sie im Team der Kriminalgruppe auf der Polizeiinspektion Mödling ihren Dienst versah. „Ich finde das toll. Vielleicht wird es ja doch mal was mit dem LKA", sagte sie lächelnd.

„Sag niemals nie", erwiderte die hübsche Kollegin aus Mödling. „Wir sind schon da", zeigte sie mit der Hand in Richtung ihrer uniformierten Kollegen, die vor dem Absperrband rund um den Tatort auf das Eintreffen der Kriminalisten warteten. Anja war in Zivilkleidung im Dienstfahrzeug des LKA mitgefahren.

„Gibt es Spuren?", fragte Meister die bereits mit ihren weißen Schutzanzügen verhüllten Kollegen der Spurensicherung.

„Ja, Blut des Opfers. Viel Blut", antwortete ein Kollege emotionslos.

„Und vom Täter?", wollte Hammerl wissen.

„Wir suchen noch."

„Hier! Ein Haar!", kam es beinahe euphorisch von einer jungen Beamtin der Spusi, die in ihrem Schutzanzug mit übergestülpter Kapuze aufgrund ihrer geringen Körpergröße Peter Hammerl ein Schmunzeln entlockte. So müssen Schneezwerge aussehen, dachte er und wandte sich ab.

Maria Meister erstattete gemeinsam mit Anja der Zeugin Brigitte Fink einen Besuch ab. Fink hatte Sturm in der Nacht gesagt, sie wäre tagsüber zu Hause und stünde jederzeit für Fragen zur Verfügung.

„Das ist Frau Chefinspektor Meister vom Landeskriminalamt“, stellte Sturm die Chefermittlerin der Mordgruppe vor.

„Fink“, kam es offensichtlich noch ein wenig verschlafen von der Zeugin.

„Darf ich Ihnen noch ein paar Fragen zum Vorfall der letzten Nacht stellen?“, fragte Maria.

„Selbstverständlich, bitte fragen Sie. Möchten Sie auch einen Kaffee? Ich brauche unbedingt einen“, sagte Fink und gähnte. „Oh, entschuldigen Sie bitte, aber ich habe nach diesem schrecklichen Erlebnis kaum mehr ein Auge zugetan.“

„Das kann ich sehr gut verstehen“, sagte Maria verständnisvoll. „Ich hätte sehr gerne einen Kaffee. Haben Sie den Täter gesehen?“

„Ja und nein. Also, ich habe Ihrer Kollegin – sie blickte kurz zu Sturm – schon erzählt, dass dieser brutale Kerl von kräftiger Statur war. Das sieht man sogar auf dem Video.“

„Video?“, fragte Meister hoffnungsvoll.

„Naja, ich habe versucht, mit meinem Handy den Vorfall zu filmen. Aber sehen Sie selbst. Es war viel zu dunkel. Man kann nicht wirklich etwas darauf erkennen. Außerdem ist die Sequenz viel zu kurz.“

Maria sah sich das nur wenige Sekunden andauernde Filmmaterial einige Male hintereinander an. Sie lobte die

Geistesgegenwart von Fink, musste jedoch zur Kenntnis nehmen, dass das, was zu sehen war, sie nicht weiterbringen würde.

„Zumindest kann man schemenhaft erkennen, wie brutal und vorsätzlich der Täter vorgegangen ist. Schade, dass der Moment, in dem er die Flucht ergriff, nicht mehr zu sehen ist", sagte sie ein wenig enttäuscht.

„Was ist Ihnen sonst noch aufgefallen? Oder haben Sie etwas gehört?"

„Ich konnte dumpfe Schläge bis hier herauf hören. Das müssen ja heftige Prügel gewesen sein. Wer macht denn so etwas?"

„Tja, wenn wir das wüssten", kam es leise von Anja Sturm. „Sie hat den Motor eines Autos gehört", fuhr sie fort. „Der Täter muss offensichtlich sein Fahrzeug vorne bei der Einmündung zur Zufahrtsstraße für diese Wohnsiedlung abgestellt haben."

„Ist hier eine Sackgasse, oder kann man durchfahren?", fragte Maria.

„Achtest du auf keine Verkehrszeichen?", wollte sie Peter aufziehen, der inzwischen dazugekommen war.

„Doch, wenn ich selbst fahre schon. Heute habe ich mich aber ganz und gar auf deine Fahrkünste verlassen, Peter. Und, ist eine oder ist keine?"

„Was?"

„Sackgasse."

Hammerls Schweigen sprach gegen seine Aufmerksamkeit als Lenker eines Dienstkraftfahrzeuges.

„Es ist keine Sackgasse. Die Straßen für all diese schönen Häuser hier sind miteinander verbunden. Sie sind mit dreißig

Stundenkilometer geschwindigkeitsbeschränkt, und einige bauliche Maßnahmen sollen die Einhaltung der gefahrenen Geschwindigkeit auch gewährleisten", erklärte Sturm.

„Hier herrscht kaum Verkehr. Eigentlich besteht nur Anrainerverkehr", warf Fink ein.

„Maria notierte sich einiges in ihr kleines Notizbuch und nickte mehrmals mit dem Kopf.

„Was ist Ihnen noch aufgefallen?", wollte sie unbedingt noch etwas in Erfahrung bringen.

„Es ging alles sehr schnell. Das können Sie mir glauben. Alles, was ich gesehen oder gehört habe, habe ich schon Frau Sturm gesagt. Wie ist eigentlich Ihr Dienstgrad?", wollte sie von Anja wissen.

„Bezirksinspektor. Das ist aber nicht so wichtig", sagte sie und lächelte.

„Wie war das Motorengeräusch?", fragte Meister, auch auf die Gefahr hin, mit ihren löchernden Fragen der Zeugin tierisch auf die Nerven zu gehen. Auch Anja dachte insgeheim, dass das eben eine hartnäckige Ermittlerin ausmache. „Zeugen muss man nerven, und Verdächtige muss man in die Enge treiben", hatte ihr einmal ein alter erfahrener Kollege mit auf den Weg gegeben.

„Ein Motorengeräusch eben. Von einem Auto", sagte Fink und wunderte sich über solch komische Fragen.

Peter Hammerl zog es vor, sich wieder in Richtung Tatort zu begeben. Die Befragung der Zeugin Fink erschien ihm dann doch ein wenig zu ausführlich.

„Können Sie aufgrund des Motors vielleicht auf einen Sportwagen, oder eher auf einen PS-starken Wagen gehobener Klasse schließen? Oder auf einen Kleinwagen? Bei einem Kleinwagen zum Beispiel werden die Gänge eher schnell geschaltet."

Maria veranstaltete ein Imitieren von Automotoren, indem sie zuerst hochtourige Jönn-Jönn-Jönn-Laute schnell hintereinander folgen ließ. Danach holte sie tief Luft und schon konnten Sturm und Fink ein wenig amüsiert langgezogene, rennwagenartige Jööönn-Jööönn-Jööönn-Geräusche vernehmen.

Brigitte Fink lachte laut auf, um sich sogleich dafür zu entschuldigen.

„Das macht nichts", antwortete Maria, ebenfalls herzhaft lachend. „Ich mache mich gerne zum Deppen, wenn es zur Aufklärung von drei oder gar vier Morden dienen kann."

Mit einem Schlag waren sich alle drei Frauen wieder des traurigen Hintergrundes dieses Schauspiels bewusst.

„Ich denke, ich habe begriffen, was Sie meinen. Sie wollen wissen, ob es ein Kleinauto war, das viel Lärm macht und nicht weiterkommt oder ein Sportauto, das schon im ersten Gang auf fünfzig Stundenkilometer beschleunigen kann. Oder auch eine leise Limousine. Aufgrund des Geräusches wollen Sie, dass Sie sich das Auto vorstellen können. Stimmt´s?"

„Bingo! Also?"

„Es war nichts von alldem."

„Sondern?", fragte Maria und dachte, dass man ihr alles aus der Nase ziehen müsse. Anja Sturm war von der Befragungsmethode der Chefinspektorin beeindruckt. Auf derartige Details hätte sie nie im Leben geachtet.

„Es war eher … eher … wie soll ich sagen? Es war wie ein Blubbern. Ja, Blubbern, das kommt hin. Ein derartiges Motorengeräusch hört man eigentlich nie, wenn ich jetzt so nachdenke. Fast wie ein Traktor. Es war aber mit Bestimmtheit kein Traktor. Das können Sie mir glauben."

„Wie wäre es mit einem VW Käfer?", fragte Maria.

„Puh, was weiß ich, wie ein VW Käfer, ich meine, welche Geräusche ein solcher macht."

„Na, eben. Es fahren so gut wie keine mehr", sagte Maria. „Aber ich bin in einer Zeit aufgewachsen, in der es fast nur VW Käfer gegeben hat. Es war das meistverkaufte Auto überhaupt. Bis dann der VW Golf ihm den Rang abgelaufen hat. Aber das ist eine andere Geschichte. Ich könnte einen Käfer aus tausenden anderen Autos heraushören und würde damit jedes ´Wetten dass ...´ gewinnen. Aber das könnte so ziemlich jeder meiner Generation. Ein Blubbern sagten Sie also. Ich werde Sie nochmals kontaktieren, wenn das für Sie okay ist. Ich denke, fürs Erste war es das", sagte Maria und verabschiedete sich von der Zeugin Brigitte Fink.

Ein VW Käfer blubbert also, rang ihr diese Überlegung ein Lächeln ab, als die Ermittler bereits gegangen waren.

„Da hab ich wieder etwas gelernt", sagte Anja.

„So, was denn?" Es schien, als wäre Maria zufrieden.

„Dass man an so vieles denken muss und auch, dass man unglaublich beharrlich sein muss."

„Du kannst ruhig nervend oder auch unbequem sagen. Ja, das müssen wir. Darum lieben uns auch alle", fügte Maria noch an.

„Ihr habt ja irre lange gebraucht", motzte Peter, als Maria und die junge Kollegin zum Tatort zurückkamen. Hammerl war offensichtlich nicht entgangen, dass Anja in ihrer hautengen Jeanshose und dem anliegenden Pulli eine äußerst attraktive Kollegin war. Seine Blicke, die er kaum noch von ihr abwenden konnte, hatten ihn verraten.

„Wir haben einige Nachbarn befragt. Leider haben sie alle offenbar einen beneidenswerten Schlaf. Angeblich hat niemand etwas gesehen oder gehört. Oder sie wollen sich auch nur nicht einmischen“, war Renates Überlegung.

„Okay, wenn es nötig ist, suchen wir sie eben noch ein weiteres Mal auf. Es ist Mittag. Wollen wir gemeinsam irgendwo etwas essen? Anja wird sicher ein passendes Lokal kennen. Kommst du auch mit, oder bist du zu müde und möchtest lieber nach Hause fahren, um eine Runde zu schlafen?“, fragte Maria.

Hoffentlich kommt sie mit, dachte Peter. Nur zu gerne hätte er ein wenig über ihr Privatleben erfahren.

„Gerne komme ich mit. Ich habe einen Bärenhunger“, sagte Anja mit dem für Peter entzückendsten Lächeln, das er jemals bei einer Kollegin gesehen hatte.

Nachdem sich die Kriminalisten gestärkt hatten, verabschiedeten sie sich von Anja Sturm. Maria merkte an, dass sie erst einmal die Ergebnisse der Obduktion sowie der Spurenauswertung abwarten wollte. Dennoch kannte sie bereits ihre weiteren Ermittlungsschritte. Die Zeugin Fink hatte dazu einen wertvollen Beitrag geleistet.

„Überlege es dir, ob du dich nicht zu unserem Ermittlungsbereich versetzen lässt. Ich denke, die Chancen dafür liegen im Moment nicht schlecht. Du müsstest dich aber schnell entscheiden“, sagte Peter nicht ganz uneigennützig zu Anja. Er hatte sich total in die junge Kollegin verguckt und wusste, dass es geplant war, die Mordgruppe um zwei Beamte aufzustocken.

„Ich wüsste nichts, was ich lieber machen würde. Der Dienst bei euch ist bestimmt sehr interessant", erwiderte sie. Anjas Worte ließen Peter noch stärker hoffen, mit ihr auch privat näher in Kontakt zu treten, ehe sie den für Peter niederschmetternden Satz sprach:

„Das Dumme dabei ist nur, dass mein Freund schon bald mit dem Medizinstudium fertig sein wird und nicht weiß, wo er dann sein Arbeitsumfeld haben wird. Sollte es in St. Pölten oder in der Nähe sein, wäre eine Versetzung zu euch sicher eine Option. Wahrscheinlich aber wird er in Wien bleiben, und in diesem Fall wäre mir die tägliche Fahrt zur Arbeit doch etwas zu weit. Wir wollen nämlich schon bald zusammenziehen", sagte sie mit leuchtenden Augen.

„Du bist so ungewohnt ruhig, Peter. Beschäftigt dich etwas?", fragte Renate scheinheilig, als sie sich auf dem Rückweg nach St. Pölten befanden. Peter hatte sie ersucht, den Dienstwagen zu lenken. Er gab vor, müde zu sein und kauerte stumm auf der Rückbank.

„Ruhig? Ich? Was soll mich denn beschäftigen?", fragte er ein wenig giftig. „Ich mache mir Gedanken über den Fall. Wer hat wohl auf vier junge Burschen derart brutal eingeschlagen, dass drei davon sogleich tot waren und einer jetzt mit dem Tod ringt? Das ist es, was mich beschäftigt, verstehst du. Nichts sonst!"

„Ist schon gut. Du musst nicht gereizt sein, nur weil deine vermeintliche Traumfrau vergeben ist. Trag es mit Fassung und nimm mit uns beiden Vorlieb", mischte sich Maria ins Gespräch ein.

„Wenn du nicht meine Chefin wärst, würde ich etwas darauf sagen", schnauzte er nach vorne.

„Sag´s ruhig. Man muss alles herauslassen. Meine Mutter hat immer gesagt, wenn man es sich verkneift, bekommt man einen Kropf. Willst du einen Kropf bekommen, Herr Hammerl?"

„Ich will niemanden beleidigen."

„Sag´s schon! Du kannst mich, und ich denke auch Renate, nicht beleidigen. Oder, Renate?"

„Nein, kann er nicht! Trau dich, Peter! Was liegt dir auf der Zunge?", forderte nun auch Pall, dass Peter seine Gedanken offenbart.

„Weiber!", kam es deutlich hörbar vom Fond des Fahrzeuges.

„Wie bitte?!", herrschte ihn Maria an.

„Weiber!", wiederholte er. „Das war es, was ich mir gedacht habe. Anwesende sind natürlich ausgenommen", sagte Peter und dachte, dass er es doch besser hätte für sich behalten sollen.

„Den hat es aber arg erwischt", sagte Renate leise in Richtung Beifahrersitz.

„Ich hab´s gehört!", zischte Peter. „Ich schlage vor, wird reden nicht mehr darüber. Ich werde es überleben. Wenn nicht, hoffe ich, dass ihr mich in ehrendem Gedenken behaltet", beendete Peter die Diskussion mit einem gequälten Lächeln.

Doktor Wegener, der von einem Beamten der PI Mödling über das grausame Verbrechen an seinem Sohn am frühen Morgen telefonisch verständigt werden musste, gab an, erst am nächsten Tag für Fragen der Beamten zur Verfügung zu stehen. Er befand sich auf einer zweitägigen Dienstreise in Deutschland.

„Kommt ihr beide morgen wieder mit, wenn ich Wegener senior befrage?“, wollte Maria von Pall und Hammerl wissen. Sie befanden sich bereits nur mehr wenige Kilometer von St. Pölten entfernt.

„Ich schon“, erwiderte Renate. Vom Fond des Fahrzeuges konnten die beiden Ermittlerinnen nur ein gleichmäßiges, tiefes Atmen vernehmen.

„Ich kann mir denken, wovon oder besser gesagt, von wem er träumt“, stichelte Renate.

„Lass es gut sein. Das verdient Peter nicht. Eigentlich schade, dass Anja schwer vergeben ist“, sagte Maria. „Sie wäre zwar ein bisschen jung für Peter, aber dennoch würden sie optisch gut zusammenpassen. Außerdem denke ich, dass sie eine Bereicherung für unser Team wäre. Siehst du das anders?“

„Was das Zusammenpassen mit dem da hinten anlangt, schon. Dass sie sich im Job gut machen könnte, wäre durchaus denkbar. Aber du hast ja uns und dein Schätzchen“, klang Renate ein wenig vorwurfsvoll.

„Mein Schätzchen?“

„Deinen Sigi, meine ich.“

„Bist du eifersüchtig, meine Liebe?“, wusste Maria nicht, ob Renate das tatsächlich ernst meinte.

„Ich bin nicht eifersüchtig, aber du kannst nicht abstreiten, dass er bei dir einen Stein im Brett hat. Oder?"

„Na na na, junge Frau. Das lasse ich mir aber nicht unterstellen. Sigi ist gut. Ja, er ist wirklich verdammt gut und ein gescheiter Junge. Aber du kannst nicht allen Ernstes behaupten, ich bevorzuge ihn oder benachteilige auch nur einen von euch!"

„Das habe ich auch nicht gesagt", verteidigte sich Pall.

„Es hat sich aber so angehört. Und ich sage dir, das stimmt wirklich nicht. Ihr seid mir alle gleich viel wert, und ich mag euch auch als Menschen sehr. Du kannst es mir ruhig glauben. Ich denke nur daran, wie lieb ihr zu mir gewesen seid, als ich so unendlichen Schmerz nach Heinrichs Tod erleiden musste. Gerade du, Renate, hast mir so sehr geholfen. Das vergesse ich auch nie! Du kannst dir gar nicht vorstellen, wie er mir noch immer fehlt." Maria versuchte erst gar nicht, ihre Tränen zu verbergen. Renate schämte sich, ihr indirekt unterstellt zu haben, dass sie Mord auf ein Podest stellte.

„Was vergisst du nie?", kam es verschlafen vom Fond.

„Oh, da ist einer vom Traumland zurückgekehrt", versuchte Renate ihre Sentimentalität zu überspielen.

„Ich vergesse nie, wenn einer pennt und die anderen müssen auf den Verkehr achten", sagte Maria in Richtung Peter.

„Dafür bin ich jetzt gut ausgeruht und für neue Befehle empfänglich", lächelte Hammerl und es hatte den Anschein, er hatte seine Niederlage bei Anja Sturm wie ein echter Mann weggesteckt.

„Ich denke, für heute lassen wir es gut sein. Morgen ist auch noch ein Tag. Wir sehen uns dann morgen pünktlich um acht", sagte Maria und ersuchte Pall, sie im Zentrum von St. Pölten aussteigen zu lassen. Sie wollte bei einem kleinen Stadtbummel den Kopf freibekommen.

„Das A-Team ist zurück", begrüßte Pall Sigi und Clemens am nächsten Morgen.

„Hab ihr den Mörder?", fragte Weber.

„Ja, er sitzt noch unten im Auto. Angekettet", erwiderte Peter mit ernster Miene.

„Ist nicht wahr!", kam es erstaunt von Mord.

„Sigi, du bist uns intelligenzmäßig mit Bestimmtheit um einiges voraus, aber bis du nicht mehr auf jeden Zug aufspringst, wird vermutlich noch viel Zeit vergehen. Lass dich doch nicht immer so veräppeln. Wir haben gut recherchiert, aber den Mörder fangen musst du", war es jetzt Maria, die sich mit ihm einen Scherz erlaubte.

„Gut, ich werde diesen Befehl ausführen, Chefin. Warte es nur ab", brachte Sigi mit dieser Aussage alle Anwesenden zum Staunen.

„Weißt du mehr als wir? Los, sag es schon!", forderte sie ihn auf.

„Du hast heute Morgen gesagt, wir sollten kreativ und eigenständig arbeiten."

„So, hab ich das?"

„Ich denke schon", war Sigi ein wenig verunsichert. „Jedenfalls war ich mit meinem ersten Besuch beim ehemaligen Zulassungsbesitzer des letzten VW Käfer, den ich zu überprüfen hatte, nicht zufrieden. Ich hatte zwar nicht wirklich einen Grund, seinen Aussagen zu misstrauen, aber er konnte mir nicht beweisen, dass er seinen VW wirklich an ungarische Käufer verscherbelt hatte."

„Und deshalb hast du beschlossen, ihn nochmals aufzusuchen?", fragte Maria und erweckte dadurch auch die Neugier der Kollegenschaft. „Oder hattest du auch noch weitere Anhaltspunkte, ihn näher ins Visier zu nehmen?", bohrte sie weiter nach.

„Es ist schwer zu beschreiben. Vielleicht rede ich mir da nur etwas ein. Am Vortag war er stockbesoffen. Er wohnt alleine. Alles bei ihm ist verdreckt und heruntergekommen. Das ganze Anwesen. Dann war da noch ein alter Geräteschuppen, bei dem die Fenster mit dicken Brettern verbarrikadiert waren. Warum macht er das?"

„Vielleicht versteckt er eine Leiche darin?", wollte Hammerl für Erheiterung sorgen. Er war der Meinung, dass Mord sich da etwas zusammenreimte.

„Nein, keine Leiche, aber vielleicht einen VW Käfer?", erwiderte Sigi.

„Warum hast du nicht nachgesehen?", wollte Renate wissen. Meister blieb stumm und lauschte dem Gespräch ihrer Kollegen.

„Hast du schon mal etwas von einem Durchsuchungsbeschluss gehört?", fragte Sigi.

„Hast du schon mal etwas von freiwilliger Nachschau gehört, Klugscheißer?", ließ sich Pall das nicht vom Jungspund, der noch nicht einmal dauerhaft zur Mordgruppe versetzt war, gefallen. Die Harmonie zwischen den beiden könnte um einiges besser sein, dachte Meister und beschloss wieder einmal, es bei Gelegenheit anzusprechen.

„Entschuldige Renate, das habe ich nicht so gemeint“, versuchte Mord einzulenken. „Ich will euch nicht mit meinen Ausführungen langweilen. Bislang ist ja alles nur so ein Bauchgefühl. Aber mir hat mal jemand gesagt, dass ein guter Ermittler neben dem Sammeln von Fakten auch auf seine Gefühle hören und jeder noch so kleinen Spur nachgehen sollte.“ Dass er dabei für einen kurzen Moment zu seiner Chefin blickte, war außer Maria niemandem aufgefallen. Tatsächlich war sie es, die Sigi diese Ratschläge erteilt hatte.

„Wie schon erwähnt, ich war mit den Aussagen und dem Benehmen von Johann Schinnerl nicht restlos zufrieden. Natürlich hätte ich ihn ersuchen können, das Scheunentor zu öffnen. Hätte er es verweigert, hätte ich wieder unverrichteter Dinge abziehen müssen. Es gab keine stichhaltigen Gründe für eine Nachschau. Außerdem wäre er gewarnt gewesen, hätte er etwas zu verbergen gehabt.

Also bin ich heute am Vormittag nochmals zu seinem Anwesen gefahren. Ich wollte ihm einfach einige Fragen zu seinem Leben und seiner Vergangenheit stellen, und irgendetwas wäre mir bestimmt eingefallen, mir die Wohnräume näher anzusehen oder auch den Schuppen zu besichtigen. Dazu ist es aber erst gar nicht gekommen. Zirka einen Kilometer von seinem Grundstück entfernt ist er mir mit dem Fahrrad entgegengekommen. In offensichtlich unsicherer Fahrweise.“

„Hat er dich auch gesehen?“, wollte Maria wissen.

„Nein, ich denke, selbst wenn ich mit einem Streifenwagen gefahren wäre, hätte er mich übersehen. Zu sehr war er mit sich und seinem Fahrrad beschäftigt. Wenn ihr mich fragt, war er schon wieder sturzbesoffen."

„Warum hast du ihn nicht gleich aus dem Verkehr gezogen?", fragte Peter scherzhaft.

„Diese Frage ist eines Mordgruppenleiter-Stellvertreters nicht würdig, weshalb ich sie auch nicht beantworten möchte. Außer, die Chefin erteilt mir dazu eine dienstliche Weisung", erwiderte Sigi, der niemals um eine Antwort verlegen war.

Längst schon mussten sich alle eingestehen, dass man diesem jungen, blitzgescheiten Kollegen rhetorisch nicht beikommen konnte.

„Ich habe gewendet und bin ihm einfach nachgefahren." Mord verstand es hervorragend, seine Schilderungen zu zelebrieren und dadurch das Interesse der Kollegen zu wecken. Gespannt lauschten sie seinen Ausführungen, als das Telefon auf Marias Schreibtisch läutete.

„Oh, hochlöbliche Eminenz will dich sprechen", lästerte Hammerl, der sofort erkannte, dass Schauer nach Maria verlangte.

„Meister!", meldete sie sich und ahnte, dass ein Anruf vom Oberst so früh am Morgen den Tag nicht unbedingt versüßen würde.

„Kannst du bitte gleich zu mir kommen!", war diese Frage anhand des Befehlstones sogleich als solcher erkennbar.

„Wir sind in einer Besprechung", erwiderte Maria und wollte nicht wie eine Marionette in der Sekunde seinem Ruf folgen.

„Ich muss in zehn Minuten ins Ministerium fahren. Es dauert nicht lange. Ich warte!", war seine knappe Anordnung, unverzüglich bei ihm anzutanzen. Marias Antwort hatte er nicht mehr abgewartet und das Gespräch unterbrochen.

Derartige Telefongespräche hasste Meister bis aufs Blut. Sie war es gewohnt, selbst zu bestimmen, wann ein Telefongespräch als beendet erklärt wurde.

„Deine Mimik verrät nichts Gutes", sagte Clemens Weber und „Musst du zum Rapport?", fragte Renate und zog dabei ihre Augenbrauen nach oben.

„Entschuldige, Sigi, ich komme in einigen Minuten wieder. Vergiss nicht, wo du stehengeblieben bist. Ich hoffe, deine Ausführungen enden in einer heißen Spur." Mit diesen Worten eilte sie aus dem Büro.

„Wird die Mordgruppe aufgelöst, oder was sonst kann so wichtig sein, dass du mich von jetzt auf gleich in dein Büro zitierst. Mein Team und ich waren gerade in einer wichtigen Besprechung zum aktuellen Fall", zeigte Maria dem Oberst, dass ihr ein derartiges Herumkommandieren widerstrebte.

„Ja, ich kann dich verstehen, aber wie ich schon gesagt habe, auch ich wurde vor wenigen Minuten ins Ministerium zitiert. Ich weiß auch schon genau, was mich dort erwarten wird. Hast du die Zeitungen heute schon gelesen?", fragte Schauer. Maria wusste sogleich, worauf er anspielte. Auch sie hatte die Schlagzeile der Morgenzeitung gesehen.

MORDANSCHLAG AUF SOHN EINES STARANWALTES stand in riesigen Lettern, die Maria bereits in aller Herrgottsfrüh in die Augen stachen. Nichts kotzte sie mehr an, als derartige Aufmacher. In Wahrheit war es aber nicht die Schlagzeile, die sie so in Rage gebracht hatte, sondern der Nachsatz, der darunter stand: „Es war bereits der vierte Anschlag auf junge Sportler – Die Ermittler des LKA sind ratlos", stand da zu lesen.

„Ratlos! Was weiß denn dieser Schmierfink! Glaubt der, wir veranstalten eine Ratespiel, wer der Mörder sein könnte?", war Maria so richtig auf hundertfünfzig.

„Beruhige dich wieder, Maria!", begann Schauer und legte ihr eben diese Zeitung, aber auch noch eine weitere vor.

MORDANSCHLAG AUF LEISTUNGSSPORTLER und darunter: „Es könnte der vierte ungeklärte Mord werden. Sohn eines Staranwaltes ringt mit dem Tod." Im Artikel stand, dass die Bevölkerung sich nicht mehr sicher fühlen könne und die Mordermittler im Dunklen tappen würden.

„Stimmt es, dass wir im Dunkeln tappen?", wollte Schauer von Meister wissen. „Was kann ich denen da drinnen vorweisen, um sie zufriedenzustellen?", fragte er.

Maria wusste, dass er mit „Denen da drinnen" den Generaldirektor für die öffentliche Sicherheit und die hohe Politik meinte, die allesamt die Aufklärung der drei Morde und den Mordanschlag auf Sascha Wegener forderten. Noch stand nicht fest, ob Wegener den Anschlag überleben wird.

„Du kannst die da drinnen beruhigen. Sag ihnen bitte, wir arbeiten mit Nachdruck und verfolgen eine heiße Spur, setzte Maria alles auf eine Karte und hoffte, Sigi Mord würde mithilfe seines außergewöhnlichen IQs oder auch seines genialen Bauchgefühls den Täter in die Knie zwingen.

„Wirklich? Das ist ja mal eine gute Nachricht!", war Schauer entzückt. „Einen schnellen Kaffee?"

„Ich dachte, du musst in zehn Minuten weg!"

„Mit dieser Nachricht werden sie mir eine akademische Viertelstunde Verspätung bestimmt nachsehen", grinste Schauer.

„Das wusste ich gar nicht", antwortete Maria todernst.

„Was wusstest du nicht?"

„Dass du einen akademischen Titel hast."

„Das hab ich auch nicht so ernst gemeint, aber wenn wir schon darüber sprechen und du mir versprichst, dass du es nicht an die große Glocke hängst, verrate ich dir etwas."

„Du kennst mich", sagte Maria und trank einen Schluck vom herrlich duftenden, frisch gebrühten Kaffee, den Schauer ihr höchstpersönlich serviert hatte. „Ich bin verschwiegen wie ein ..." Sie sprach nicht weiter. Das Wort „Grab" wollte ihre Lippen nicht verlassen.

„Ich weiß, was du meinst, und ich weiß auch, was du gerade denkst", wurde Schauer nachdenklich. „Weißt du, Maria, ich verfalle immer in alte Verhaltensmuster, obwohl ich hart an mir arbeite. Der tägliche Arbeitstrott lässt mich beinahe immer wieder vergessen, was wirklich zählt im Leben. Auch ich denke noch oft an Heinrich Müller. Wie muss es erst dir ergehen, wenn du nicht einmal das eine Wort herausbringst, ohne schmerzvoll an ihn zu denken. Bitte entschuldige, dass ich vorhin am Telefon so schroff gewesen bin. Du weißt doch hoffentlich, dass ich dich als Mitarbeiterin sehr schätze und als Mensch sowieso."

„Das hast du jetzt aber wunderschön ausgedrückt. Ich denke, Albert, du wirst von vielen Menschen verkannt. Was hat es jetzt mit deinem Titel auf sich?", wollte sie Schauers Geheimnis erfahren.

„Hast du einmal in einem offiziellen Schreiben die Abkürzung nach meinem Namen gesehen?“

„Nein, ehrlich gesagt nicht. Auf dem Namensschild vor deinem Büro steht nur Albert Schauer. Nicht einmal der Oberst ist angeführt.“ Maria wusste nicht, worauf er hinauswollte.

„Weil ich das so möchte und der Meinung bin, dass ein Titel nicht unbedingt ein Garant für Kompetenz ist. Ich war berufsbegleitend eine Zeit lang auf der Fachhochschule in Wiener Neustadt und habe den Titel Bachelor erworben. Korrekterweise müsste nach meinem Namen B.A. angeführt sein.“

„Und das heißt Bachelor?“, fragte Maria.

„Das heißt genau Bachelor of Arts in Police Leadership. Zurzeit bin ich alle vierzehn Tage ab Mitte der Woche nicht in meinem Büro. Ist dir das noch nie aufgefallen?“

„Nein, ist das schlimm?“ scherzte Maria und lachte das erste Mal an diesem Morgen.

„Aber wo. Ich wusste, ich fehle niemandem im Haus“, war auch Schauer mit einem Mal locker geworden. Beide hatten total vergessen, dass auf Maria ihr Team und auf Schauer die hohen Herren warteten. Ein halbe Stunde plauderten sie bereits miteinander.

„Ich habe bereits mehr als die Hälfte eines zwei Jahre dauernden Master-Studiums absolviert. Nach dessen Beendigung werde ich auch auf dem Namensschild vor dem Büro hinter meinem Namen ein B.A.M.A. anbringen lassen. Das ist die korrekte Bezeichnung dafür. Nicht weil ich so geil darauf bin, oh, entschuldige, das ist mir so herausgerutscht.

Also nicht, weil ich mir darauf etwas einbilde, aber es ist so vorgesehen."

„Wow, das wusste ich nicht! Dann bist du tatsächlich ein akademischer Herr Oberst. Bleiben wir dennoch beim du", lächelte Maria.

„Scherzbold", sagte Schauer, gelöst wie selten zuvor. „Um Gottes willen! Jetzt muss ich mich aber sputen", sagte er nun doch ein wenig nervös, als er auf die Uhr blickte. „Kann ich den hohen Herren sagen, dass wir einer Aufklärung sehr nahe sind?"

„Sag, wir sind guter Dinge. Sehr nahe, wäre vielleicht ein wenig übertrieben", antwortete Maria und dachte: Wenn das nur mal gut geht ...

„Eines noch", pfiff er Maria nochmals zurück, die gerade im Begriff war, die Tür von außen zu schließen. „Ich werde alle Anfragen von Zeitungen, besorgten Menschen – und was weiß ich, wer noch alles anrufen wird, um etwas über die ungeklärten Mordfälle in Erfahrung zu bringen oder auch nur, um seinen Frust loszuwerden – in dein Büro weiterleiten, respektive werde ich beim Journaldienst deponieren, derartige Anrufe gleich zu euch durchzustellen. Bitte teile jemanden Kompetenten dazu ein, derartige Anfragen mit viel Feingefühl zu beantworten. Ich hab einfach zu viel um die Ohren. Danke, Maria."

„Mutti ist zurück!", sagte Maria offensichtlich gut gelaunt, als sie nach knapp vierzig Minuten wieder ihr Büro betrat.

„Hat er dich befördert?", fragte Renate. „Du schwebst ja auf einer Wolke. Was hat er mit dir nur gemacht, unser Herr Schauer?"

„Was er gesagt hat, willst du wissen? Er hat mir, nein, er hat uns ordentlich Dampf unterm Hintern gemacht. Er will den Täter bis heute Abend. Sonst werden wir für die Verkehrsregelung eingesetzt."

„Darf er das?", fragte Sigi und demonstrierte einmal mehr, dass eine überdurchschnittliche Intelligenz kein Garant für einen guten Hausverstand ist.

„Nein, darf er natürlich nicht, Sigi. Es war ein Scherz", sagte Maria und zwinkerte ihm zu. „Erzähl weiter. Oder, nein, zuerst muss ich noch eine Einteilung treffen. Der Herr Oberst ist nicht gewillt, weiterhin der Presse oder besorgten Anrufern, die Angst vor dem brutalen Killer haben, Rede und Antwort zu stehen. Er wird veranlassen, vielleicht hat er es auch schon in die Wege geleitet, dass derartige Nachfragen oder auch Beschwerden direkt zu uns weitergeleitet werden. Wer von euch traut sich zu, so quasi als unser Pressesprecher zu fungieren?", fragte Maria und ließ einen prüfenden Blick durch die Runde schweifen.

„Für mich ist das nichts!", kam es spontan von Weber.

„Nee nee, auch nicht für mich", meinte Hammerl kleinlaut und versuchte, schüchtern wie ein kleiner Junge, sich Marias Blick zu entziehen.

„Dich befreie ich davon", sagte Maria zu Sigi. „Aber nicht, weil ich dir nicht zutraue, dass du gut kommunizieren kannst. Ich denke, du möchtest nicht für viele Stunden den Bürosessel mit deinem Hintern polieren, oder?"

„Nein, absolut nicht. Außerdem sind meine Ermittlungstätigkeiten bei Schinnerl noch nicht abgeschlossen. Soll ich jetzt weiterberichten?", konnte er es kaum mehr erwarten, seine Wahrnehmungen der Ermittlungsleiterin, aber auch allen anderen zu verkünden.

„Renate, du bist die Auserwählte. Du wirst alle telefonischen Anfragen, von wem auch immer, diese vier Gewaltdelikte betreffend, sensibel und knapp beantworten. Äußerst knapp!", fügte sie an. Ich hoffe, dich schon bald von dieser Tätigkeit entbinden zu können, weil wir dem Täter das Handwerk legen konnten. Ja, das hoffe ich wirklich sehr."

Renate Pall versuchte erst gar nicht, Maria umzustimmen. Im Grunde hatte sie auch damit kein Problem, der Presse jene Mitteilungen zu machen, die sie zufriedenstellen sollten oder besorgten Bürgern ihre Ängste zu nehmen. Zumindest wollte sie es versuchen.

„Was war weiter, Sigi?", fragte Maria.

„Wo war ich stehengeblieben?"

„Du bist mit dem Dienstwagen dem offensichtlich alkoholisierten Schinnerl auf seinem Fahrrad gefolgt", sagte Clemens Weber.

„Weiß schon wieder." Sogleich funkelten Mords Augen. Sigi fühlte sich wie die Hauptfigur in einem spannenden Krimi. „Einmal wäre er fast zu Sturz gekommen, und ich dachte wirklich daran, ihn vom Fahrrad zu holen. Plötzlich stieg er aber selbst vom Rad und lehnte es an die Friedhofsmauer.

„An die Friedhofsmauer?", fragte Pall. „Warum an die Friedhofsmauer?"

„Ganz einfach", fuhr Mord fort. „Weil er auf den Friedhof ging."

„Aha", warf Hammerl ein. „Dieser Schinnerl ging also auf den Friedhof. Sehr interessant, Herr Mord. Ist das für uns wichtig? Ich meine, für die Aufklärung der Morde? Oder möchtest du uns bis Mittag eine schöne Geschichte erzählen?", dauerte es ihm schon wieder viel zu lange. Ihm hätte die Kürzeste aller Kurzversionen vollauf genügt.

„Er ging zu einem Grab", erzählte Sigi weiter, ohne auf den sarkastischen Einwurf des Stellvertreters einzugehen. „Ich folgte ihm in angemessenem Abstand …"

„Stopp! Lass gut sein, Sigi!", sprach Meister nun doch noch ein Machtwort. „Es ist wirklich jedem hier im Raum egal, ob du ihm nachgeschlichen, nachgerobbt, hinterhergehumpelt oder was weiß ich, bist. Sag uns bitte in wenigen Worten, was dir aufgefallen ist, das für die Aufklärung des Falles oder auch der Fälle von Bedeutung sein könnte. Bitte Sigi, wir haben heute noch so einiges vor und bald ist Mittagszeit!"

„Entschuldigung, wenn ich wieder einmal zu langatmig war", sah er offenbar ein, dass er die Geduld seiner Kollegen zu lange auf die Probe gestellt hatte. HIER RUHT KARL SCHINNERL – MEIN EIN UND ALLES, war auf dem Grabstein zu lesen", erzählte er theatralisch. „Dann war da noch das Datum seiner Geburt und das seines Todestages. Offenbar handelte es sich um seinen Sohn, der nicht einmal siebzehn Jahre alt wurde und vor mehr als drei Jahren verstorben ist."

„Okay, er hatte einen Sohn, der bereits verstorben ist. Das ist tragisch, aber was hat das mit unseren Mordfällen zu tun?", drängte Maria Sigi abermals, sich auf das Wesentliche zu beschränken. „Ich denke, es wäre für uns wichtiger, wenn wir den Besitzer des VW Käfer, den unser Zeuge Rumpf gesehen hat, ausfindig machen könnten. Denn da könnte tatsächlich etwas dran sein", schnitt Meister Siegfried Mord das Wort ab.

„Warum?", wollte Renate wissen.

„Weil eine weitere Zeugin beim Anschlag auf den Anwaltssohn, auf Sascha Wegener, vermutlich ebenfalls einen VW Käfer gehört hat, der nach der Tat ins Dunkel der Nacht davonbrauste."

„Wie gehört? Erkennt sie Automarken an ihrem Klang?", hakte Pall nochmals nach.

„Bestimmt nicht alle. Aber sie sprach von einem Motor, der geblubbert haben soll. Glaub mir, sie hat einen VW Käfer gehört. Einen Käfer älteren Baujahres. Ich denke wirklich, der Täter fährt mit diesem Oldtimer zu seinen Tatorten", versuchte Maria ihre Kollegen auch davon zu überzeugen.

„Ja, ich denke, die Chefin hat recht", mischte sich Peter Hammerl ins Gespräch.

„Genau das ist der Punkt", sagte Mord und nahm eine aufrechte Sitzposition ein. Da war auch wieder das hellwache Leuchten in seinen Augen. Alle befürchteten, dass eine weitere lange Geschichte seinen Anfang genommen hatte.

„Ich habe recherchiert. Ich bin auch fündig geworden", sagte Sigi mit unübersehbarem Stolz. „Zuerst im Internet und dann hab ich mir den Akt mailen lassen."

„Welchen Akt?", fragte Maria. Eben noch genervt, waren alle Mordermittler urplötzlich neugierig geworden und wollten unbedingt hören, was dieser junge Kollege, der es offensichtlich genoss, im Mittelpunkt zu stehen und seine

Wahrnehmungen zu zelebrieren, in Erfahrung bringen konnte.

„Den Akt des tödlichen Verkehrsunfalles vor über drei Jahren. Eine Sektorenstreife der PI Mödling hat den Unfall seinerzeit bearbeitet. Ihr könnt den Unfallbericht gerne selbst lesen. Oder soll ich ganz schnell das Wesentliche erzählen?"

„Ganz schnell? Wirklich? Versprichst du es uns, Siegfried?", fragte Hammerl und lachte.

Mord schilderte in wenigen Sätzen den schrecklichen Verkehrsunfall, bei dem der junge Karl Schinnerl unschuldig sein Leben lassen musste. Ebenso erzählte er, dass der Unfalllenker mit großer Wahrscheinlichkeit Sascha Wegener war, dies ihm aber vor Gericht nicht bewiesen werden konnte. Sein Vater, der Herr Rechtsanwalt, hatte alles für seinen Sohn, den angehenden Starkicker, gerichtet.

„So hat es mir zumindest der Kollege aus Mödling geschildert", sagte Mord. „Er meinte noch, dass man das alles aber nicht laut sagen sollte, wolle man nicht von Doktor Wegener vor den Kadi gezerrt werden. Ich hoffe, ihr versteht, was das zu bedeuten hat!", sagte der Jungspund sichtlich erregt zu seinen erfahrenen Kollegen.

„Nein Sigi, wir haben keine Ahnung. Sagst du es uns bitte!", kam auch schon Marias Hammer für ihren eifrigen Nachwuchskriminalisten.

Während sich Hammerl & Co. kaum noch ein lautes Lachen verkneifen konnten, fiel bei Mord plötzlich der Groschen.

„Wie dumm von mir. Ich glaube, ich muss noch viel von euch lernen. Entschuldigt bitte", gab er sich mit einem Mal kleinlaut.

„Du brauchst dich absolut für nichts zu entschuldigen, Sigi. Deine Arbeit war hervorragend. Du bist deinem Gefühl gefolgt und hast mit Engagement und Intelligenz, aber auch mit Beharrlichkeit wertvolle Informationen gesammelt. Ich denke, du hast sogar den Schlüssel für die Klärung dieser brutalen Überfälle auf junge Sportler gefunden", zollte Maria dem Nachwuchskriminalisten Mord Respekt und Anerkennung.

„Übertreibst du jetzt nicht ein wenig?", fragte Peter Hammerl. Es hatte den Anschein, als wäre er tatsächlich auf Marias Liebling, wie er Mord heimlich nannte, eifersüchtig.

Auch Pall und Weber sahen nur aufgrund der Tatsache, dass der junge Schinnerl vor mehr als drei Jahren sein Leben bei einem Verkehrsunfall lassen musste, den man anfänglich dem Sohn des Rechtsanwaltes Wegener angelastet hatte, keinen Grund, in Euphorie auszubrechen. Ein Gericht hatte immerhin festgestellt, dass Sascha Wegener nicht der Lenker des Unfallautos war. Zumindest konnte man es ihm nicht nachweisen.

„Selbst dann, wenn Sascha Wegener der Todeslenker ist", begann Hammerl, „warum sollte Johann Schinnerl all die Morde begangen haben? Warum sollte er das tun? Was hatte er mit Thomas Müller, Marcel Fritsch und Emanuel Stock zu schaffen?"

„Wie sollte er zu den Tatorten gelangen?", fragte nun auch Clemens Weber. „Mit einem Baseballschläger in der

Hand und ohne Fahrzeug. Er fährt doch nur Fahrrad, wenn ich nicht irre. Außerdem wird er ohnehin permanent besoffen sein", glaubte auch er nicht an einen Zusammenhang zwischen Schinnerl und den Morden.

Maria verfolgte aufmerksam die Aussagen ihrer Kollegen. Auch sie konnte sich mit dem Gedanken nicht anfreunden, dass der Verkehrsunfall von Karl Schinnerl, der laut Angaben der Kollegen aus Mödling offiziell von einem unbekannten Autodieb mit dem Sportwagen von Sascha Wegener verursacht wurde, mit den Morden an drei jungen Männern, die in keinem Zusammenhang mit Schinnerl senior standen, der Auslöser für die Gewalttaten war. Dennoch war es an der Zeit, Johann Schinnerl einen weiteren Besuch abzustatten. Er musste genau durchleuchtet werden. Maria wusste auch schon, wer diese Aufgabe übernehmen sollte. Sigi Mord und Peter Hammerl. Sie hoffte damit, die beiden würden sich besser aneinander gewöhnen. Renate wurde zum Bürodienst verdonnert, und sie selbst machte sich mit Clemens Weber auf, um Doktor Wegener einen Besuch abzustatten.

16

„Wir sind da“, sagte Maria zu Clemens, als sie vor der noblen Villa von Rechtsanwalt Wegener den Dienstwagen einparkte. Maria hatte es sich nicht nehmen lassen, den nagelneuen Zivilwagen, den sie trotz rigoroser Einsparungsmaßnahmen auf allen Ebenen vor drei Tagen erhalten hatten, selbst zu lenken.

Dem gefinkelten Anwalt hatte sie telefonisch ihr Kommen angekündigt.

„Wie geht es Ihrem Sohn, Herr Doktor Wegener?“, fragte sie und wunderte sich ein wenig, dass keine Spur von Sorge bei ihm zu erkennen war. Für Maria, aber auch für Clemens, verkörperte dieser Mann einen mit allen Wassern gewaschenen, ausgefuchsten Anwalt. Keine Gefühlsregung war in seinem Gesicht erkennbar. Seine Fragen und Antworten waren präzise und emotionslos. Wirkte er in einem Moment schleimig, beinahe freundlich, so fand er blitzschnell den Übergang zu einem eiskalten und aalglatten Strafverteidiger, dem man mit Worten oder Argumenten nur schwer beikommen konnte. Wenn jemand sich mit diesem Mann auf einer rhetorischen Ebene bewegen konnte, dann war es Siegfried Mord, dachte Maria. Mit dem großen Erfahrungsschatz des Staranwaltes konnte der junge Mord natürlich nicht mithalten.

Maria war froh, dass sie diesen nur schwer einschätzbaren Mann nicht als Verdächtigen befragen musste. Sie wollte sich von ihm lediglich ein Bild machen und konnte sich bereits nach kurzer Zeit durchaus vorstellen, dass er der Typ von Anwalt war, der sprichwörtlich über Leichen ging. Sollte sein Sohn - womöglich alkoholisiert - tatsächlich vor mehr als drei Jahren den damals sechzehn Jahre alten Karl Schinnerl, zu Tode gefahren haben, hätte dieser Mann, der so erfolgreiche Anwalt der Reichen und Schönen, durchaus mit allen Mitteln versucht, den Kopf seines Sohnes aus der Schlinge zu ziehen. Koste es, was es wolle, dachte Maria. Schon allein aus dem einen Grund, dass dadurch sein guter Ruf als renommierter Strafverteidiger nicht beschmutzt wurde.

Sollte womöglich auch Johann Schinnerl so gedacht haben, ging es ihr durch den Kopf. Hasste Schinnerl deshalb den Anwaltssohn? Aber was war mit den anderen drei Mordopfern, die brutal durch Schläge mit einem Baseballschläger regelrecht hingerichtet worden waren?

„Sascha liegt noch immer in künstlichem Tiefschlaf", antwortete Wegener gerade so, als erzählte er den Ermittlern, dass das Wetter morgen schlechter werden sollte. Keine Spur von Mitgefühl oder Trauer, aber auch keine Spur von Hass auf den Täter war bei ihm zu erkennen. Wegener fragte nicht einmal, ob es bereits eine Spur gäbe. Es schien, als liebte er seinen einzigen Sohn nicht.

„Macht es Sinn, Sascha einen Besuch im Krankenhaus abzustatten?", fragte Weber.

„Wenn Sie ihm beim Vor-sich-hin-Dösen zusehen wollen?", erntete er als Antwort und bereute in dem Moment, diesem Arschgesicht von Anwalt überhaupt eine Frage gestellt zu haben.

„Ich warte dann mal draußen auf dich", sagte Clemens zu Maria und machte kein Hehl daraus, dass er sich in Gegenwart von Wegener nicht wohl fühlte. Obwohl Weber es nicht sagte, konnte Wegener seine Gedanken lesen und verzichtete beim Abschied auf einen Händedruck.

„Wir sind ohnehin fertig", sagte Maria und erhob sich von der sündteuren weinroten Ledercouch im pompös eingerichteten Wohnraum, den sie auf gut fünfzig Quadratmeter schätzte. Der Wert der Bilder namhafter Künstler an den Wänden dürfte jenen Wert von Marias und Clemens´ Wohnungen samt Einrichtungen um einiges übersteigen, dachte sie.

„Was hältst du davon, wenn wir trotzdem nach Meidling ins Unfallkrankenhaus fahren, um uns nach dem Zustand von Sascha zu erkundigen?", fragte Maria.

„Was für ein Zufall", antwortete Clemens. „Soeben wollte ich dich dasselbe fragen. Es ist nicht weit, und es würde mich sehr interessieren, wie die Speziallisten seinen Zustand beurteilen. Ich möchte wissen, ob sie ausschließen, dass der Junge wieder völlig genesen wird. Wahrscheinlich könnte er uns wichtige Hinweise auf seinen Angreifer liefern."

Sascha Wegener lag auf der Intensivstation der Neurologie des Unfallkrankenhauses im 12. Wiener Gemeindebezirk. Der Oberarzt erklärte den Kriminalisten, dass Sascha Wegeners Gesundheitszustand äußerst kritisch war. Sein Leben hing nach wie vor an einem seidenen Faden, und es war nicht auszuschließen, dass er nie wieder das Bewusstsein erlangen könnte. Durch den ungemein wuchtigen Schlag auf den Kopf zerbrach die Schädeldecke. Dabei trug das Gehirn mit ziemlicher Sicherheit einen irreversiblen Schaden davon.

„Die Zeit wird es weisen“, sagte der Arzt mit ernster Miene, als Maria und Clemens durch ein großes Fensterglas Sascha Wegener im Intensivkrankenbett betrachteten. Der ganze Raum war mit medizinischen Geräten ausgestattet. Es blinkten Lämpchen in allen Farben an verschiedenen Messinstrumenten, die den Ärzten dazu dienten, sich über den gegenwärtigen Zustand des Patienten, der regungslos und an Schläuchen angehängt im Bett lag, ein schlüssiges Bild zu machen.

„So schnell kann es gehen“, sagte Clemens zu einer sehr nachdenklichen Maria Meister, die diese Aussage nur mit einem stummen Kopfnicken quittierte.

„Darf man fragen, ob es eine Spur vom Täter gibt?“, begann der Arzt vorsichtig. „Und stimmt es, dass bereits drei andere junge Männer vom selben Täter erschlagen wurden?“, fügte er hinzu.

„Ja. Ich hoffe sehr, dass die einzige Spur, die wir derzeit verfolgen, uns weiterbringen wird“, antwortete Maria. „Obwohl, es ist nicht wirklich eine heiße Spur. So ehrlich muss man sein“, gab sie dem Oberarzt bereitwillig und aufrichtig Auskunft über die triste Lage, in der sich die Ermittler befanden.

„Ja, wir gehen davon aus, dass es sich um ein und denselben Täter handelt. Es fehlt uns aber noch ein Motiv“, plauderte sie ganz gegen ihre Gewohnheit aus dem Nähkästchen.

Maria ersuchte den sympathischen Arzt, sie gleich zu verständigen, sollte sich der Zustand von Wegener verändern, und übergab ihm ihre Visitenkarte. „Ob positiv oder negativ“, fügte sie hinzu.

„Peter, was gibt es Neues?“, fragte Maria ihren Stellvertreter, der sie am Handy erreichte, als sie und Clemens sich bereits wieder auf der Fahrt nach St. Pölten befanden. Maria hatte Weber auf sein Ersuchen hin das Steuer überlassen.

„Das wollte ich soeben dich fragen“, sagte Hammerl.

„Der Vater unseres letzten Opfers, Doktor Wegener, ist ein schmieriger Rechtsverdreher, wie er im Buche steht. Emotionslos, eiskalt und glatt wie ein Aal“, kam es von Meister wie aus der Pistole geschossen.

„Ich weiß, dass du Anwälte und Journalisten täglich in dein Abendgebet einschließt“, sagte Peter und lachte ins Telefon. „Das hast du eins zu eins von Heinrich übernommen. Stimmt´s?“

„Da kann schon etwas Wahres dran sein“, erwiderte sie. „Es trifft bestimmt nicht auf alle zu. So wie auch nicht jeder Lehrer glaubt, dass nur er allwissend ist und nicht jeder Polizist denkt, er und nur er wäre das Gesetz. Aber lange Berufszeiten machen für viele Dinge des Lebens blind. Berufsblind eben.“

Von Peter kam kein Einspruch. Im Gegenteil, für einige Sekunden war es still. So, dass Maria schon befürchtet hatte, sie habe keinen Empfang mehr, als er plötzlich erwiderte:

„Da kann ich dir gar nicht widersprechen. Ich kenne da einen Lehrer, der ...“

„Peter, ich möchte mit dir nun wirklich keine Diskussionen über die Wesensveränderungen von Menschen in verschiedenen Berufssparten führen. Vielleicht denke ich auch zu klischeehaft. Lassen wir das! Sag mir einfach, ob ihr bei Johann Schinnerl weitergekommen seid."

„Deshalb rufe ich ja in Wahrheit an. Dein Sigi ist ..."

„Er ist nicht mein Sigi! Merk dir das endlich!", ärgerte sich Meister über Hammerls Äußerung.

„Gut, unser junger Siegfried Mord ist gar nicht so verkehrt."

„Meine Rede." Maria atmete einmal tief durch, um von den gefühlten 180 Pulsschlägen herunterzukommen.

„Er hatte die Idee ..., aber ein wenig nervt er schon", unterbrach sich Hammerl selbst. „Er zerredet immer alles. Ich denke, der ist fast zu intelligent für unseren Job."

„Wenn du mich jetzt nicht sofort über den Stand der Ermittlungen informierst und stets nur Sigi analysierst, tausche ich dich aus, mein Freund", war Maria endgültig von Peters Anspielungen über Mord verärgert.

„Okay, ist ja gut, Frau Chefinspektor. Also Siegfried hatte die Idee, dem Arbeitgeber, beziehungsweise ehemaligen Arbeitgeber, von Johann Schinnerl einen Besuch abzustatten. Stell dir mal vor, was wir da alles zutage gefördert haben."

„Zuerst müsstest du mir einmal sagen, was ihr in Erfahrung bringen konntet. Erst dann kann ich mir irgendetwas vorstellen", sagte Maria, und es schien, als lagen ihre Nerven endgültig blank.

„Schinnerl ist ein Säufer", kam es knapp von Peter.

„Das sind andere auch!"

„Unterbrich mich nicht immer, Chefin!"

„Gut, weiter!"

„Er hat bereits zu tief ins Glas geschaut, als sein Sohn noch am Leben war und wurde deshalb auch vom Firmenchef mehrmals verwarnt. Als Karl, also sein Sohn, tödlich verunglückte, war es um den Vater geschehen. Er sprach mit niemandem mehr und war jeden Tag sternhagelvoll. Sein Chef sah keine andere Möglichkeit, als ihm zu kündigen. Seitdem lebt Schinnerl zurückgezogen auf seinem heruntergekommen Anwesen. Ab und zu sieht ihn mal ein ehemaliger Arbeitskollege oder sonst jemand mit dem Fahrrad fahren. Meistens, wenn er zum Friedhof fährt und das Grab seines Sohnes besucht. Wenn es stimmt, was der gute Mann uns berichtet hat, säuft Schinnerl täglich Unmengen von Alkohol."

„Bringt uns das weiter?"

„Das vielleicht nicht gerade. Aber was jetzt kommt, mit Bestimmtheit", zelebrierte es Hammerl dieses Mal, seiner Chefin Neuigkeiten zu verkünden.

„Reg du dich noch einmal über Sigi auf! Sag ja nie wieder, er zerredet alles, und nimm dich selber an der Nase! Wo ist er überhaupt?"

„Er schleicht ums Anwesen. Schinnerl ist offensichtlich nicht zu Hause. Aber warte, jetzt kommt´s. Sein Ex-Chef hat uns gesagt, dass eben dieser Johann Schinnerl einen VW Käfer älteren Baujahres besessen hat.

„Nein! Ist nicht wahr! Warum sagst du mir das erst jetzt? Alles andere hättest du dir für später aufheben können. Farbe?", fragte Maria. Sie spürte, wie sich ihr Pulsschlag mit einem Mal erneut drastisch beschleunigte.

„Rot."

„Aha, rot. So so“, kam es enttäuscht von der Ermittlungsleiterin.

„Vorerst!“

„Sprich nicht in Rätseln. Du bist unmöglich, Peter!“

„Lass es mich doch ein bisschen genießen. Er ist ohnehin nicht zu Hause, und ich rede eben gerne mit dir. Bleib geduldig. Hör genau zu. Der VW Käfer von Johann Schinnerl war nach Angaben des Firmenbosses, Hader heißt er, Alexander Hader, ursprünglich rot. Schinnerl hat ihn jedoch in Eigenregie blau lackiert. Dunkelblau! Maria, weißt du, was das bedeuten kann? Er kann unser Mann sein. Er wird unser Mann sein!“

„Hat er das Fahrzeug noch?“, fragte Maria. Sie war kaum noch zu halten und hielt Clemens an, auf die Tube zu drücken.

„Ich bin nicht Vettel! Wir können aber gerne wieder die Plätze tauschen“, ließ sich Weber nicht dazu animieren, die Fahrgeschwindigkeit zu erhöhen. Er fand das eigenartige Gespräch zwischen der Chefin und ihrem Stellvertreter einfach nur amüsant.

„Hader weiß nicht, ob der Käfer noch in Schinnerls Besitz ist. Jedenfalls hat schon seit ewigen Zeiten angeblich niemand mehr gesehen, wie er das Vehikel lenkte. Aber das Fahrzeug muss in jedem Fall blau sein.

Sigi und ich stehen vor der Scheune, bei der die Fenster mit dicken Brettern vernagelt sind. Als Mord das letzte Mal hier war, hatte ein großes Vorhängeschloss das massive Tor aus Holz verschlossen. Das ist jetzt nicht mehr da. Was meinst du, sollen wir einfach so hineingehen?“

„Diese Frage stellst du aber nicht ernsthaft, Peter. Oder?“

„Du meinst wegen Gefahr im Verzuge?“

„Weshalb sonst? Selbst ein Aufbrechen des Schlosses wäre gerechtfertigt. Ist Schinnerl sicher nicht zu Hause?“

„Sigi hat wie ein Irrer an die Haustür getrommelt. Entweder er verbarrikadiert sich oder er ist ganz einfach unterwegs.“

„Seid vorsichtig! Es soll schon mal vorgekommen sein, dass jemand wegen geringerer Delikte als Mord einen Polizisten erschossen hat. Außerdem seid ihr in Zivil. Schinnerl könnte behaupten, er habe Einbrecher vermutet“, warnte Meister. „Wir kommen zum Anwesen. Es wird aber noch zirka zwanzig Minuten dauern, bis wir da sind. Seht euch mal in der Scheune um. Bis dann“, beendete Meister das Gespräch.

„Kannst du es riechen?“, fragte Sigi.

„Und ob. Da hat doch jemand vor gar nicht allzu langer Zeit ein Auto gestartet. Hier, schau mal! Öltropfen auf dem Boden“, sagte Hammerl.

„Da lehnt sein altes schwarzes Fahrrad an der Wand. Ich erkenne es an dem hochgezogenen Lenker. Damit ist Schinnerl zum Friedhof gefahren“, sagte Sigi, dem es plötzlich ein wenig mulmig zumute war.

„Der hat mich doch glatt angelogen, als er behauptete, er habe den VW an ungarische Staatsbürger verkauft.“

Er kann doch nicht ohne Kennzeichen auf öffentlichen Straßen fahren, dachte Sigi noch ein bisschen wie ein Streifenpolizist.

„Der hat dir natürlich einen Bären aufgebunden, als er dir weismachen wollte, die Kennzeichentafeln wären ihm gestohlen worden. Er hat sie nicht verloren. Da verwette ich mein rechtes ... Schon gut, vergiss es."

„Was verwettest du?", wollte Mord wissen. „Dein Auge etwa?"

„Es ist nichts, wie ich bereits sagte, vergiss es."

„Ich will es aber wissen. Was willst du verwetten?", benahm sich Mord wie ein kleiner Junge, der darum bettelte, ihm ein Geheimnis anzuvertrauen.

Und der hat einen IQ wie Einstein, dachte Hammerl.

„Mein rechtes Ei."

„Was ist damit? Schmerzt es?" wollte Sigi wissen. „Ich würde da nicht zuwarten. Du musst einen Arzt aufsuchen, Peter!"

„Du bist dein Geld wert. Das kannst du mir glauben", sagte Peter und schüttelte mehrmals den Kopf. „Ich meinte, ich verwette mein rechtes Ei, sollte ich mich irren. Hast du diesen Ausspruch noch nie gehört?"

„Nein, hab ich nicht". Mord war froh, dass sein Kollege keine Schmerzen im Hoden verspürte.

Hammerl nahm sich vor, derartige Redensarten künftig zu unterlassen. Zumindest bei Siegfried Mord.

„Hat dieser Schelm doch tatsächlich seine Kennzeichentafeln als gestohlen gemeldet und fährt frisch und fröhlich mit einem nicht zum Verkehr zugelassenen Auto durch die Landschaft. Wenn es stimmt, was ich vermute, zu einem ganz bestimmten Zweck. Wir müssen unbedingt ins Haus. Sigi, hast du gehört? Unbedingt. Jetzt!"

„Da brauchen wir aber einen ..."

„Hör auf, ich kann es nicht mehr hören. Ich weiß, dass wir eine richterliche Anordnung benötigen. Aber nicht bei ..."

„Gefahr im Verzuge", vervollständigte Mord den Satz.

„Endlich, Einstein. Du hast es begriffen. Spät, aber doch."

„Nenn mich bitte nicht so. Das mag ich gar nicht", war Sigi ein wenig eingeschnappt.

„War nicht so gemeint. Eines kann ich dir sagen, Herr Kollege. Sollte Schinnerl tatsächlich unser Mann sein, kannst du dir den Ermittlungserfolg auf deine Fahnen heften", zauberte Peter seinem jungen Kollegen wieder ein Lächeln ins Gesicht.

Peter Hammerl war froh, als Maria und Clemens beim Anwesen eintrafen.

„Eine öde Gegend ist das hier", sagte Clemens. „Das nächste Gehöft ist ja meilenweit entfernt."

„Zwar nicht meilenweit, aber dennoch weit genug, um unbeobachtet zu sein", konterte Maria. „Selbst wenn er fallweise sein Auto verwendet, niemand in der nächsten Nachbarschaft weiß, dass das Fahrzeug amtlich abgemeldet ist. Seid ihr schon im Haus gewesen?", fragte sie Peter.

„Nein, alle Fenster sind verschlossen. Ehrlich gesagt, wollte ich nicht gewaltsam eindringen. Ich habe Renate angerufen und sie ersucht, Oberst Schauer von der Sachlage in Kenntnis zu setzen. Er soll sich um einen Durchsuchungsbeschluss für das Wohnhaus bemühen. Ich denke, auf die Minute kommt es nicht an. Was meinst du?", fragte er Maria.

„Sollte Johann Schinnerl der Mörder sein, kommt es auf jede Sekunde an. Los, wir gehen hinein!", gab sie ein klare Order, das Haus gewaltsam zu betreten.

Im selben Moment rief Renate Pall auf Peters Diensthandy an.

„Hallo Renate, hast du Schauer informiert?", fragte Peter.

„Aus welchem Grund sonst sollte ich dich anrufen? Natürlich hab ich das."

„Und, können wir hinein?"

„Der junge Staatsanwalt hat Männchen gemacht. Er meinte, mit dem, was wir in Händen haben, könne er nicht beim zuständigen Ermittlungsrichter antanzen. Nur weil Schinnerls Sohn vor Jahren totgefahren wurde und er möglicherweise einen VW Käfer besitzt, kann man nicht in sein Haus einbrechen. Es steht nicht zweifelsfrei fest, dass sein Auto in der Nähe des Tatortes vom Zeugen Rumpf gesehen wurde. Die Zeugin Fink hatte überdies nur ein Blubbern gehört, von dem wir auf einen VW schließen. Wenn wir nicht mehr Anhaltspunkte für eine Täterschaft haben, sollten wir besser warten, bis er zurückkommt, meinte der frischgefangene Herr Staatsanwalt. Vielleicht stimmt Johann Schinnerl einer freiwilligen Nachschau zu, oder unsere Verdachtsmomente erhärten sich. Dann sollten wir ihn wieder kontaktieren", schilderte Pall das Gespräch von Schauer mit dem sogenannten Anklagevertreter.

„Das darf doch wohl nicht wahr sein. Wenn man nicht alles selber macht", sagte Hammerl verärgert.

„Was soll denn das bitteschön heißen?", fauchte Pall durchs Telefon. „Unterstellst du mir, dass ich schlecht argumentiert habe?"

„Aber nein. Natürlich nicht, Renate. Warum hast du nicht deine weiblichen Reize eingesetzt? War nur ein Scherz. Danke und tschüss."

„Es hat sich so angehört, als gäbe es keinen Beschluss für eine Durchsuchung", sagte Maria, als Siegfried Mord, der alles mit angehört hatte, obwohl er am Haus von Fenster zu Fenster geschlichen war, plötzlich laut „Hört ihr das auch?“ rief.

„Was? Was sollen wir hören?“, fragte Hammerl.

„Na das!“ Er presste sein Ohr an die Fensterscheibe. „Jetzt ist es wieder still.“

„Halluzinierst du?“, fragte Weber und tippte sich mit seinem Zeigefinger zwei Mal auf seine Schläfe.

„Pssst! Da ist es wieder. Ganz deutlich. Ein Stöhnen, oder nein, es hört sich an, als röchelt da jemand. Das ist es!“

„Was ist was? Rede schon, Einstei …, Sigi, wollte ich sagen.“ Ein giftiger Blick von Mord traf Hammerl.

„Das ist es!“, wiederholte er todernst. „Daran haben wir nicht gedacht.“

„Woran?“, war nun auch Weber neugierig, was Mord hier veranstaltete.

„Dass der alleinwohnende Alkoholiker gar nicht weggefahren ist. Ich glaube, er liegt da drinnen und ringt womöglich mit dem Tod. Ich kann mich doch nicht so täuschen. Da greift doch eindeutig der Paragraf 19 des Sicherheitspolizeigesetzes:

Sind Leib, Gesundheit, Freiheit oder Eigentum von Menschen gegenwärtig gefährdet oder steht eine solche Gefährdung unmittelbar bevor, so trifft die Sicherheitsbehörden die erste allgemeine Hilfeleistungspflicht, wenn die Abwehr der Gefährdung …“

„Stopp! Bist du wahnsinnig?!“, schrie Maria. Welcher Dämon reitet dich denn, dass du uns hier das Sicherheitspolizeigesetz zitierst, und da drinnen stirbt jemand! Auf was warten wir noch? Los, Sigi, du hast jemanden röcheln gehört. Dring ein! Das ist eine dienstliche Anweisung!"

„Was, ich? Echt jetzt?", war Mord nun plötzlich nicht mehr so selbstsicher wie eben noch zuvor, als er mit seinem exzellenten Fachwissen brilliert hatte.

„Warte, ich bin schon bei dir, Partner", sagte Hammerl lächelnd.

Das Wort „Partner" erfüllte Sigi mit großem Stolz. Noch bevor Peter bei ihm war, schlug er mit dem Knauf seiner Dienstpistole die Fensterscheibe auf Höhe des innenliegenden Fenstergriffs ein. Schon drehte er an diesem und das Fenster stand offen.

„Ich steige dann mal ein", sagte er etwas verunsichert. „Vielleicht finde ich einen Haustorschlüssel da drinnen."

Der Rest des Mordermittler-Teams sah nur noch Mords Allerwertesten durchs Fenster verschwinden.

„Siehst du schon jemanden, Sigi?", rief ihm Meister hinterher.

Keine Antwort.

„Sigi, pass gut auf da drinnen!", fühlte sich nun auch Peter bemüßigt, ihm gute Ratschläge zu erteilen.

Nun stieg auch Hammerl durch das geöffnete Fenster ein. Weber und Meister warteten draußen und lauschten der völligen Stille. Es vergingen Minuten, die sich wie Stunden anfühlten, als sie ein Rumoren und dann ein Klopfen an der Haustür hörten. Dann das Anstecken eines Schlüssels und schon stand Sigi mit einem strahlenden Gesicht vor ihnen.

„Ich muss mich wohl geirrt haben", lachte er schelmisch seiner Chefin entgegen. „Ist das jetzt sehr schlimm?", fragte er.

„Sigi, du ausgekochtes Schlitzohr. An dir ist ein Schauspieler verlorengegangen. Ein guter noch dazu“, sagte sie und klopfte ihm anerkennend auf die Schulter.

„Wenn der Herr Staatsanwalt schon zu weiche Knie hat, um einen Durchsuchungsbeschluss zu beantragen, dann muss eben die Intelligenz des jungen Kriminalisten Mord zum Einsatz gebracht werden.“

Maria war felsenfest davon überzeugt, dass Sigi nicht den leisesten Ton, geschweige denn ein Röcheln, aus dem Hausinneren vernommen hatte. Hätte er es aber gehört, wäre ein Eindringen gesetzliche Pflicht gewesen. Was würden denn die Zeitungsschmierer für böse Kommentare über die untätige Polizei schreiben, wenn sie womöglich einem um Hilfe Röchelnden oder gar im Sterben Liegenden nicht ihre Hilfe angedeihen ließen, dachte sie mit einem zufriedenen Lächeln.

Während Meister und Weber den Keller durchsuchten, nahmen sich Hammerl und Mord die Zimmer im Erdgeschoß vor. Ein Obergeschoß gab es in dem kleinen, offensichtlich bereits baufälligen Häuschen, nicht. Muffiger Gestank hatte sich überall breitgemacht. Im Spülbecken der kleinen Küche stapelte sich verdrecktes Geschirr. Leere Bier-, Wein- und Schnapsflaschen lagen verstreut am Boden und auch auf der unansehnlichen Eckbank. Offensichtlich hatte Schinnerl die geleerten Flaschen nach einem Saufgelage nicht weggeräumt. Es handelte sich ohne Zweifel um die Behausung eines schweren Alkoholikers, der mit seinem Leben nicht mehr zurechtkam.

Außer Holz und Kohlen für den kleinen Ofen in der Küche, der als einzige Wärmequelle für das ganze Haus diente, war im Keller nichts eingelagert. Dementsprechend schnell waren Meister und Weber wieder zurück im Erdgeschoß. In der Ecke des Küchentisches hing ein schlichtes Holzkreuz an der Wand. Darunter stand ein gerahmtes Foto, bei dem an der rechten oberen Ecke ein schwarzes Stoffband über das Glas gestülpt war.

Ein junger Bursche, der lächelnd vor einem alten Moped kniete, war darauf zu sehen. Den Ermittlern war sogleich bewusst, um wen es sich handelte. Maria empfand diesen Augenblick als sehr beklemmend. Auch Weber blickte stumm auf das Bild und hing für einen Moment lang seinen Gedanken nach.

„Maria, Clemens, kommt schnell hierher! Das müsst ihr sehen!“, rief Hammerl aufgeregt. Sehr lange hatte Maria ihren Stellvertreter nicht mehr so erregt gesehen. Sie wusste, er und Mord mussten eine brisante Entdeckung gemacht haben.

17

„Können Sie mir bitte sagen, wo mein Neffe liegt?“, fragte der Mann die Bedienstete der Ambulanz im Unfallkrankenhaus Meidling.

„Sie müssen mir schon sagen, wie Ihr Neffe heißt“, erwiderte sie durch die kleine Luke der Glastrennwand in der Ambulanz-Aufnahme.

„Er heißt Sascha. Sascha Wegener. Er liegt mit schweren Kopfverletzungen hier im Krankenhaus. Ich bin sein Onkel und war bis gestern im Ausland. Es ist so furchtbar, was passiert ist. Ich möchte ihn nur kurz sehen, da ich morgen schon wieder außer Landes sein werde.“

„Einen kleinen Moment, bitte.“ Routiniert machte sie einige Klicks auf dem PC. „Hab´s schon. Er liegt auf Intensiv. In der Neurologie. Da müssen Sie aber unbedingt vorher mit dem Oberarzt sprechen.“

Sie rief den Oberarzt auf seinem Handy an und teilte ihm mit, dass der Onkel von Sascha Wegener ihm einen Kurzbesuch abstatten wolle. Bereitwillig erteilte sie dem Unbekannten die Auskunft, wo sich der Arzt im Moment aufhielt, aber auch, wie er in die Intensivstation gelangen konnte.

Was die Ermittler im Zimmer, das offensichtlich einmal Karl Schinnerl bewohnt hatte, zu sehen bekamen, rief bei ihnen die unterschiedlichsten Reaktionen hervor.

War es bei Hammerl eine unglaubliche Wut, die in ihm hochstieg, so wurde Maria Meister ganz ruhig und quälte sich in der Sekunde mit Selbstvorwürfen, nicht von selbst darauf gekommen zu sein. Weber verspürte eine eigenartige Leere. Es war eine Leere in seinem Kopf, aber auch eine Leere in seinem Herzen. Clemens war in diesem Moment keiner Gefühlsregung fähig. Er dachte nur, welche Kreaturen von Menschen mitten unter uns leben, aber auch, dass es meist Auslöser dafür geben musste. Wie auch in diesem Fall, bei dem der Vater durch den Tod seines Sohnes zum Monster wurde.

Siegfried Mord fand alles nur spannend und war stolz, durch seine Idee, ganz legal nach dem Sicherheitspolizeigesetz in das Haus einzudringen, dem Mörder auf die Spur gekommen zu sein. Dass er sich letztendlich geirrt hatte und niemand im Haus gerettet werden musste, könnte ihm niemand zum Vorwurf machen. Schon gar nicht, nachdem sie hier fündig geworden waren.

Auf einem uralten, wackeligen Schreibtisch lagen sämtliche Zeitungberichte der Morde an den talentierten und hoffnungsvollen österreichischen Nachwuchssportlern.

Thomas Müller, der im Pool auf dem elterlichen Grundstück durch einen mächtigen Hieb eines Baseballschlägers das Bewusstsein verloren hatte und hilflos ertrunken war, führte die Riege der jungen Männer an, die einen sinnlosen und brutalen Tod erleiden mussten.

Auf einem offensichtlich vom Mörder angefertigten Deckblatt, das mit der Nummer 1 versehen war, stand zu lesen, dass ursprünglich nicht er, Müller, als Opfer auserkoren war, sondern der so verhasste Anwaltssohn Sascha Wegener. Dieser wohnte nur einige Häuser weiter, in der luxuriösen Villa des von ihm als Verbrecher-Anwalt bezeichneten Manfred Wegener.

Das mit zittriger Handschrift und von unzähligen Rechtschreibfehlern gespickte Papier ließ tief in die verwundete Seele und in das hasserfüllte Gehirn des Mörders blicken. Als er in einem Zeitungsbericht vom großen Schwimmtalent Thomas Müller gelesen hatte, war beim schwer alkoholabhängigen Johann Schinnerl, dessen geliebter Sohn Karl vom verwöhnten Anwaltssöhnchen mit dem Auto getötet und liegengelassen wurde, nach und nach der Plan gereift, junge Leistungssportler zu töten.

Ab sofort machte er es sich zur Aufgabe, nach den größten Sporttalenten, die das Land aufzubieten hatte, zu suchen, und sie mit dem Baseballschläger von Karl zu erschlagen.

„*Auch mein Karli war ein guter Spordler. Er liebte Baisball über ales. Sein Mörder wird die gerechte Strafe kriegen. Ich habe das Urteil gefelt. es laudet: Totesstrafe*“, stand da mit der Rechtschreibung eines Schulanfängers zu lesen.

Schinnerl schrieb sich all seinen Schmerz und all seinen Hass von der Seele. Für ihn stand fest, dass Rechtsanwalt Wegener alles unternommen hatte, den Kopf seines Sohnes aus der Schlinge zu ziehen. Tatsächlich konnte ihm nicht nachgewiesen werden, der Lenker seines Sportwagens in der verhängnisvollen Nacht gewesen zu sein. In jener Nacht, in der Johann Schinnerl vergeblich auf die Heimkehr seines Sohnes, in dem er stets auch einen Freund sah, gewartet hatte.

Schinnerl hatte sich tatsächlich eingeredet, dass alle jungen Leistungssportler egoistisch und herzlos wären. Keiner von ihnen sollte weitere sportliche Erfolge feiern. Sein Sohn Karli konnte es auch nicht mehr. Er war überzeugt, wenn er wahllos Sportler verschiedener Sportarten töte, käme niemand auf die Idee, es könne eine späte Rache von ihm sein, wenn Sascha Wegener an der Reihe wäre.

Unter einem weiteren Deckblatt, mit der Nummer 2, befanden sich die Berichte vom schrecklichen Tod des größten Fußballtalentes der heimischen Liga, Marcel Fritsch. Jedenfalls wurde es so von den Medien behauptet.

Das Zusammentreffen mit ihm war nicht geplant. Seine Freunde beim Badener Heurigen hatten lautstark verkündet, welch tolle Kicker sie wären. Schinnerl war nur zufällig und erstmalig in diesem Lokal. Dass Marcel seinen Liebeskummer in Alkohol ertränkte und alleine das Heurigenlokal verlassen hatte, machte es für den hasserfüllten Schinnerl um einiges leichter, die Tat auszuführen. Er wartete bereits mit dem griffbereiten Baseballschläger, mit dem sein über alles geliebter Sohn einst viele Bälle geschlagen hatte und den er vorsorglich im Auto mitführte, auf sein Opfer.

„Diese Aufzeichnungen ersparen uns jedes Geständnis", unterbrach Hammerl die gespenstische Stille im Raum. Alle Ermittler hatten sich in die Zeilen des offenbar wahnsinnig gewordenen, von Hass zerfressenen Mörders, vertieft. Schon waren sie beim dritten Deckblatt angelangt. Auf diesem standen Aufzeichnungen über den brutalen Mord an dem Radrennfahrer Emanuel Stock.

„Was er damit all den leidgeprüften Eltern und sonstigen Verwandten und Freunden der Opfer angetan hat, weiß dieser Irre offenbar nicht", sagte Maria entsetzt. „Dabei müsste gerade er wissen, wie schmerzvoll es ist, einen geliebten Menschen zu verlieren."

Schinnerl hatte ebenso alle Zeitungsberichte vom Mordversuch an Sascha Wegener gesammelt. Auf dem Deckblatt mit der handschriftlich vermerkten Nummer 4 stand: „*Abschlus folgd*!"

Dieser Fall hatte mit Abstand das größte mediale Interesse geweckt. Hier war auch alles über die Gerichtsverhandlung zu lesen. Auch darüber, dass der nach dem Anschlag schwer verletzte Anwaltssohn seinerzeit vom Vorwurf der fahrlässigen Tötung freigesprochen worden war.

Es stand auch darin, dass der Anwaltssohn den Anschlag schwer verletzt überlebt hatte.

Sigi Mord kramte unter dem ehemaligen Bett von Karl Schinnerl die offensichtliche Tatwaffe von Fritsch, Stock und Wegener hervor. Die anhaftenden Blutspuren würden Klarheit verschaffen, waren sich die Ermittler einig.

Maria war überzeugt, dass auch das am letzten Tatort aufgefundene Haar von Johann Schinnerl stammte. Auch der beste Anwalt der Welt könnte diesen Mörder nicht seiner Verantwortung entheben. Außer vielleicht, er würde einen Gutachter finden, der ihn für zurechnungsunfähig erklärt.

„Du bist besser als der beste Polizei-Spürhund", sagte Peter zu Siegfried Mord.

„Ja, Sigi ist nicht nur überdurchschnittlich intelligent, er ist auch sehr umtriebig", sagte Maria.

„Umtriebig? Wie meinst du das?", fragte Sigi.

„Keine Angst, ich meine das absolut positiv. Du findest alle Tatwaffen und du folgst deinem Bauchgefühl. Ansonsten wären wir jetzt nicht hier. Und du dringst illegal in Häuser ein, aber nicht, ohne es vorher durch deine Intelligenz rechtens zu machen. Ich hoffe nur, mein Junge, deine Versetzung zu uns wird schon sehr bald amtlich. Ich denke, das hoffen wir alle. Oder?" Maria blickte Peter und Clemens an. Ein bestätigendes Kopfnicken der beiden erfüllte Mord mit großer Genugtuung.

Sie hat „Junge" gesagt, ging es Mord durch den Kopf. Ein schöneres Kompliment hätte Maria ihm nicht machen können.

„Alarm!", sagte Maria plötzlich. „Burschen, es ist Feuer am Dach!", überschlug sich fast ihre Stimme, und ihre entsetzten Augen ließen nichts Gutes erahnen.

„Was ist los?", fragte Peter. „Wir brauchen Schinnerl nur mehr hier zu erwarten."

„Von wegen", erwiderte Sigi. „Die Chefin hat völlig Recht. Hier, lies mal!" Er hielt Hammerl das Deckblatt mit der Nummer 4 unter die Nase. „*Abschlus folgd*", stand hier zu lesen. Obwohl völlig falsch geschrieben, war die Botschaft doch eindeutig. „Das bedeutet …"

In diesem Moment war auch bei Peter und Clemens der Groschen gefallen. Dieser Vermerk konnte nur bedeuten, dass Johann Schinnerl den Mord an Sascha Wegener vollenden wollte.

Chefinspektor Meister zückte ihr Handy.

„Herein!", rief Doktor List, als es zwei Mal kräftig an der Tür des Oberarztes klopfte. „Die Dame aus der Ambulanz hat mich bereits informiert. Sie müssen der Onkel unseres Sorgenkindes sein. Herr …?"

„Wegener, Josef Wegener. Ich bin der Bruder von Doktor Wegener“, sagte der Besucher, während er dem Arzt kräftig die Hand zur Begrüßung drückte.

„Wir können Ihrem Neffen einen Kurzbesuch abstatten. Ich werde Sie begleiten. Der Beamte vor dem Eingang zur Intensivstation hat die strenge Order, keinen Unbekannten zu Sascha Wegener vorzulassen. Die Chefin des Landeskriminalamtes hat dies angeordnet. Damit alles seine Ordnung hat, möchte ich Sie bitten, sich zu legitimieren, Herr Wegener. Ein Führerschein tut´s schon.“

Der Polizist vor dem Krankenzimmer saß lässig mit übereinandergeschlagenen Beinen auf einem Sessel und las in einem Buch. Er war froh, dass es bis zur Nachtablöse nicht mehr allzu lange dauern sollte. Freundlich begrüßte er den Arzt, der stumm an ihm vorbei in das Intensiv-Krankenzimmer ging und lediglich kurz die Hand zum Gruß hob.

So fertig, wie der aussieht, hat er bestimmt schon einen Tag und eine Nacht lang seinen Dienst versehen, dachte der Wachbeamte und vertiefte sich weiter in sein Buch.

„Was hat die Chefinspektorin des LKA gesagt? Wir sollen Ausschau nach einem alten blauen VW Käfer halten?“

Meister hatte dem Kommandanten der Sondereinsatzgruppe neben der auffälligen Fahrzeugtype auch jenes Kennzeichen durchgegeben, das von der Behörde seinerzeit für den Zulassungsbesitzer Johann Schinnerl ausgegeben worden war. Sie vermutete, dass er die als gestohlen gemeldeten Kennzeichentafeln nach wie vor auf dem Vehikel montiert hatte. Es bestand jetzt kein Zweifel mehr, dass die Wahrnehmungen der Zeugen Rumpf und Fink goldrichtig waren. Schinnerl war stets mit dem Auto zu den Tatorten gefahren.

„Wir haben ihn! Das gesuchte Fahrzeug steht auf dem großen Parkplatz beim UKH“, meldete der Beamte dem Einsatzleiter.

Sogleich forderte er die Spezialisten, die auf dem Weg zu Wegeners Krankenzimmer waren, auf, sich zu sputen. Es ging offenbar um Sekunden. Mit ihren Overalls und schusssicheren Westen sprinteten sie schwerbewaffnet die Stufen hoch. Durch die kleinen Sehschlitze der schwarzen Überziehhauben funkelten dunkle Augen, wie von Raubtieren, die nach Beute Ausschau hielten.

Als sie das Stockwerk, in dem sich die Intensivstation befand, erreichten, ertönte im Schwesternzimmer ein Alarm.

„Schnell! Auf Intensiv!“, rief die diplomierte Krankenschwester und lief zum Zimmer von Sascha Wegener, das zeitgleich von der Spezialeinheit gestürmt wurde.

Der zur Bewachung abgestellte Beamte wusste nicht, wie ihm geschah. Für ihn war alles in bester Ordnung. Hatte doch kurz zuvor ein Arzt das Zimmer der Intensivstation betreten.

Johann Schinnerl, der über Sascha gebeugt, das Kopfkissen gegen dessen Gesicht drückte, wurde in Sekundenschnelle überwältigt und festgenommen. Widerstand zu leisten, war zwecklos und von Schinnerl auch nicht beabsichtigt. Er wusste, sein Rachefeldzug war hier zu Ende.

Schnell schaltete die Krankenschwester das Beatmungsgerät wieder ein und setzte die Nadel, die Schinnerl seinem verhassten Feind aus der Vene gerissen hatte.

Sascha Wegeners Leben wurde dadurch nur kurz verlängert. Er schloss seine Augen drei Tage, nachdem Johann Schinnerl ihn zum zweiten Mal töten wollte, für immer.

Oberarzt Doktor Andreas List wurde ermordet in seinem Büro aufgefunden. Ein Brieföffner, der auf seinem Schreibtisch gelegen hatte, war ihm mit großer Wucht direkt ins Herz gerammt worden.
Mit dem weißen Arztkittel, den Schinnerl vom Haken genommen hatte, hatte er den arglosen Wachbeamten vor der Intensivstation überlistet.

Letztendlich hatten die Mordermittler den fünften Mord von Johann Schinnerl durch hervorragende Ermittlungsarbeit, insbesondere durch den blitzgescheiten Siegfried Mord, zwar für den Moment verhindern, das Leben des jungen Sascha aber dennoch nicht retten können.

Der mutmaßliche Fünffachmörder hatte seine Genugtuung. Als er in der Untersuchungshaft vom Tod des Sascha Wegener erfahren hatte, machte er sich auf den Weg zu seinem geliebten Sohn Karli. Er erhängte sich mit der Kordel seines Pullis im Duschraum der Haftanstalt.

-Ende-

Die Handlung des Romans und die darin beschriebenen Personen sind frei erfunden. Eine Ähnlichkeit mit anderen Personen wäre nicht beabsichtigt, sondern rein zufällig.

Ich widme diesen Kriminalroman allen ehemaligen Kolleginnen und Kollegen der Exekutive, die sich in ihrer gefährlichen und verantwortungsvollen Tätigkeit stets für unser aller Wohl einsetzen.

Die Bände 1 bis 4 von „Die Mordermittler" sind als E-Book bei Amazon erhältlich.

Alle Werke des Autors unter:
www.heinrich-eschauer.webnode.at „Produkte".

Harald Hartl lebt im Murtal in der Steiermark, ist verheiratet und hat zwei erwachsene Söhne. Gemeinsam mit seiner Frau betreibt er seit beinahe vier Jahrzehnten Karate und war als Aktiver wie auch als Trainer erfolgreich. Einen Ausgleich zum anstrengenden Dienst bei der Gendarmerie und später bei der Polizei fand er neben dem Kampfsport stets in vielen anderen sportlichen Aktivitäten. Sein Herz schlägt außer für seine Familie für alle Tiere. Vor einigen Jahren erwachte die große Leidenschaft für das Schreiben. „Es gibt beinahe nichts Schöneres, als Geschichten im Kopf entstehen zu lassen und diese so niederzuschreiben, dass sie Menschen, in welcher Form auch immer, „berühren", ist der Autor überzeugt.

www.karate-spielberg.at
www.heinrich-eschauer.webnode.at

„Jedes Wort ein Atemzug“

Buchserie der AutorInnen von „Respekt für Dich“

Ein gemeinsames Buchprojekt gegen Gewalt, initiiert von der Österreichischen Autorin Karin Pfolz, soll den gemeinsamen Weg Europas gegen Gewalt zeigen. 143 Autorinnen und Autoren aus ganz Europa beteiligten sich daran. Der Erlös aus den Büchern fließt in die Gewaltopferhilfe.
„Mit diesem Buchprojekt wird die Idee der Europaratskonvention unterstützt, wonach Gewalt an Frauen und Kindern kein Tabuthema mehr ist“, so Gisela Wurm (Vizepräsidentin des Europarates und Vorsitzende des Ausschusses für Gleichbehandlung und Nichtdiskriminierung). Die Bücher sind europaweit im guten Buchhandel erhältlich.

Respekt für dich: Autorinnen und Autoren gegen Gewalt
GESCHICHTEN
AUS ALLER WELT
Jedes Wort
ein Atemzug
karina-verlag

Respekt für dich: Autorinnen und Autoren gegen Gewalt
WINTER- UND
WEIHNACHTS-
GESCHICHTEN
Jedes Wort
ein Atemzug
karina-verlag

Respekt für dich: Autorinnen und Autoren gegen Gewalt
GESCHICHTEN
AUS ALLER WELT 2
Jedes Wort
ein Atemzug
karina-verlag

Karina Verlag
Vienna, Austria
Otto Willmann Gasse 4/69
A-1100 Vienna
www.karinaverlag.at
karina.bookoffice@gmail.com